Die Asche bleibt

Von H.C. Scherf

Thriller

AF187213

Bibliografische Information der Deutschen Nationalbibliothek:
Die Deutsche Nationalbibliothek verzeichnet diese Publikation in der
Deutschen Nationalbibliografie; detaillierte bibliografische Daten sind im
Internet über http://dnb.dnb.de abrufbar.

Die Asche bleibt

Aktives Mitglied im Selfpublisher-Verband e.V.

Covergestaltung: VercoDesign, Unna
Bilder von: kesu87 / iahulbak / scottff72 /
nchlsft / Bernd Leitner / alle www.clipdealer.com

Lektorat/Korrektorat: Heidemarie Rabe
rabe.heidemarie47@googlemail.com

Herstellung und Verlag:
BoD – Books on Demand, Norderstedt

ISBN: 978-3749452163

DIE ASCHE BLEIBT

Von H.C. Scherf

... und Gott fragte die Steine:
»Wollt ihr Feuerwehrmänner
werden?«

Darauf antworteten die Steine:
»Nein, dafür sind wir nicht hart
genug!!!«

Autor unbekannt

1

Das schrille Klingeln an der Tür ließ Ansgar Löffler aus seinen Gedanken hochfahren. Er schaffte es gerade eben, an die Tür zu kommen, bevor Kevin ihm zuvorkam. Es war nicht das erste Mal, dass sich jemand von der Hausverwaltung bei ihm meldete, der die Wasseruhren kontrollieren wollte. Ansgar Löffler legte die Hand auf Kevins Haar, drängte ihn zurück, als der neugierig den Kopf vorstreckte.

»Gehen Sie bitte durch. Sie wollten doch erst später kommen, habe ich Ihrem Anruf entnommen. Die Wasseruhren finden Sie in der Küche und im Bad. Sie habe ich aber noch nie gesehen. Sind Sie neu dabei?«

»Ich habe erst vor vier Tagen diesen Job bekommen und muss mich bei den Mietern noch bekanntmachen. Holger Horch ist mein Name. Sie werden sich sicher an meinen Anruf erinnern. Ich freue mich, Sie kennenzulernen, Herr Löffler.«

Erfreut über die Höflichkeit des Besuchers ergriff Ansgar die ausgestreckte Hand.

»Darf ich Ihnen einen Kaffee anbieten. Den habe ich gerade erst aufgesetzt? Milch und Zucker?«

»Bitte keine Umstände, Herr Löffler. Sie sind zwar für heute der letzte Kunde, aber ich will Ihnen auf keinen Fall zur Last fallen.«

Der Hausherr wies dem freundlichen Mitarbeiter den Weg zur Küche, die zwar einfach möbliert war, in der er sich jedoch eine gemütliche Ecke zum Essen eingerichtet hatte. Kevin hatte jegliches Interesse an dem Besuch verloren, als er feststellte, dass bei diesem nichts zu holen war. Er trollte sich wieder zurück in sein Kinderzimmer. Die beiden Männer saßen über ihren dampfenden Kaffeetassen und plauderten über dieses und jenes. Nebenbei erfuhr Holger Horch, dass sein Gastgeber schon das Weihnachtsgeschenk für den neunjährigen Kevin eingekauft hatte. Vorsichtig blickte Löffler in die Diele, um sich zu vergewissern, dass der Kleine wirklich in seinem Zimmer spielte. Die unverkennbare TV-Stimme von *Inspektor Gadget* überzeugte ihn, dass der Junge vor der Flimmerkiste saß. Freudig erregt, als würde er sein eigenes Geschenk auspacken, räumte Löffler die Suppenteller im Küchenschrank beiseite und griff nach einem großen Umschlag, den er feierlich auf den Tisch legte.

»Das habe ich für uns zwei zusammengespart, Herr Horch. Seit ich den Unfall in der Firma hatte und meine Frau uns sitzen ließ, habe ich es nicht mehr so dicke. Aber der Junge hat diesen Wunsch schon so lange. Jetzt endlich kann ich ihm den erfüllen. Das war eine elende Sparerei, darf ich Ihnen sagen.«

Gespannt starrte Horch auf den Umschlag, auf dem er undeutlich den Schriftzug Disney zu erkennen glaubte.

»Na, da bin ich aber gespannt. Was ist es denn?«

Endlich zog Löffler den Inhalt heraus und präsentierte zwei Eintrittskarten für das Disneyland in Paris.

»Wir fahren ein ganzes Wochenende dorthin und wohnen in einem Blockhaus auf der Davy Crockett Ranch. Ich kann gar nicht sagen, wer von uns beiden sich mehr darüber freut. Der Junge wird Augen machen, weil er das schon längst abgeschrieben hat.«

Löffler schaute erwartungsvoll in das Gesicht seines Besuchers. Es irritierte ihn einen Moment, als er auf zusammengepresste Lippen und in ausdruckslose, fast hassvolle Augen blickte.

»Was ist mit Ihnen, Herr Horch? Habe ich etwas Falsches gesagt? Habe ich Sie beleidigt? Wenn es so ist, tut es mir leid.«

Löffler steckte gedankenverloren die Unterlagen zurück in den Umschlag und versteckte wieder alles sorgfältig hinter dem Geschirr. Im Moment, als er die Schranktür geschlossen hatte, breitete sich der Schmerz in seinem Körper aus. Das spitze Messer drang tief in seinen Rücken und bohrte sich in die linke Herzkammer. Während er nach Luft rang und der Herzschlag auszusetzen drohte, spürte er deutlich, dass das Messer wieder herausgezogen wurde und ein weiteres Mal seinen Rücken durchbohrte. Diesmal glitt die Klinge tief in die Wirbelsäule und suchte ihren Weg daran vorbei in die um Luft ringende Lunge. Eine kräftige Hand presste sich in den Nacken und stieß den Kopf Löfflers durch die Butzenscheiben des Oberschrankes. Eine Sprosse der Verglasung bohrte sich unterhalb des Kinns in die Mundhöhle und hielt den nur noch zuckenden Körper fast aufrecht stehend in dieser Position.

Horch zog die Klinge des Stiletts erschreckend langsam aus der Wirbelsäule des Familienvaters und leckte genießerisch das Blut ab. Ebenso langsam griff er um den Körper des Sterbenden an dessen Gürtelschnalle und öffnete sie. Die Hose glitt zu Boden und zeigte das zum großen Teil entblößte Hinterteil, das lediglich noch von einem Slip bedeckt wurde. Die Klinge durchtrennte den Stoff mit Leichtigkeit und ließ ihn zu Boden fallen. Auf Horchs Stirn hatten sich Schweißperlen gebildet, die fiebrig glänzenden Augen ließen jegliche Menschlichkeit vermissen, suchten nach dem eigenen Hosengürtel. Ein Aufschrei im Kücheneingang ließ den Mörder zusammenfahren. Kevins Blick wechselte zwischen dem toten Vater, der wie ein Sack und mit teilweise entblößtem Hinterteil am Küchenschrank hing und dem erigierten Glied des Besuchers. Ihm blieb jedoch keine Zeit, das Geschehen einzuordnen. Zu hart war der Faustschlag, der ihn in der Magengrube traf. Mit verdrehten Augen sank das Kind auf den Boden.

2

Längst hatte sich der dichte Rauch über die Dächer der Nachbarhäuser verteilt, aus denen die Bewohner in wilder Flucht ins Freie strömten. Die vom böigen Wind vorangetriebenen Schwaden reflektierten gespenstisch das blaue Licht der vier Einsatzfahrzeuge der Feuerwehr, die schon wenige Minuten nach Eingang des Notrufs eingetroffen waren. In der Ferne kündigte das Martinshorn an, dass sich weitere Fahrzeuge auf dem Weg zum Brandort befanden. Mittlerweile war auch der letzte Mann aus den vorgefahrenen Fahrzeugen ausgestiegen, um die weitere Vorgehensweise im Team zu besprechen. Ein Hilfeleistungslöschfahrzeug und ein Drehleiterwagen waren direkt vor dem Haus platziert worden, aus dessen Fenster in der dritten Etage bereits Flammen loderten, die unbarmherzig an den darüberliegenden Fensterlaibungen leckten. In angemessener Entfernung parkte das Auto des Einsatzleiters, unmittelbar daneben der Rettungswagen. Jeden Augenblick erwartete man den Notarzt, der direkt vom nahe gelegenen Krankenhaus zum Einsatzort gefahren kam.

Der Einsatzleiter gab den Männern des Angriffstrupps Befehle, die im Lärm fast völlig untergingen. Diese Männer waren allerdings geschult genug, um die Lage augenblicklich richtig einschätzen zu können. Die umherstehenden Gaffer, die sich partout nicht den Anordnungen der Einsatzkräfte unterordnen wollten und die Smartphones zückten, verfolgten die Vorbereitungen der Männer. Jeder von ihnen war zwischenzeitlich mit Atemgerät ausgestattet und hantierte an den Schlauchrollen, verschraubte Verlängerungen, als der Schrei von der Seite alle Helfer erstarren ließ.

»Da ist noch einer drin! Da ganz links hinter dem Fenster habe ich einen Kopf gesehen. Ein Kind ... da ist noch ein Kind in der Wohnung!«

Die Frau, die aus dem Fenster des gegenüberliegenden Hauses genau das schrie, was ein Feuerwehrmann absolut nicht hören wollte, wedelte aufgeregt mit den Armen. Alle Augen richteten sich auf das angegebene Fenster, an dessen Scheibe nur noch die kleine Hand zu erkennen war, die jetzt erschreckend langsam herunterrutschte.

»Heiner, Ralf ... ihr zwei geht vor. Klaus, Roland und Martin rücken mit dem zweiten Schlauch nach. Ich will das Kind! Habt ihr mich verstanden? Ich will das Kind gesund hier unten haben! Den Notarztwagen durchlassen, Leute! Verdammt, macht doch endlich Platz für den Arzt!«

Einsatzleiter Hans Wotan wirkte rein äußerlich gefasst, doch jeder, der diesen Riesenkerl näher kannte, wusste, dass eine Explosion kurz bevorstand. Ihn brachte diese Unsitte der Zuschauer, ganz nah an den Gefahrenort heranrücken zu wollen, zum Rasen. Mit wenigen Schritten war er bei einem leicht angetrunken wirkenden Mann, der sich immer wieder die schlabbrige Jogginghose hochzerrte, während er mit dem Telefon das Fenster filmte, hinter dem das Kind vermutet wurde.

»Was soll diese Scheiße? Verschwinde hinter der Absperrung und lass meine Leute arbeiten. Die riskieren ihr Leben für euch und ihr habt nichts anderes im Kopf, als das alles zu filmen. Verschwinde hier, wir brauchen Platz zum Arbeiten!«

»Pack mich bloß nicht noch einmal an, du Penner. Ich hau dich sonst was in die Fresse. Wir leben hier in einem freien Land. Da kann ich tun und lassen, was ich will. Und wenn du mein Telefon kaputtmachst, kannste was erleben. Dann löhnst du das von deine Kohle.«

Heiner Kaske erlebte diese Szene nicht zum ersten Mal und winkte einen Polizeibeamten heran, der die Situation sofort erfasste und den immer noch herumschreienden Mann zurückdrängte, bevor Hans Wotan vollends aus der Haut fuhr und etwas tat, was er später bereuen würde. Kopfschüttelnd drehte der sich wieder seinen Kameraden zu. Hans Wotan fasste Harald Schneider an der Schulter und fragte:»Sind die beiden drin? Haben die eigentlich schon einen Lagebericht gegeben? Trupp zwei sichert jetzt das Treppenhaus. Ihr bekämpft ebenfalls den Brandherd und geht von unten vor. Trupp drei will ich mit dem Schlauch auf der Drehleiter sehen. Wo bleibt das verdammte Wasser, Leute? «

Schneider wies mit dem ausgestreckten Arm auf eine Stelle, die sich in etwa fünfzehn Metern Entfernung befand. Dort diskutierte ein Autofahrer mit den Einsatzkräften, die den Schlauch an der Stelle verlegen wollten, an dem sein protziger SUV geparkt stand.

»Dieser Hirni bedroht die Kollegen, weil sie ihm einen Kratzer ans Auto gemacht haben sollen. Ich habe die Polizisten schon hingeschickt, damit das Arschloch endlich die Karre wegfährt.«

Wotan drehte sich in die angegebene Richtung und stöhnte.

»Ich lass den Wahnsinnigen abschleppen. Notfalls sollen die Kollegen den Schlauch über die Protzkiste führen. Wir brauchen Wasser ... sofort. Die vierte Etage haben wir sonst ebenfalls verloren. Tretet dem Mistkerl in die Eier und dreht endlich den Hydranten auf! Da müssten doch noch mehr sein. Sucht die und holt endlich das Wasser für die Drehleiter.«

Hans Wotan stürmte nach seiner letzten Anordnung zum Einsatzleitwagen und presste das Sprechfunkgerät an die Lippen.

»Heiner, Ralf, bitte melden. Seid ihr schon an der Wohnung? Verstärkung kommt gleich. Schafft ihr es zum Kind?«

Ungeduldig wartete er auf die befreiende Antwort der Kameraden, hörte jedoch nur ein Rauschen, bis endlich Heiner Kaskes Stimme erklang, die von schwerem Atmen begleitet wurde.

»Wir haben die Tür aufgebrochen und sind in der Diele. Die beiden vorderen Räume stehen in hellen Flammen, sie breiten sich seitlich und nach oben aus. Wir müssen erst löschen. Da die Fenster offen stehen, zieht mächtig Sauerstoff nach. Wir versuchen dann zum hinteren Raum durchzukommen, in dem wir das Kind vermuten. Sieht nicht gut aus. Massig Rauch. Aber wir gehen gleich vor. Wo bleibt der zweite Schlauch, verflucht?«

»Kommt, Heiner, kommt. Da müssten schon die Leute von Trupp zwei hinter euch sein. Findet das Kind. Aber passt auf euch auf, verdammt. Ich will euch alle gesund wieder hier unten sehen. Achtung ... Wasser kommt!«

Heiner Kaske legte dem vor ihm knienden Ralf Schöller die Hand auf die Schulter, um zu zeigen, dass er direkt hinter ihm war. Beide konnten bereits die sengende Hitze durch die Schutzkleidung spüren, sahen kaum die Hand vor den Augen. Dennoch richteten sie den Wasserstrahl gegen die Flammen und verfluchten gleichzeitig den entstehenden Wasserdampf, der ihnen jegliche Sicht auf die Tür nahm, die sie unbedingt und schnellstmöglich erreichen mussten. Als hinter ihnen die Kameraden mit dem zweiten Schlauch eintrafen, bereiteten sie sich darauf vor, weiter in die Diele einzudringen. Sie glaubten, dass bereits Stunden vergangen waren, als sie endlich vor der Tür am Ende des Flurs standen. Beide Männer richteten ihren Blick auf den Türschlitz am Boden. Ralf schüttelte den Kopf, was so viel zu bedeuten schien, dass dort noch keine Lichtreflexe von möglichen Brandherden zu erkennen waren. Er wies jedoch mit sorgenvollem Blick auf den Raum gegenüber, in dem immer noch offene Flammen loderten und das Zimmer mit Rauchgasen füllten.

Unendlich langsam legte sich Ralfs Hand auf die Türklinke und drückte sie vorsichtig herunter. Sie wussten beide nicht, was sie dahinter erwarteten. Vorsichtshalber knieten sie sich seitlich neben die Türöffnung, bevor sie die Tür endgültig aufstießen. Fauchend zischten über ihnen Rauchlanzen aus der Diele in das Zimmer, fraßen dort begierig den vorhandenen Sauerstoff. Die beiden Männer warfen sich auf den Boden und krochen an der Wand entlang Richtung Fenster. Nur noch schemenhaft war der schmale Körper des

Kindes direkt davor zu erkennen. Die Beine verschwanden hinter dem Kinderbett. Heiner erreichte den Jungen als erster und überprüfte die Atmung, bevor er ihm die Fluchthaube über den Kopf stülpte.

»Er atmet. Ralf, er atmet noch. Jetzt bleibt nur noch ein Weg für uns. Wir müssen durchs Fenster, verdammt. Nach hinten haben wir keine Chance mehr. Die Diele brennt wieder. Wer macht es?«

Ralfs erhobener Daumen signalisierte dem Partner, dass er das Risiko eingehen würde.

»Hallo Einsatzleitung. Wir haben den Jungen. Er lebt noch. Der muss sofort in die Klinik. Zurück können wir nicht, da die Diele wieder brennt. Wir brauchen den Korb direkt unterhalb des letzten Fensters. Die Kollegen sollen sich abducken. Wir werden jetzt öffnen. Es besteht die Gefahr eines Flashovers. Sobald die Feuerlanze draußen ist, steigen wir mit dem Kind raus. Haut Wasser rein, so viel ihr habt. Nehmt zuerst den Jungen, danach kommen wir. Alles klar?«

Hans Wotan schluckte erleichtert, wusste jedoch, wie groß das Risiko trotzdem für die Eingeschlossenen war, wenn das Feuer da drin frischen Sauerstoff erhielt.

»Wir machen das so, Leute. Ich informier die Kollegen sofort. Also in fünfzehn Sekunden ab jetzt. Sie sind direkt unter euch. Viel Glück.«

Die Augenpaare der Männer, die von dem Vorhaben wussten, richteten sich besorgt auf das besagte Fenster, aus dem in wenigen Augenblicken drei Menschen steigen sollten. Genau diese Männer waren darauf vorbereitet, dass das unbarmherzige Feuer seine gierigen Krallen nach neuen

14

Opfern ausstrecken würde. Eine behandschuhte Hand tastete von innen nach dem Fenstergriff, wurde bereits vom flackernden Feuer im Raum beleuchtet. Dann geschah es. Der Fensterflügel öffnete sich nur einige Zentimeter, als eine gewaltige Feuerwalze nach außen drängte und sofort an der Hauswand hochleckte. Die Flammen füllten die gesamte Fensteröffnung und schienen das ganze dahinterliegende Zimmer in ihrer Gewalt zu haben. Die meisten Zuschauer rissen die Hände vor das Gesicht und wichen instinktiv zurück. Ein kollektiver Schrei war zu hören. Die Kameraden der Feuerwehr starrten weiter hinauf. Einige flüsterten vor sich hin:»Los Heiner, Ralf ... bewegt den Arsch. Kommt endlich da raus.«

Es schien endlos zu dauern, bis sich die Flammen etwas zurückzogen und die untere Hälfte des Fensters freigaben. Ein kräftiger Wasserstrahl drängte die Flammen zurück. Ein erneuter Aufschrei ging durch die Zuschauer, als eine Person zu erkennen war, die einen kleinen Leib, der in einen Feuerwehrmantel gewickelt war, auf den Händen trug und in das Freie hielt. Ein dahinter auftauchender Mann versuchte, die Flammen auszuschlagen, die immer wieder den Pullover des Kameraden erfassten. Ein Kollege im Rettungskorb übernahm sofort das Kind und kletterte die Stufen hinunter. Währenddessen richtete der zweite Mann im Korb den Schlauch erneut in das lichterloh brennende Zimmer. Immer wieder schob Ralf nach, als Heiner versuchte, seinen angesengten Körper über die Fensterbrüstung zu hieven. Die Männer im Korb hielten vor Schreck den Atem an, als sie mit ansehen mussten, wie Heiner gegen die Fensterbrüstung fiel und sich die Atemmaske für einen Moment vom Gesicht löste. Es war lediglich ein einziger Atemzug, der ihm die giftigen Rauchgase in die Lunge presste. Danach schloss sich seine Atemschutzmaske wieder fest auf sein Gesicht. Minuten später hatte auch Ralf es geschafft und stand neben Heiner.

»Geht es? Schaffst du es nach unten, oder soll ich dich anseilen? Verdammt, du siehst richtig Scheiße aus. Mit den Brandblasen auf dem Rücken wirst du aber heute Abend einen unruhigen Schlaf haben. Komm, wir hauen ab hier. Die Kollegen wollen schließlich auch noch was zu tun haben. Ich für meinen Teil brauche jetzt eine kurze Pause.«

3

»Und was meint der Brandursachenermittler dazu? Gibt es Hinweise auf Brandstiftung? Wenn Sie mir sagen, Schiller, dass der Tote aus der Küche mit großer Wahrscheinlichkeit schon tot war, bevor es brannte, liegt Brandstiftung doch auf der Hand. Da wollte dann jemand Spuren beseitigen und das Ganze nach einem normalen Unfall aussehen lassen. Ich komm gleich ins Institut.«

Peter Liebig, Hauptkommissar im Morddezernat, legte den Hörer nachdenklich auf und strich sich über die stoppeligen Haare. Er spürte die prüfenden Blicke seiner ehemaligen Praktikantin Rita Momsen auf sich ruhen. Sie hatte vor einigen Tagen endlich ihre Prüfungsergebnisse der Polizeihochschule erhalten und konnte damit sicher sein, in den gehobenen Polizeidienst übernommen zu werden. Hauptkommissar Liebig hatte Kontakte spielen lassen, um sie in seine Abteilung zu bekommen. Kriminalrat Rösner hatte den Antrag mit allen Kräften unterstützt.

»Was ist mit der Leiche aus der Kronenstraße? Mord? Was hat Dr. Schiller gefunden?«

Liebig wunderte sich schon längst nicht mehr über Momsens Neugierde. Es gab Tage, da bereitete ihm die Vermutung sogar Unbehagen, dass diese junge Frau seine

17

Gedanken lesen könnte. In etlichen Fällen schon hatte sie mit ihrer genialen Kombinationsgabe vortreffliche Hinweise zur Lösung schwieriger Fälle liefern können.

»Bisher wissen wir, dass die Person männlich ist und mit großer Wahrscheinlichkeit tot war, als der Brand sich ausbreitete. Schiller fand Stichwunden im oberen Rückenbereich. Er wird dazu mehr sagen können, wenn wir zu ihm rüberkommen. Wollen Sie sich das antun und mitkommen?«

Statt einer Antwort beobachtete Liebig, wie sich Rita Momsen ihre kurze rote Lederjacke überwarf und ihn auffordernd ansah.

»Können wir? Ich bin so weit.«

Dr. Schiller sah nur kurz von seiner Arbeit auf, als das ungleiche Paar die Pendeltür zum Sezierraum aufstieß. Ihn amüsierte es immer wieder aufs Neue, wenn der fast zwei Meter große Mann neben der eher zarten und wesentlich kleineren Frau erschien. Insgeheim wartete er darauf, dass Liebig endlich wieder ins Leben zurückfinden würde, nachdem der Mörder seiner Frau dingfest gemacht und außer Gefecht gesetzt werden konnte. Natürlich trennten diese beiden Menschen fast siebzehn Jahre, doch sie passten nach Schillers Meinung einfach sehr gut zusammen. Es war auch unübersehbar, dass Momsen ihren Chef vergötterte. Schiller unterbrach diese Gedanken und deutete eine leichte Verbeugung an. Er hob seine blutverschmierten Hände, die er mit Latexhandschuhen schützte.

»Ach, das tut meinen alten Augen immer wieder gut, wenn ich Sie an der Seite dieses Haudegens erblicke. Rita, Sie sind ein wahrer Sonnenschein, ich ...«

Hauptkommissar Liebig unterbrach den Redefluss des Mediziners.

»Hören Sie, Dr. Schiller, können wir dieses Gesülze als ständige Einleitung heute mal überspringen und zum eigentlichen Anlass unseres Besuches kommen? Ich muss doch irgendwann mal mit Ihrer Frau sprechen. Weiß die eigentlich, welchen Schwerenöter sie vor etwa fünfundvierzig Jahren geheiratet hat? Hätten Sie auch etwas Ihrer kostbaren Zeit dafür übrig, uns über die Brandleiche aufzuklären?«

Ralf Schiller entfernte die Handschuhe und hakte sich bei Rita Momsen unter, zwinkerte ihr schelmisch zu und zog sie zu einem Tisch, auf dem etwas völlig Verkohltes, Menschenähnliches lag.

»Was genau möchten Sie denn wissen, meine Schöne?«

Die Stimme hinter ihm ließ ihn sofort wieder sachlich werden.

»Genug gelacht, mein lieber Herr Doktor. Geben Sie mir was in die Hand, damit ich meinen Job erledigen kann.«

Tatsächlich wurde Ralf Schiller wieder ernst und stellte sich auf die gegenüberliegende Seite des Seziertisches.

»Tut mir leid, Herrschaften, das sieht nicht besonders appetitlich aus, was von dem Herrn übrig blieb. Wenn Sie sich auf den Rücken konzentrieren, können Sie hier und hier Lücken in der Haut erkennen. Das allein muss nichts bedeuten. Doch direkt darunter konnte ich Verletzungen verschiedener Rippen ausmachen, die durch einen spitzen, besser gesagt scharfen Gegenstand, etwa ein Messer, ausgeführt wurden. Der Mann wurde definitiv durch drei Stiche in den Rücken getötet.«

Schiller wies auf drei Öffnungen in der verkohlten Haut und reichte Liebig eine Lupe. Während dieser näher an den Leichnam herantrat, fuhr der Mediziner fort.

»Diese These wird von der Tatsache untermauert, dass ich weder im Kehlkopf, in der Lunge noch im Verdauungstrakt Rauch- oder Schwelgase vorfand, die der Tote beim Ersticken ansonsten aspiriert hätte. Die Hitzeeinwirkung muss enorm gewesen sein, da sich der gesamte Körper zusammengezogen hatte und in der Fechterstellung verblieb. Die gesamte Unterhaut ist mit Plasma infiltriert.«

Schiller lenkte den Blick seiner Besucher auf den Kopf des Toten, wobei sein Finger die Schädeldecke berührte.

»Hier erkennen Sie die häufig auftretenden Hitzeschusslöcher. Wir nennen die so, da es durch die enorme Erhitzung des Schädels zu schusslochartigen Aufplatzungen mit Hirnaustritt kommt. Typisch ist auch die grauweißliche Färbung, die immer nach längerer diffuser Hitzeeinwirkung auftritt.«

Schiller stoppte, als er die Hand Liebigs auf seinem Arm spürte. Sein Blick wechselte zwischen dem besorgt wirkenden Gesicht des Hauptkommissars und dem schneeweißen von Rita Momsen. Mit zwei Schritten war er bei der jetzt schwankenden Frau.

»Setzen Sie sich dort hinten an den Tisch. Nehmen Sie sich etwas Wasser aus der Flasche. Um Gottes willen, Sie fallen mir ja gleich aus den Schuhen, Frau Momsen. Kommen Sie mit.«

Rita lehnte das Wasserglas ab und presste die Hand vor den Mund. Besorgt standen die beiden Männer vor ihr und überlegten, wie sie der jungen Kollegin im Augenblick helfen könnten.

»Ist gut ... alles wird gut. Nur einen kleinen Augenblick, dann bin ich wieder fit. Machen Sie nur weiter. Ich höre Ihnen zu.«

»Na schön, Sie sagen Bescheid, wenn Sie Hilfe brauchen. Nun wieder zu Ihnen, Herr Liebig. Wie Sie unschwer erkennen können, gab es eine umfangreiche Verkohlung, die aber bei diesem Hitzewert, der in der Wohnung vorgeherrscht haben musste, nicht ungewöhnlich ist. Was mir noch bei einer Gaschromatografie auffiel, war das Vorhandensein von möglichen Brandbeschleunigern an den Beinen. Die Wahrscheinlichkeit ist groß, dass hier mit Ethanol nachgeholfen wurde. Doch dazu wird Ihnen der Brandsachverständige später sicher mehr sagen können. Ansonsten kann ich neben der besagten Fechterstellung nur noch auf die Physiognomie hinweisen. Sie sehen, dass die Zunge durch die enorme Hitzeentwicklung und damit verbundene Verengung des Halsumfanges aus dem geöffneten Mund herausgepresst wurde.«

Vom Tisch her erreichte die Männer Ritas Frage.

»Doktor Schiller, was muss ich mir eigentlich unter dieser von Ihnen erwähnten Fechterstellung vorstellen, ich meine damit: Wie entsteht die überhaupt? So liegt doch niemand, bevor er tot ist.«

»Sie scheinen ja wieder fit zu sein, Frau Momsen. Also, wie Sie erkennen können, sind Arme und Beine angewinkelt und vom Körper abduziert. Die Ursache für diese Position, die man übrigens auch Boxerstellung nennt, ist die Verkürzung der Muskulatur und der Sehnen durch Eiweißgerinnung. Weiter möchte ich jetzt nicht ausführen, da wir dann in Fachlatein übergehen müssten. Das verwirrt Sie nur. Ihrer beider Aufgabe besteht darin, denjenigen zu finden, der für den Tod dieses Mannes verantwortlich ist. Da bin ich dann raus.«

Liebig ging noch ein letztes Mal um den Tisch herum und betrachtete die Leiche. Schiller hielt ihn am Arm zurück.

»Etwas habe ich noch vergessen, Liebig. Das mag vielleicht unbedeutend sein, aber ... es ist schon seltsam.«

Mittlerweile stand auch Momsen wieder neben ihrem Chef. Beide starrten den Mediziner verständnislos an, warteten auf eine Fortsetzung.

»Was denn nun? Sie wollten doch was erzählen.«

Liebig wirkte jetzt ungehalten.

»Es war der Unterschied in der Haut. Folgendes: Bei einer Verbrennung verschmilzt das Gewebe der Textilien mit dem der menschlichen Haut. Das ist auch am Torso klar nachweisbar. Doch ab der Hüfte fehlt diese Vermischung. Das könnte eigentlich nur bedeuten ...«

»... dass der Mann untenrum nackt war. Das meinten Sie doch wohl, Herr Doktor, oder?«, unterbrach Rita Momsen.

»Das ist nur zum Teil richtig, junge Frau«, fuhr Schiller fort, »Ab den Waden gab es wieder das bekannte Muster. Es wurde auch eine Gürtelschnalle gefunden. Der Mann stand folglich mit ... mit runtergelassener Hose in seiner Küche. Wer macht denn so was?«

Jetzt war es Liebig, der sich einmischte.

»Ich weiß, dass es sich unwahrscheinlich anhört. Aber könnte es eventuell so gewesen sein, dass sich der Vater an dem Jungen ... Sie wissen sicherlich, was ich meine? Und der hat in seiner Not zugestochen. Nun will er die Leiche beseitigen und es wie einen Wohnungsbrand aussehen

22

lassen. Er hat dabei die Rauchgase unterschätzt und es einfach nicht mehr nach draußen geschafft.«

Blicke des Entsetzens trafen Liebig. Er hob die Hände.

»Ich weiß selber, dass es sehr weit hergeholt ist, aber immerhin erklärt es die Unversehrtheit des Jungen, wenn wir einmal von der Rauchgasvergiftung absehen.«

»Interessante Theorie, Liebig«, meinte Schiller, »doch für mich im Augenblick noch recht unwahrscheinlich, da sich die Stiche im Rücken befinden. Der Junge müsste dann ja hinter dem Vater gestanden haben, denn anders ist das kaum möglich zu bewerkstelligen. Lassen Sie mich zwei Dinge noch tun, bevor wir endgültig abschließen. Ich muss noch die Einstichkanäle vermessen, um die Stoßrichtung festlegen zu können. Außerdem sollte der Junge eventuell Verletzungen aufweisen, die von einem Kampf oder früheren Vergewaltigungen herrühren. Verdammt ... das wäre aber harter Tobak, Herrschaften. Ich melde mich, wenn ich Näheres weiß.«

4

Fast hätte sich Roland Moschus den heißen Kaffee über die Hand geschüttet, als die Tür zur Gemeinschaftsküche aufgestoßen wurde. Sie schlug gegen den Stopper und wieder zurück, sodass Ralf einen Zusammenstoß nur mit Mühe verhindern konnte.

»Was ist denn mit dir los? Spinnst du jetzt völlig?«, entfuhr es Roland, der sich ein Blatt von einer Küchenrolle abriss und die Kaffeereste vom Handrücken abtupfte.

»Lass mich in Ruhe. Du scheinst mal wieder nichts mitbekommen zu haben. Denkst du noch an gestern? Der Brand in der Kronenstraße? Ich habe mir mit Heiner den Arsch aufgerissen, um das Kind zu retten. Gerade kam die Nachricht, dass der Kleine es nicht geschafft hat. Kevin hieß der Junge. Der war gerade mal neun ... neun Lenze alt. Das muss man sich vorstellen. Das Kind hat noch nichts von dieser Welt gesehen und stirbt so früh an Kohlenmonoxidvergiftung. Heiner wollte dem Kleinen noch von seinem Sauerstoff geben, was ich aber nicht zuließ, da er sich selbst gefährdet hätte. Der Junge atmete noch selbstständig. Jetzt liegt Heiner doch im Krankenhaus mit der Maske über der Nase.

Zu Hause darf ich von dem toten Jungen nichts erzählen. Abigail wird dann wieder einen Heulkrampf bekommen.

Unser Volker war genauso alt, als er den Unfall hatte. Aber sie wird es trotzdem aus der Zeitung erfahren. Dann kann ich wieder den Seelentröster spielen.«

Ralf setzte sich und hatte Mühe, seine Gefühle zurückzuhalten.

»Das mit Heiner habe ich mitbekommen. Ich denke, der wird schon wieder. Aber um den Jungen tut es mir leid«, ergänzte Roland und hielt Ralf seine Kaffeetasse hin. Der griff gedankenverloren zu, trank einen Schluck davon und spuckte den gesüßten Kaffee in die Spüle.

»Wie kann man eine derartige Brühe trinken?«

Ralf gab die Tasse zurück und fuhr fort: »Du sagst das so einfach, dass es schon wieder wird. Jeder von uns weiß doch genau, dass die Folgen einer Rauchvergiftung noch Monate später zu Komplikationen führen können. Was mich aber zusätzlich sauer macht, ist die schon bewiesene Tatsache, dass es sich um Brandstiftung handelt. Ein Mann vom Morddezernat war beim Alten und hat sich den Einsatz haarklein erklären lassen. Jetzt wird die gesamte Nachbarschaft in der Straße befragt. Die Kripo soll bei dem Mann, den wir in der Asche gefunden haben, Messerstiche gefunden haben. Dem hat jemand von hinten in den Rücken gestochen und dann wohl die Bude abgefackelt. Das muss man sich durch den Kopf gehen lassen. Da legt einer den Kerl um, zündet auch noch die Wohnung an und lässt das Kind mit verbrennen.«

Roland hörte seinem Freund fassungslos zu und trank in kleinen Schlucken. Seinen Einwand wollte er allerdings nicht zurückhalten.

»Ist es denn absolut sicher, dass es Brandstiftung war? Und es ist ja noch nicht bewiesen, dass der Mörder von dem

Kind wusste. Kann auch Zufall sein. Da sollten wir vorsichtig sein mit den Mutmaßungen und Vorverurteilungen.«

Nach und nach trudelten die anderen Kameraden ein und versammelten sich im Gemeinschaftsraum, wo man sich über den Tag austauschte. Heute war es auf eine besonders bedrückende Art still. Selbst die lustigsten Vögel unter ihnen, die jeder Situation etwas Spaßiges abgewinnen konnten, nahmen ihr Pausenbrot schweigend zu sich. Ralf unterbrach die Stille und fragte in die Runde:»War schon einer von euch bei Heiner im Krankenhaus? Ich finde, dass wir nach ihm sehen sollten. Wer von euch hat Lust, morgen Vormittag nach der Schicht mit mir hinzugehen? Ich wollte ... ich meine damit Abigail ... ihm ein paar Reibeplätzchen backen. Die isst der Rabauke doch immer so gerne. Den Krankenhausfraß kann er sich dann sparen. Also, wer kommt mit?«

Etliche Finger schnellten in die Höhe, was die Atmosphäre etwas auflockerte. Ralf suchte sich zwei Kameraden aus, zu denen auch Roland gehörte.

»Das ist aber nett von euch, Jungs. Haut euch irgendwo hin, Stühle könnt ihr euch aus dem Besucherraum holen. Die Vorstellung beginnt in etwa zehn Minuten.«

Heiners Stimme war unter der Atemmaske kaum zu vernehmen. Doch die eintretenden Männer verstanden das meiste davon.

»Na, wenigstens hast du deinen Humor nicht verloren, du Held«, meinte Roland,»dein Gesicht lacht uns aus jeder Zeitung entgegen. Die gesamte Presse feiert dich als tapferen

Helden des Tages. Du wirst ja wohl schon erfahren haben, dass es der Kleine nicht geschafft hat. Ich denke aber, dass du dir das schon gedacht hast. Der hat zu viel von den Gasen eingeatmet.«

Heiner schloss für einen Augenblick die Augen, drehte den Kopf zum Fenster und schwieg. Nur sein Schlucken zeigte den Besuchern, dass ihm dieser Umstand sehr zu schaffen machte. Als er die Augen wieder öffnete, tupfte er sie sich mit einer Serviette trocken.

»Die wollen mich noch einige Tage zur Beobachtung hierbehalten. Die Blutwerte sind zwar besser, als anfangs vermutet wurde, doch das habe ich nur dem Umstand zu verdanken, dass ich nicht sehr lange ohne Maske im Rauch war. Scheinbar waren auch keine besonders gefährlichen Stoffe in dem Zimmer verbrannt worden. Erstaunlich wenig Cyanid konnte nachgewiesen werden. Die hatten wohl kaum Teppiche verlegt. Na, ja, ich darf ja auch mal Glück haben.«

Seine Aufmerksamkeit wurde auf eine Schüssel gelenkt, die Ralf von der Folie befreite. Als der den Deckel öffnete, weiteten sich Heiners Augen.

»Seid ihr verrückt? Wie soll ich die Reibekuchen denn essen, wo ich die Maske nur kurz absetzen darf? Das ist moderne Folter, verdammt. Hat Abigail die gebraten? Ach Scheiß drauf, irgendwie werde ich das schon schaffen. Stell mir die Schüssel in das Nachtschränkchen. Die Schwestern müssen davon ja nichts wissen. Ich danke euch, Jungs. Bestellt Abigail liebe Grüße von mir.«

Roland war es, der Heiner mit der Realität konfrontierte.

»Hast du davon gehört, dass wir einen Toten in der Küche gefunden haben? Der Mann soll ermordet worden sein,

27

meint jedenfalls die Rechtsmedizin. Die Kripo geht von Brandstiftung aus. Mir wird jedes Mal schlecht, wenn ich mir vorstelle, dass es Wahnsinnige gibt, die bei solchen Taten den Tod vieler Menschen in Kauf nehmen. Wie schnell hätte es auch dich erwischen können, wie man sieht. Mein Vater sagte schon immer, dass es doch bessere Jobs für mich gäbe, wo ich auch mehr Kohle machen würde. Er hat nie so richtig verstanden, warum ich ausgerechnet Feuerwehrmann werden wollte. Der hatte für mich so was wie Steuerberater oder einen Schreibtischjob bei der Bank geplant.«

»Wäre vielleicht sogar besser für uns alle gewesen. Dann hätten wir einen gehabt, den wir anpumpen können«, warf Ralf ein, was zu allgemeinem Gelächter führte. Besorgt blickten alle auf Heiner, der unter der Maske einen Hustenanfall bekam. Undeutlich waren seine Worte trotz der Behinderung zu vernehmen: »Hört auf mit der Scheiße ... ich kann nicht ... ich ... kann nicht lachen!«

In der Tür tauchte das besorgte Gesicht einer Schwester auf, die durch das allgemeine Gelächter aufmerksam geworden war.

»Meine Herren, bitte nehmen Sie unbedingt Rücksicht auf den Zustand des Patienten. Ansonsten muss ich Sie höflich bitten ...«

Roland stand auf und legte den Arm um die leicht übergewichtige Frau mit dem ernsten Gesicht.

»Schwester, es tut uns sehr leid. Aber der Patient selbst hat gerade eben einen Schmuddelwitz zum Besten gegeben, den wir noch nicht kannten. Wir werden ihn darauf hinweisen, dass er sich in einem humorbedrohenden Zustand befindet und zur Ernsthaftigkeit zurückkehren soll.«

Schwester Marianne befreite sich aus den Armen des großen Mannes und winkte ebenfalls lachend ab, bevor sie wieder in den weitverzweigten Gängen der Station verschwand.

5

Peter Liebig fuhr seinen Dienstcomputer hoch und fluchte zum wiederholten Mal darüber, wie lange dieses System brauchte, um betriebsbereit zu sein. Rita Momsen saß bereits an ihrem Schreibtisch, hob nur kurz die Hand zum Gruß. Liebig drängte sich der Verdacht auf, dass diese Frau sogar ihre Nächte hier verbrachte und keinen Gedanken an sonstige Freizeitvergnügungen verschwendete. Schließlich zeigte sich die Startseite, sodass Liebig seine Nachrichten abrufen konnte. Eine, die noch am späten Abend eingetroffen war, fiel ihm sofort ins Auge. Ein weiterer unermüdlicher Nachtarbeiter versorgte ihn mit aktuellen Ergebnissen – Dr. Schiller. Der Inhalt der Nachricht ließ Liebigs Geister sofort lebendig werden.

Konnte Sie am Abend telefonisch nicht mehr erreichen. Deshalb die Nachricht vorab: Habe mir den Jungen einmal vorgenommen. Sie wissen, diesen Kevin Löffler. Todesursache definitiv Rauchgasvergiftung. Das steht unumstößlich fest. Aber ich fand im Bauchbereich Gewebeveränderungen, besser gesagt, Zerreißungen tieferer Strukturen. Als ich der Sache nachging, fand ich sogar Blutungen im und um den Magenbereich. Das weist klar darauf hin, dass es zu einer Kohäsion der Hautoberfläche kam. Der Junge erhielt kurz vor seinem Tod mindestens einen kräftigen Schlag oder einen Tritt in die Magengrube. Näheres kann ich Ihnen telefonisch mitteilen. Bin aber erst ab Mittag in der Klinik. Habe was Privates zu erledigen.

»Scheiße!«

Rita Momsen hob den Kopf und wunderte sich über den kurzen, aber aussagekräftigen Kommentar ihres Chefs.

»Was ist passiert, Chef? Schlechte Nachrichten?«

»Kann man wohl sagen. Schiller schreibt gerade, dass der kleine Löffler zwar an einer Rauchgasvergiftung starb, er aber auch Schlagverletzungen im Bauchbereich hatte.«

Momsen erhob sich und setzte sich vor Liebigs Schreibtisch.

»Und? Was schließen wir daraus? Der Vater wird ihn doch wohl nicht verprügelt haben, bevor die Bude brannte. Oder?«

Lange sah er auf den Bildschirm, bevor er sich wieder an die Frage seiner Kollegin erinnerte.

»Das kann ohne Weiteres sein. Sie erinnern sich, dass wir den Mann mit heruntergelassener Hose fanden. Nur einmal rein hypothetisch, Momsen. Es könnte doch sein, dass der Vater seinen Sohn für gewisse Bedürfnisse missbrauchte. Ich meine damit, dass er oralen Sex von ihm erwartete. An diesem Tag weigerte sich der arme Junge jedoch, was zu einer heftigen Reaktion des Vaters geführt hat. Er schlug oder er trat den Kleinen in die Magengrube. Der Junge schaffte es noch, in sein Zimmer zu flüchten, bevor ... ja, was dann geschah, liegt für mich bis jetzt in völliger Dunkelheit. Ob es einen fremden Brandstifter gab oder der Vater sich selber anzündete, bleibt noch fraglich.«

Was äußerst selten geschah, beobachtete Liebig dennoch mit einer gewissen Belustigung: Ritas Mund stand offen, ohne dass sie ein Wort von sich gab. Mehrere Sekunden hielt dieser Zustand an, bevor ihre erste Reaktion kam.

»Sie glauben doch nicht im Ernst, dass ein Vater seinen Sohn verprügelt, nur weil er sich weigert, den Penis ... Verdammt, ich kann es nicht einmal aussprechen, geschweige denn mir das vorstellen. Das macht kein wirklicher Vater.«

»Momsen, Sie müssen noch viel lernen in Ihrem neuen Beruf. Vergessen Sie bitte für einen Augenblick Ihre saubere Kinderstube und konzentrieren sich auf das tiefverwurzelte Böse in uns allen. Lösen Sie sich von dem Gedanken, dass alle Eltern absolut fürsorglich mit ihren Schutzbefohlenen umgehen. Sie werden noch oft erleben müssen, wozu Menschen wirklich fähig sind, was ihre Kinder betrifft. Der Oralsex ist zwar schon schlimm genug, wenn er sich auf Kinder bezieht, doch da gibt es weitaus abscheulichere Vergehen mit den armen Würmern. Bei Gelegenheit werde ich Ihnen mal Geschichten erzählen, die ich miterleben musste. Schauen Sie einmal in die Akten von Sittlichkeitsverbrechern, denen wir den Missbrauch von Kindern nachweisen konnten. Ich garantiere, dass Ihnen dabei speiübel wird.«

Momsen ließ den Teebeutel sprachlos in die Tasse zurückgleiten, die sie mit an Liebigs Schreibtisch genommen hatte. Sie fühlte sich sichtlich unwohl, weil ihr Chef sie anscheinend für naiv hielt. Erleichtert vernahm sie die folgenden Worte.

»Ich kann gut verstehen, dass Sie das schockiert, Momsen. Schließlich fangen Sie erst damit an, sich mit den Unzulänglichkeiten der menschlichen Rasse zu beschäftigen.

Das, was wir Menschen sehr oft mit unseren Kindern anstellen, würde ein Tier niemals mit seinen Jungen tun. Nun kommen Sie mir nur nicht damit, dass das in Ihrem Elternhaus nicht denkbar gewesen wäre. Verstehen Sie mich bitte nicht falsch bei dem, was ich Ihnen sage. Doch es gibt auch Eltern, die diese angeborene Naivität der Kinder für ihre Zwecke ausnutzen. Wenn meine Eltern so was mit mir machen, kann es nichts Verbotenes sein – schließlich sind es Mama und Papa. Erst im Erwachsenenalter kommen diese Erlebnisse aus dem Unterbewusstsein an die Oberfläche. Bis dahin schützt sie die Natur vor der Erkenntnis. Bitte lassen Sie uns über etwas anderes reden. Wir haben einen Fall, der einer Klärung bedarf. Kommen Sie später mit zu Schiller? Ich möchte dem Schwerenöter doch durch Ihre Anwesenheit den Tag versüßen.«

»Eifersüchtig? – Oh, Verzeihung. Das ist mir nur so rausgerutscht, Chef. Vergessen Sie`s bitte.«

Längst hatte Rita den warnenden Blick Liebigs bemerkt und schob die Entschuldigung schnell hinterher. Sie beeilte sich, wieder an ihre Arbeit zu gehen, bevor es zu einer unfruchtbaren Diskussion kommen konnte. Der eintretende Klaus Spiekermann, Stellvertreter Liebigs, befreite Rita von der Furcht, dieses Thema ausdiskutieren zu müssen.

»Mord in der Havelstraße. Man hat einen Mann gefunden, den man auf der Parkbank angezündet haben muss. Fahren wir zusammen, oder soll ich vorfahren?«

Liebig schoss hoch, schaffte es jedoch nicht, vor Rita Momsen an der Tür zu stehen. Spiekermann suchte routiniert unter Einsatz des Martinshorns den schnellsten Weg durch den Berufsverkehr.

6

»Verdammt kalt. Da friert man sich ja den Arsch ab.« Der große Fremde, der sich neben Rüdiger Machnit auf die Parkbank gesetzt hatte, lächelte, während er die Thermoskanne hochhielt und den heruntergekommenen Mann ansprach. Rüdiger knurrte nur zustimmend und hielt die Augen gierig auf die Kanne gerichtet. Einen kleinen Schluck heißen Kaffee konnte er bei diesem Sauwetter sehr gut gebrauchen. Wieder schüttelte der Fremde den Behälter und reichte Rüdiger das Gefäß rüber. Mit zitternden, aber auch schmutzigen Fingern griff er danach und goss das dampfende Getränk randvoll in den Becher, mit dem die Kanne verschraubt war. Schweigend sah Holger Horch auf den Mann, der den belebenden Kaffee in kleinen Schlucken trank. Rüdiger Machnit stoppte einen Moment, als ihm der Geruch von Bratenfleisch in die Nase stieg. Dafür verantwortlich war die reichlich mit Wurst belegte Brotscheibe, die ihm plötzlich unter die Nase gehalten wurde.

»Willst du? Ich kann nicht mehr. Meine Frau hat mir heute Morgen wieder viel zu viel eingepackt. Aber wegschmeißen will ich die Schnitte auch nicht. Hau rein, mein Freund. Du siehst danach aus, als hättest du schon lange nichts mehr zwischen die Zähne bekommen.«

Fast hätte Rüdiger den Kaffee verschüttet, dermaßen schnell griff er nach dem herrlichen Geschenk, das ihm der Kerl neben ihm machen wollte. Es war wirklich die erste richtige Mahlzeit nach mehr als vier Tagen. Entsprechend gierig biss er hinein. Dankbar richtete er seinen Blick auf den edlen Spender. Dass er Sekunden später in einen tiefen Schlaf versank, spürte er nicht einmal. Das Ketamin, welches dem Essen beigemischt war, nahm Rüdiger nicht wahr. Niemand bemerkte, wie der verwahrloste Typ gegen den neben ihm sitzenden Mann sank, der sich nach möglichen Zeugen umsah. Schließlich schob er sein Opfer zur Seite und drückte auf den Entriegelungsknopf seines Autoschlüssels. Nur wenige Meter entfernt leuchteten die Warnblinker eines schwarzen Lieferfahrzeugs auf. Horch schob die Schiebetür weit auf und sicherte ein letztes Mal die Lage, bevor er den schlafenden Rüdiger wie einen Sack Kartoffeln auf die Ladefläche warf. Das Auto verschwand unauffällig in der frühabendlichen Dämmerung.

Vorsichtig öffnete er die Augen, nahm jedoch nur vage Bewegungen in seinem näheren Umfeld wahr. Rüdigers Kopf schmerzte, als hätte er einen fürchterlichen Kater. Das Gefühl war ihm sicherlich nicht fremd, doch konnte er sich nicht daran erinnern, in der letzten Zeit Alkohol konsumiert zu haben. Mit Bestimmtheit konnte er jedoch sagen, dass er klassische Musik hörte. Obwohl sein Wissen in diesem Bereich nicht groß war, meinte er dennoch, den Gefangenenchor herausgehört zu haben. Jemand summte die Melodie mit. Endlich raffte Rüdiger all seine Konzentration zusammen und öffnete die Augenlider vollständig.

Der Mann, der ihm noch vor kurzer Zeit Kaffee und ein Brot spendiert hatte, wippte mit geschlossenen Augen in einem hölzernen Schaukelstuhl, dirigierte dabei mit beiden Händen zum Takt der Musik, die von irgendwoher zu kommen schien. Irritierend war für Rüdiger der Umstand, dass er selbst bewegungsunfähig innerhalb eines Metallrahmens verschnürt worden war und dass der Fremde nur einen auffällig rosagefärbten Morgenmantel trug. Als er sich weiter im Raum umsah, verschlug ihm die aufkeimende Angst den Atem. Fein säuberlich aufgereiht lagen auf einem schmalen Tisch diverse Werkzeuge, deren Anblick alleine ihm schon den Angstschweiß aus allen Poren trieb.

Wo bin ich hier? Was hat der Irre mit mir vor?

Rüdigers Verstand drohte auszusetzen, als er sich ausmalte, wozu jemand Skalpelle, Riesenpinzetten und Knochensägen benötigte. Die inmitten liegende Akkubohrmaschine sorgte dafür, dass sich sein Puls bis an die Grenze des Erträglichen beschleunigte. Heftig zerrte er an den Ketten, die eng um seine Handgelenke und Füße gelegt waren. Das verursachte allerdings nur unnötige Geräusche und Verletzungen. Rüdiger schrak zusammen und erstarrte, als er bemerkte, dass der Fremde die Augen ruckartig öffnete. Ihre Blicke trafen aufeinander. Trotz der Schweißausbrüche fror Rüdiger plötzlich unter dem eisigen Blick des Mannes, der sich als Horch vorgestellt hatte. Seine leise gesprochenen Worte durchschnitten die Stille.

»Das ist Kunst, du Banause. Du hast mir den gesamten Genuss versaut. Du hättest dafür eine Strafe verdient. Aber ich will heute einmal gnädig sein und dir, ganz im Gegenteil, Freude bereiten. Ist dir aufgefallen, dass ich deinen Körper gereinigt habe? Nein – das hast du heruntergekommenes Subjekt nicht einmal bemerkt. Ich habe dich Zentimeter für Zentimeter gewaschen. Pfui Teufel ... das war einfach eklig.«

Erst jetzt registrierte Rüdiger tatsächlich den Geruch von Seife, der ihm mittlerweile fremd geworden war. Dem Umstand konnte er allerdings nicht die entsprechende Bedeutung zuordnen. Von Angst fast gelähmt wartete er auf das weitere Geschehen, denn Horch erhob sich nun aus seinem Stuhl, kam näher. Mit der Spitze des Zeigefingers fuhr er langsam, fast genießerisch über die Arme, den Bauch und über die Oberschenkel des Opfers. Rüdiger durchlief ein seltsames, fast wohliges Gefühl. Ein Zittern durchfuhr seinen Unterleib und führte zu einer ungewollten Erektion.

»Siehst du, mein Freund ... du besitzt die Reflexe eines wahren Mannes. Das gefällt mir. Es gefällt mir sogar außerordentlich gut. Der Anfang ist doch sehr vielversprechend. Wir zwei werden bestimmt viel Freude miteinander haben.«

Nachdem Horch ihm die Worte ins Ohr geflüstert und ihm zärtlich ins Läppchen gebissen hatte, glitt er wie eine Katze davon. Der rosafarbene Bademantel fiel von seinen Schultern und breitete sich auf dem Boden aus. Wie eine Diva schritt Horch darüber hinweg und drehte sich einmal um die Achse. Rüdiger konnte den drahtigen und muskulösen Körper seines Peinigers bewundern. Als wäre er mitten in einer Tanzperformance, fuhr sich Horch mit den Fingern durch das Haar und streckte die Arme anschließend zur Zimmerdecke. Die letzten Töne des Gefangenchors verklangen und Nabucco war erst einmal Vergangenheit. Als wäre es das Signal für Horch gewesen, glitt er schlangenartig heran und bewegte sich mehrfach um Rüdiger herum, der nicht in der Lage war, auch nur einen Finger zu rühren. Zu sehr lähmte ihn der Gedanke daran, was der Wahnsinnige mit ihm anstellen mochte. Sein Atem ging flach und stoßweise. Nur die Augen verfolgten die Bewegungen des Mannes, bis er hinter ihm verschwand. Nichts geschah. Nur Stille umfing den wartenden Rüdiger.

Wie ein Blitz durchfuhr ihn die Tatsache, dass sich das Gestänge, in dem er gefangen war, auf unheimliche Art veränderte. Es kippte um wenige Grad nach vorne und Zugseile sorgten dafür, dass Rüdigers Beine gespreizt wurden. Etwas Kaltes floss über seinen Hintern, das er sehr schnell als Gleitcreme ausmachte. Sein unmenschlicher Schrei verhallte ungehört in dem schallisolierten Kellerraum.

7

Die Havelstraße begrenzte einen kleinen Park, in dem die Hundeliebhaber gerne in den Abendstunden ihre Tiere Gassi führten. Nun war von der Beschaulichkeit dieses Ortes und der Ruhe nichts mehr übrig. Die Polizei hatte beide Enden der kurzen Straße für den Durchgangsverkehr gesperrt. Ein letzter Löschwagen der Feuerwehr war noch vor Ort und rollte einen Schlauch zusammen. Die drei Kripoleute entdeckten den Einsatzleiter der Polizei und steuerten auf David Koller zu.

»Wow, ihr seid aber schnell hier. Den Mann haben die Männer ja gerade erst gelöscht. Wollen wir?«

Koller bewegte sich mit schnellen Schritten auf eine Parkbank zu, von deren Sitzfläche immer noch Rauch aufstieg. Der Geruch von verbranntem Menschenfleisch stieg unangenehm in die Nase der ankommenden Beamten. Rita riss spontan den Unterarm vor das Gesicht und drehte sich ab. Liebig und Spiekermann näherten sich dem Fundort von der windabgewandten Seite und umgingen so diesen fürchterlichen Gestank. Rita stellte sich hinter die beiden Männer und lugte neugierig an ihnen vorbei auf das, was einmal ein Mensch gewesen sein musste.

»Das ist ja ... unmenschlich. Wer macht denn so was?«

Rita konnte die Worte nicht zurückhalten und wendete sich wieder ab.

Liebig ignorierte die Frage und trat näher heran. Ein Befehl hinter ihm ließ ihn zurückschnellen.

»Nichts anfassen, Liebig. Da muss erst das geschulte Auge eines Mediziners ran.«

Dr. Schiller legte Liebig lächelnd die Hand auf die Schulter und beugte sich über die Leiche.

»Sieht mir nicht mehr ganz vollständig aus, obwohl schon ein Teil völlig verbrannt ist. Wo sind Arme und Beine?«

Erst jetzt fiel dem Hauptkommissar ebenfalls auf, was der Mediziner auf Anhieb bemerkt hatte. Nur der Torso mit Kopf lag vor ihnen, wobei das Gesicht wie mahnend zum Himmel gerichtet war. So als wollte der Tote Gott im Todeskampf anflehen. Schiller fuhr fort, während Liebig an den Überresten eine genauere Beschauung vornahm.

»Riechen Sie das, Liebig?«

»Wenn Sie das Ethanol meinen, dann ja. Da wollte wieder einmal jemand Spuren verwischen, indem er oder sie das Opfer verbrannte. Täusche ich mich, oder ist die Leiche in besserem Zustand als dieser Löffler aus der Kronenstraße? Sehen Sie mal ... da am Halsansatz. Könnte das nicht eine Tätowierung sein? Ich würde sagen, dass das ein Name ist. *Nor* kann ich erkennen. Womöglich heißt das Nora oder Norbert.«

Schiller sah sich den Hals daraufhin genauer an und nickte zustimmend.

»Norbert, tatsächlich ... da steht Norbert. Das dürfte Ihnen möglicherweise helfen, den Namen des Opfers schneller herauszufinden. Ich weiß, es klingt jetzt ein wenig seltsam, aber wir haben Glück gehabt, dass man den Mann so schnell fand. Der kann noch nicht allzu lange gebrannt haben. Die Feuerwehr war wohl sehr schnell zur Stelle. Sicher sind einige Körperpartien komplett verbrannt, aber ein Großteil blieb erhalten. Da werde ich bestimmt was Brauchbares für Sie herauskitzeln.«

Rita schob sich näher heran und sah fasziniert auf die Bein- und Armstumpen, die der Täter am Körper seines Opfers belassen hatte. Angewidert verzog sie das Gesicht, bevor sie Schiller ansprach.

»Die Arme und Beine sind aber sehr sauber abgetrennt worden. Äußerst glatte Schnitte, was wohl auf einen Profi mit medizinischer Ausbildung hinweisen dürfte. Warum trennt man die Glieder ab und verbrennt nur den Torso? Das verstehe ich nicht.«

Liebig und Schiller wechselten einen Blick, bevor Schiller den Part übernahm, die junge Kollegin aufzuklären.

»So ungewöhnlich ist das eigentlich gar nicht. Ein Grund mag sein, dass man das Opfer dadurch identifizieren könnte. Diese Psychopathen ticken anders als wir. Häufig behalten sie aber auch Teile ihrer Opfer sozusagen als Trophäen. Da sind schon Menschen festgenommen worden, die besaßen ganze Sammlungen an Körperteilen. Ab und zu konservieren sie die Teile mit Formalin oder Ethanol und legen die in Gläser. Das macht aber wenig Sinn bei großen Gliedmaßen. Hin und wieder besitzen die Wahnsinnigen große Kühltruhen, in denen sie die Körperteile schockgefrieren ... sozusagen für später.«

Rita hatte aufmerksam zugehört und sah von einem zum anderen.

»Für später? Was meinen Sie damit?«

Nun schaltete sich Liebig dazwischen und klärte Rita auf:

»Mit *später* meint Dr. Schiller, dass diese Bestien ab und zu auch das Fleisch ihrer Opfer essen. Sie kennen das doch bestimmt aus Dokumentationen über Urvölker. Die aßen die Körper anderer Krieger, weil sie daran glaubten, dass dadurch deren Kraft auf sie überging. So ähnlich müssen Sie sich die kranken Gedanken dieser Mörder vorstellen. Ich habe von einem Serienkiller aus Boston gelesen, der die Organe seiner Opfer mit glasklarem Gießharz umhüllte, um sich die Teile anschließend ins Regal zu stellen. Den Besuchern stellte er sie als Innereien von gejagten Tieren dar. Ja, bis eines Tages eine Frau ihren neuen Freund, einen Arzt, mitbrachte. Der hat dann den Stein ins Rollen gebracht und später stellte sich heraus, dass diese Bestie mindestens vierundzwanzig Menschen getötet haben musste.«

Schiller unterbrach die Unterhaltung der beiden Ermittler.

»Ich störe Sie ungern bei dem Aufklärungsunterricht, aber kann ich den Leichnam nun abtransportieren lassen? Sind Sie so weit durch?«

»Oh, natürlich, Doktorchen. Ich kümmer mich noch mit der netten Kollegin um die Befragung von möglichen Zeugen und der Feuerwehrleute. Sie werden mir morgen bestimmt schon berichten können. Sehe ich das richtig?«

Schiller wollte noch etwas erwidern, blickte aber nur noch auf den breiten Rücken des Hauptkommissars, der seine Assistentin vor sich her auf eine Gruppe von Feuerwehrleuten zuschob. Er grinste schelmisch und murmelte etwas Unverständliches vor sich hin. Schließlich winkte er einen Beamten herbei.

»Kann mir jemand von euch verraten, wie die Meldung über den Brand zur Leitstelle kam? Mein Name ist übrigens Peter Liebig, Hauptkommissar vom Morddezernat, und das ist meine Kollegin Kommissarin Rita Momsen.«

Die Männer, die noch über den Einsatz sprachen, betrachteten die Ankömmlinge freundlich und traten auseinander.

»Mein Name ist Wotan. Der Anruf soll um 9:30 Uhr eingegangen sein. Wir waren um 9:38 Uhr vor Ort und fanden den Mann lichterloh brennend auf der Parkbank. Der Brand war schnell gelöscht, weil der Kollege Schneider eine Decke über den Mann legen konnte, die den Flammen den Sauerstoff nahm. Der Rest war schnell erledigt. Aber Sie werden sicherlich schon bemerkt haben, dass hier ein Brandbeschleuniger zum Einsatz kam. Fünf Minuten später hätten Sie von dem Opfer nur noch Asche vorgefunden. Der Anruf kam von einer Frau, die dort oben in der zweiten Etage wohnen müsste. Moment – ich habe den Namen aufgeschrieben. Sie heißt Köthing.«

»Gute Arbeit, meine Herren. Meine Hochachtung wegen der tollen Reaktion. Wir werden uns mal die Frau vornehmen. Vielleicht hat sie ja was gesehen. Euch noch einen möglichst ruhigen Dienst, Männer. Und danke.«

Liebig schüttelte jedem Einzelnen die Hand und richtete den Blick auf den gegenüberliegenden Häuserblock. Er sah das Gesicht einer Frau hinter der Gardine verschwinden.

Frau Köthings Kopf erschien in dem Türspalt. Sie musterte die Besucher eingehend von oben bis unten. Ihr Blick blieb an Liebigs Dienstausweis hängen, bevor sie den Eingang zur Wohnung freigab.

»Kommen Sie rein. Ich habe Sie schon erwartet. Stören Sie sich bitte nicht an dem Durcheinander und an meiner Frisur. Ich saß beim Frühstück, als ich aus dem Fenster sah. Eigentlich wollte ich nur nach dem Wagen von meinem Ex sehen. Der sollte mir heute Morgen die Scheidungsvereinbarung vorlegen. So viel zum Thema *sollte*. Der Scheißkerl hat sich mal wieder nicht blicken lassen.«

Rita unterbrach die redselige Frau, bevor auch noch die Gründe der Trennung zur Sprache kamen.

»Als Sie aus dem Fenster schauten – was genau sahen Sie? Haben Sie nur Flammen gesehen, oder gab es da Fahrzeuge oder Personen ...?«

»Da war dieser Kerl.«

Nun war es wieder Liebig, der den Ball aufnahm.

»Da war ein Kerl? Was meinen Sie damit? War er bei der Brandstelle und konnten Sie ihn gut erkennen? Kommen Sie, Frau Köthing, lassen Sie sich nicht jedes Wort aus der Nase ziehen. Könnten Sie die Person beschreiben?«

Den beiden Ermittlern kam es so vor, als hätte Frau Köthing es längst bereut, überhaupt etwas zu ihrer Beobachtung im Park gemeldet zu haben. Sie knetete verzweifelt ihre Hände und stammelte unverständliche Sätze.

»Ich habe da einen Mann, einen großen Mann gesehen. Aber der hat mir nie das Gesicht zugewendet. Er trug eine Mütze – so eine, wie sie die jungen Leute heutzutage tragen – einfach eine Wollmütze. Als er mich am Fenster bemerkte, lief er zu seinem Auto und verschwand. Er war einfach nur groß. Mehr weiß ich nicht, Herr Hauptkommissar. Wirklich nicht.«

Liebig ließ nicht locker und forschte weiter.

»Was tat der Mann da an der Bank? Bitte, Frau Köthing. Das ist sehr wichtig.«

»Der hat da etwas Schweres hingelegt und plötzlich schoss diese Stichflamme hoch. Danach ist er weggelaufen. Glauben Sie mir doch bitte.«

»Was war das für ein Auto«, wollte Rita wissen und legte beruhigend ihre Hand auf den Arm von Frau Köthing.

»Schwarz – ja schwarz war der. Ich kenne die Fahrzeugtypen nicht. Das war so ein Auto, das die Firmen zum Ausliefern benutzen. Aber da war kein Firmenschild drauf. Da bin ich mir ganz sicher. Mehr weiß ich wirklich nicht, weil ich sofort die Feuerwehr angerufen habe. Gehen Sie jetzt bitte. Mein Ex kann jeden Augenblick kommen. Wenn der Sie hier sieht, wird der wieder stinksauer, und dann kann ich das ausbaden.«

Liebig spürte, dass im Augenblick nicht mehr aus der Frau herauszuholen war. Er zog eine Visitenkarte aus der Jackentasche und reichte sie der zitternden Frau.

»Bitte, Frau Köthing. Sollte Ihnen noch etwas einfallen zu dem Mann, egal was, rufen Sie mich bitte sofort an ... Tag und Nacht. Haben Sie mich verstanden? Wir gehen jetzt und hoffen, dass das mit Ihrem Mann gut abläuft.«

Vor der Haustür blieb Liebig stehen und atmete noch einmal kräftig durch.

»Na, wenigstens haben wir eine Vorstellung vom Wagentyp, und der Kerl soll groß sein. Entschuldigung, wenn ich das so frei raus sage. Immer wieder kotzt mich das an, wenn ich aus diesen Häusern komme und mitnehmen muss, wie beschissen und erbärmlich die Ehen oft ablaufen. Ich dagegen habe meine Frau wirklich geliebt und sie musste einem dieser dreckigen Psychopathen zum Opfer fallen. Ist das gerecht? Kann das Gottes Wille gewesen sein? Ach, lassen Sie nur, Rita, ich will darauf keine Antwort. Kommen Sie, es gibt viel zu tun.«

8

»Das glaube ich einfach nicht, Schiller. Dann hätten wir es ja unter Umständen mit dem gleichen Täter zu tun. Was ist in Essen los? Gibt es in dieser Stadt ein Nest, in dem Massenmörder gezüchtet werden? Und die sind alle gleichzeitig geschlüpft. Rita, anziehen! Wir müssen rüber zur Rechtsmedizin. Es gibt Neuigkeiten. Lassen Sie Spiekermann einen Zettel da, wo wir sind.«

Liebig legte den Hörer wieder auf die Gabel und erhob sich lustlos. Gerade als die beiden das Büro verlassen wollten, liefen sie Kriminalrat Rösner in die Arme, der zu seinem besten Ermittler hochsah. Immerhin überragte der Hauptkommissar ihn um mindestens eineinhalb Köpfe. Rösners Fistelstimme hatte jede Festigkeit verloren, als er stotterte: »Mensch, Liebig. Geht das auch etwas langsamer? Ich wollte Sie gerade aufsuchen, um zu erfahren, was es mit der Leiche im Park auf sich hat. Das ganze Präsidium spricht schon darüber. Also?«

Die Ungeduld war Liebig unschwer anzusehen, als er seinen Vorgesetzten mit sanfter Gewalt zur Seite schob und dem im Weggehen zurief: »Herr Rösner. Bitte seien Sie mir nicht böse, wenn ich den Bericht erst später nachreichen muss, aber wir müssen dringend zu Schiller. Er hat ganz wichtige Fakten zum Fall. Bis gleich also. Ich melde mich bei Ihnen, sobald wir zurück sind.«

Liebig schob die irritierte Rita zum Aufzug und grinste. »Der nimmt mir das nicht übel. Zumindest nicht lange. Aber Schiller ist mir jetzt wichtiger als dieser Kugelblitz. Der wird schon früh genug davon erfahren. Wo habe ich eigentlich den Wagen abgestellt?«

»Soll ich ihn holen? Sie brauchen eine Pause, Chef.«

Rita drehte sich ab, damit Liebig ihr unverschämtes Grinsen nicht sah. Keiner wusste besser als sie, wie sehr ihr Chef es hasste, wenn er als Beifahrer fungieren musste.

»Der Mann wurde wirklich in den Arsch ... Oh, verzeihen Sie, Rita. Ich habe ganz vergessen, dass eine Frau im Raum ist.«

Liebig ging auf seine Assistentin zu und wollte die Hände an ihre Schultern legen. Die wehrte aber mit den Worten ab: »Ich sagte Ihnen bereits, dass ich mit zwei älteren Brüdern aufgewachsen bin. Ich lebe doch nicht hinter dem Mond. Wenn ich das richtig verstehe, dann wurde das Opfer vor seinem Tod von dem Täter anal sexuell missbraucht. Wir haben es also mit einem Homosexuellen zu tun. Richtig?«

»Besser hätte ich es auch nicht ausdrücken können«, meldete sich nun Schiller, den die Diskussion zu amüsieren schien.

»Ich sagte ja schon, dass der Mann nicht so stark angekokelt wurde, dass ich nicht damit arbeiten könnte. Ich habe also Sperma im Darm gefunden, das ich erst analysieren muss. Liegt schon im Labor. Aber es geht weiter, Herrschaften. Das dicke Ende kommt noch.«

Hier legte Schiller eine Kunstpause ein, bis er merkte, wie die Ungeduld in Liebig wuchs und der kurz vor einem Anfall war.

»Wie wir wissen, ist der Verbrennungstod eine Kombination von Kohlenmonoxidvergiftung, Schocktod und Kollaps. Wenn es denn so gewesen wäre, dass der Leichnam lediglich verbrannt werden sollte, würde ich Sie nicht hierherbestellt haben. Jetzt kommt erst das Beste – der Mann muss noch gelebt haben, als man ihn anzündete.«

Jetzt machte sich nicht nur in Ritas Gesicht Entsetzen breit. Auch Liebig schluckte.

»Was bringt Sie denn darauf? Dem Kerl wurden doch sämtliche Glieder amputiert. Der kann doch nicht mehr ...«

Schiller hob die Hände.

»Das muss ich zugeben, habe ich auch zum ersten Mal auf meinem Tisch. Der Mörder muss die Gliedmaßen sehr schnell, also mit einem glatten Schnitt vom Körper getrennt haben. Ich vermute dabei eine Handkreissäge. Dann hat er die Wunden, damit sein Opfer nicht komplett ausblutet, sofort mit Flüssigharz abgedichtet. Ich will das mal so einfach ausdrücken. Das hat der bei allen Gliedern so gemacht und das ... hören Sie bitte genau zu ... bei vollem Bewusstsein.«

Das Knarren war unüberhörbar, als sich Rita in den Stuhl fallen ließ. Trotzdem stellte sie die Frage: »Wie kommen Sie darauf, dass er bei vollem Bewusstsein war?«

»Ich habe in seinem Körper keine Spur eines Narkotikums feststellen können. Allerdings war noch Ketamin schwach nachweisbar, das man in K.-o.-Tropfen mischt. Das nimmt aber nicht die Schmerzen bei einer Operation. Sie werden sich jetzt fragen, woher ich weiß, dass der Mann beim Brand noch lebte. Ganz einfach.

Ich fand eine wässrige Durchtränkung der einzelnen Schichten der Luftröhrenäste sowie eine Verengung des Lumens der Bronchien durch starke Fältelung der Schleimhaut. Kurz – Rauchgase sind in die Lunge eingedrungen, was nur geschieht, wenn der Mensch noch atmet. Das hat dem Mann den Rest gegeben. Jetzt Sie, Herrschaften.«

Die Stille im Raum war greifbar. Ritas Gesichtsfarbe wirkte ungesund, als sie ihre Gefühle ausdrückte.

»Wie krank und hasserfüllt muss jemand sein, einen Menschen so lange am Leben zu erhalten, ihn zu foltern und zu quälen, bis er ihn bei lebendigem Leibe verbrennen kann? Für ihn steht neben der sexuellen Befriedigung auch noch die durch das Leiden des Opfers an erster Stelle. Das kann kein Mensch sein.«

Schiller schüttelte den Kopf.

»Doch, doch, liebe Frau Momsen. Das ist ein Mensch. Ganz sicher. Ein Tier wäre zu solchen Perversitäten gar nicht fähig. Da muss der Schöpfer einen nicht so glücklichen Tag erwischt haben, als er dieses Monster schuf. Haben Sie noch Fragen zum Fall? Ansonsten gehe ich wieder an meine Arbeit. Da liegen noch zwei Kunden in der Kühlung.«

Rita blieb etwas zurück, was Liebig dazu veranlasste, sich mit ihr auf die Treppenstufen im Eingangsbereich des Instituts zu setzen.

»Ich kann das nicht so einfach verarbeiten, Chef. Ich stelle mir immer wieder vor, wie dieser arme Mann leiden musste. Ich vermute zwar, dass ihm die Schmerzen das Bewusstsein raubten, doch er kommt ja immer wieder zu sich. Und dann geht es weiter ... immer wieder und wieder. Solche Täter haben es einfach nicht verdient zu leben. Da hat es irgendwann im Laufe der Evolution einen schweren Knacks gegeben. Da hat sich parallel zu uns eine Spezies gebildet, die schlimme Mutationen in sich vereint. Ich hoffe, dass wir irgendwann einmal wieder einen normalen Totschlag untersuchen. Ich meine, den aus purer Wut und Leidenschaft heraus.«

Liebig lachte in sich hinein und klopfte Rita auf den Rücken.

»Da kann ich Sie beruhigen, Frau Momsen. Wir werden uns für den Rest unseres beschissenen Lebens weiter mit dem Müll der menschlichen Rasse herumschlagen müssen. Kommen Sie, bevor wir mutlos den ganzen Job hinschmeißen. Wir müssen die Bestie finden und stoppen.«

9

Katharina Moschus, Ehefrau des Feuerwehrmannes, legte beide Arme um den Hals der Freundin, drückte herzlich einen Kuss auf die Wange von Monika Wotan. Hans stimmte es immer glücklich, wenn er die Herzlichkeit zwischen den beiden Frauen spürte. Dieser Kontakt schuf Monika einen gewissen Ausgleich für fehlende Gespräche mit ihm. Es bestand zwischen ihnen ein Abkommen, dass er die Probleme, die sein Beruf bei der Feuerwehr unweigerlich mit sich brachte, von der Familie weitestgehend fernhielt. Nur sehr selten wurde diese Grenze überschritten. Hans drückte Katherina an seine breite Brust und flüsterte ihr zu: »Hast du das Geschenk für den Kleinen früh genug erhalten? Ich dachte mir, dass es sicherer wäre, es direkt zu dir nach Hause schicken zu lassen. Schön verpackt? Dann kann ich es ihm ja selbst geben.«

»Alles wurde nach deinen Wünschen arrangiert. Doch kommt erst einmal herein in die gute Stube. Ich hol das Paket. Habe es im Schlafzimmer vor dem Racker versteckt. Schnell, bevor die Rotznase mitbekommt, dass ihr schon hier seid. Der hat bereits vor Stunden gejammert: *Wann kommt denn endlich Onkel Hans?* Bin in zwei Minuten wieder da.«

Katharina verschwand für einen Augenblick, um schon nach einer Minute wieder mit einem Riesenpaket in der Diele zu erscheinen. Die Geräusche des Kindergeburtstags schallten gedämpft bis zum Eingang, sodass Hans es sofort gehört hätte, wenn sich jemand von dort nähern würde. Mit Freude übernahm er das Geschenk und machte sich auf den Weg zur Terrasse. Über den Rand des Paketes konnte er eine Gruppe Kinder ausmachen, die gerade das allseits bei Kindern beliebte Blindekuh spielten. Als man den neuen Gast erspähte, trat augenblicklich Ruhe ein, bis endlich jemand den entscheidenden Ruf losließ:»Dein Onkel Hans ist da. Das Geschenk kommt. Juhu, auf ihn mit Gebrüll!«

Hans Wotan konnte das Lachen kaum verkneifen, als er sah, wie sich der kleine Florian die Binde von den Augen riss und sämtliche Freunde beiseite stieß. Wie ein Orkan stürmte er auf den Menschen zu, der ihm neben den Eltern am meisten bedeutete. Mit einem tiefen Seufzer umarmte der Kleine die Taille seines Patenonkels Hans.

»Endlich. Wo bist du so lange gewesen? Wir wollten schon fast ohne euch anfangen. Tag, Tante Monika.«

Monika Wotan war es mittlerweile gewöhnt, dass sie in dieser Beziehung immer in der zweiten Reihe stehen musste. Ihr machte das überhaupt nichts aus. Sie liebte diesen aufmerksamen Fratz wie einen Sohn, der ihr bisher verwehrt blieb. Sie drückte Florian einen dicken Kuss auf die Stirn, woraufhin er knallrot wurde und den feuchten Kuss mit dem Ärmel abwischte. Der Kreis der Freunde, der neugierig um ihn herumstand, hatte das bereits mitbekommen. Im Chor schallte der Ruf der Kinder durch den Garten:»Aufmachen ... aufmachen ... aufmachen!«

53

Endlich bekam Hans Wotan die Gelegenheit, das Paket auf den Rasen abzustellen. Mindestens zehn Kinderhände zerrten jetzt an den Bändern, die eine letzte Sperre bis zur Überraschung bildeten. Als dann die Abbildungen auf der Verpackung sichtbar wurden, trat augenblicklich Stille ein. Alle Augen starrten auf den jetzt achtjährigen Florian, der mit offenem Mund auf den Karton blickte, in dem augenscheinlich eine gewaltige *Carrera-Rennbahn* auf den neuen Besitzer wartete. Als hätten sich die Kinder abgesprochen, entbrannte ein höllischer Lärm und alle riefen:»Auspacken ... auspacken!«

Erst jetzt, als sich die Kinder gemeinsam daran machten, den Karton zu öffnen, trat Roland Moschus an die Seite von Monika.

»Schön, dass ihr endlich da seid. Die anderen sind auch noch nicht so lange da. Florian hat extra für dich ein Riesenstück Käse-Sahne-Torte zur Seite gestellt. Schließlich weiß er, wie gerne seine Patentante diese isst. Kaffee steht noch auf dem Tisch. Darf ich dir deinen Mann entführen? Die Typen da drüben warten schon darauf, dass wir endlich das Bierfass anstechen. Lasst uns ein bisschen quatschen. Bis gleich dann.«

Hans Wotan freute sich, seinen Kumpel Heiner als ersten begrüßen zu können.

»Warum hat mir keiner gesagt, dass du wieder aus dem Krankenhaus raus bist? Das ist eine Saubande. Und mit solchen Typen muss ich zusammenarbeiten.«

Kollektives Schulterklopfen zeigte Hans an, dass man diese Frotzelei richtig einordnete. Ralf Schöller war es, der für alle sprach:»Wenn wir es dir gesagt hätten, wäre es doch keine Überraschung mehr. Was ist jetzt eigentlich mit dem Fass? Ist mal jemand so gnädig und befreit das Bier aus seinem Gefängnis? Ich hör das Gesöff bis hierhin jammern ... hört ihr es nicht auch? Lasst mich raus ... lasst mich raus!« Selbst die beschäftigten Kinder sahen erstaunt herüber, als sich fünf erwachsene Männer johlend in die Partyhütte begaben und sich über ein unschuldiges Bierfass hermachten. Doch vorher mussten zwei Runden Bärwurzschnaps durch die Kehlen der Männer fließen. Heiner war es, der es auf den Punkt brachte.

»Dieses Gesöff sollte man seitens des Gesetzgebers auf die schwarze Liste der verbotenen Getränke setzen. Ich würde schon allein wegen dieses Gebräus den bayrischen Wald als Sperrgebiet erklären. Wieso hast du verdammter Kerl immer wieder einen Vorrat in der Bar? Das Zeug würde ich maximal als Brandbeschleuniger zulassen. Bei mir heben sich gerade die Fußnägel.«

Zustimmendes Gemurmel und kollektives Kopfnicken zeigten deutlich, dass er fast allen aus der Seele gesprochen hatte. Nur Roland Moschus verlor sein Grinsen nicht. Er öffnete eine Schranktür und offenbarte den Freunden den Vorrat von mindestens fünf weiteren Flaschen. Das Gegröle wollte nicht enden, bis das Zischen des Bieres ablenkte, das trotz eines exakten Schlages teilweise am Zapfhahn vorbeischoss. An der Theke genoss man das kühle Getränk und wechselte zu ernsteren Themen. Heiner sprach ein Problem an.

»Habt ihr eigentlich schon was von der Kripo gehört? Ich meine in Bezug auf diese Brandstiftung in der Kronenstraße. Ich habe jeden Tag im Krankenhaus gebetet, dass man dem Wahnsinnigen den Arsch aufreißt.«

Alle Blicke richteten sich auf die Biergläser. Keiner, bis auf Roland wollte eingestehen, dass man nach einer Anfrage bisher ohne greifbare Ergebnisse blieb.

»Dieser Hauptkommissar Liebig hält jegliche Nachrichten zurück mit dem Hinweis darauf, dass man in alle Richtungen ermitteln würde und deshalb Stillschweigen verabredet hat. Die Pressestelle versteckt sich hinter leeren Phrasen. Was solls`s? Wir haben getan, was wir konnten. Der arme Junge hätte nicht sterben dürfen. Aber wir alle wissen doch verdammt genau, dass der nur geringe Chancen hatte, als Heiner ihn fand. Der hätte ja selbst bald Pech gehabt, als er dem Jungen half.«

Alle Köpfe fuhren hoch, als Heiner sein Glas neben dem Bierdeckel auf die Theke knallte.

»Verdammte Scheiße. Ich hätte dem Kleinen sofort meinen Sauerstoff geben sollen, anstatt abzuwarten. Vielleicht hätte es geholfen. Ich habe in den letzten Tagen so oft darüber nachgedacht. Er könnte ...«

»Nichts könnte«, schaltete sich Ralf Schöller dazwischen, »Du hast doch wohl einen Knall. Hast du alles vergessen, was uns in der Ausbildung beigebracht wurde? Erst musst du für deine eigene Sicherheit sorgen, weil sich deine Kameraden auf dich verlassen können müssen. Das Kind hatte schon zu lange das Gift eingeatmet. Du hättest nicht einmal deine Jacke ausziehen dürfen. Ich hatte Probleme, dich vor den Flammen zu schützen. Du musst immer an deinen Nebenmann denken und ihn niemals in Gefahr bringen. Verdammt, habe ich recht?«

Allgemeines Nicken ersetzte eine Antwort. Heiner sah jedem Einzelnen ins Gesicht, bevor er mit fester Stimme die entscheidende Frage stellte:»Wollt ihr Arschgeigen mir etwa weismachen, dass keiner von euch dem Jungen die Maske gegeben hätte? So viel wie ich weiß, hat jeder von euch, mit Ausnahme von Hans, einen Sohn. Ich wenigstens habe in dem Gesicht des kleinen Jungen das eines eigenen Sohnes gesehen. Und ich sage es hier und jetzt: Ich würde es wieder genauso machen. Fragt mich nicht warum, aber es gibt Situationen, in denen mir Vorschriften so was von scheißegal sind. Dann entscheidet das Gefühl mit, wenn ich handle. Überlegt es euch in Zukunft zweimal, ob ihr mit mir in ein brennendes Haus geht. Ich bin schließlich ein Kameradenschwein.«

Durch den allgemeinen Tumult drang die Stimme von Katharina Moschus, die das Streitgespräch von der Tür aus mitangehört hatte.

»Nein, Heiner, du bist kein Kameradenschwein ... du bist ein Mann, vor dem ich den Hut ziehe.«

»Aber Katharina, dabei kannst du nicht mitreden. Das ist zu kompliziert, um ...«, versuchte Roland, seine Frau zu stoppen. Die winkte nur ab, als sie fortfuhr:»Ja, ich weiß, dass es klare Vorschriften bei euch gibt. Die machen sicher auch Sinn. Aber zu jeder Regel muss es Ausnahmen geben. Wenn Lebensgefahr besteht, muss ein Mensch auch spontan entscheiden dürfen, was in seinen Augen Sinn macht. Klar kann er sich täuschen. Doch wer weiß am Ende, welcher Weg der richtige, welche Entscheidung die einzig richtige gewesen wäre? Ihr vielleicht? Kaum. Wir müssen einfach auch Gefühle zulassen, wenn wir handeln. Das dürfte sicher auch auf euch zutreffen. Selbst ihr seid nicht vor Fehlentscheidungen gefeit. So, jetzt Schluss damit. Ich möchte nun mit meinen Helden hier ein Bier trinken. Dauert das noch lange, meine Herren?«

Katharina legte ihren Arm um Heiner Kaske und drückte ihm einen langen Kuss auf die Wange. Roland beeilte sich, dem Wunsch seiner Frau nachzukommen. Alle hoben schließlich die Gläser und stimmten zum gemeinsamen Gesang an. Langsam rückten auch die restlichen Besucher in die Hütte ein, als man das Lied *Feuerwehren* hörte, das die Gruppe *Dorfrocker* aus dem unterfränkischen Oberaurach in die Schlagerhitlisten gebracht hatte. Jeder, der die *Gummibärenbande* kannte, konnte schnell mitsingen.

10

Zu fortgeschrittener Stunde entdeckten die Frauen die Vorzüge der lauen Sommernacht und zogen sich an den Tisch zurück, der vor der Partyhütte auf dem Rasen auf Gäste wartete. Irmgard Schneider umklammerte mit bereits trüben Augen ihr drittes Sektglas und kicherte lediglich noch zu jeder halbwegs witzigen Bemerkung. Keiner wagte es, sie erneut darauf hinzuweisen, dass der Alkohol dem Kind schaden könnte. Die Erinnerung an ihren letzten Tobsuchtsanfall war noch zu frisch. Erst als sie direkt angesprochen wurde, versuchte sie, sich zu konzentrieren. Katharina Moschus, die direkt neben ihr saß, zeigte auf Irmgards Schoß und fragte geradeheraus: »Wie viel? Sechster oder siebter Monat? Ist es sicher, dass es ein Mädchen wird? Das wäre doch einmal eine Abwechslung nach drei Jungen. Findet ihr das nicht auch?«

Applaus und wildes Gekicher der restlichen Frauen brandete auf. Nur Monika Wotan hielt sich zurück und verfolgte traurig die aufsteigende Kohlensäure in ihrem Glas. Als hätte jemand den Ton abgestellt, endete das Getöse. Hände legten sich über die von Monika. Katharina legte den Arm um Monika und drückte sie fest an sich. Sie versuchte, die Situation zu retten.

»Verzeihung ... es tut mir leid, dass ich genau das Thema anschneide, wo ihr doch gerade erst diese Fehlgeburt verkraften musstet. Beim nächsten Mal klappt es bestimmt.«

Monika sprang auf und blickte mit weit aufgerissenen, tränengefüllten Augen in die Runde.

»Es wird kein nächstes Mal geben. Ihr könnt alle gut reden, ihr habt bereits gesunde Kinder. Ich schaffe das einfach nicht. Die Ärztin meint sogar, dass die Chance, ein Kind austragen zu können, weit unter fünfzig Prozent liegt. Ich will das nicht mehr riskieren, bei einer Fehlgeburt selbst sterben zu müssen oder ein behindertes Kind zu bekommen.«

Sie setzte sich wieder, sah traurig in die Runde und fügte merklich leiser hinzu: »Wir denken darüber nach, eines zu adoptieren.«

Für einen kurzen Moment trat Stille ein, die nur durch den Lärm der Männer aus der Hütte unterbrochen wurde. Doch plötzlich brach es aus den Frauen heraus und sie bildeten einen Kreis um ihre Freundin.

»Das ist doch herrlich. Eine tolle Idee. So gibst du einem Kind, das vielleicht nicht gewollt war, ein wunderbares Zuhause. Hör mal Abigail, habt ihr nicht auch den kleinen Liam angenommen? Ich meine, mich erinnern zu können, dass du und dein erster Mann damals ein Kind adoptiert habt.«

Abigail Shawn, die Partnerin von Ralf Schöller, wirkte erst irritiert, als sie von Katharina Moschus plötzlich ins Spiel gebracht wurde, lächelte jedoch gequält.

»Ja schon. Aber bisher hat sich Ralf noch nicht durchringen können, mich zu heiraten und damit auch Liam als

Sohn anzuerkennen. Was solls`s? Wir leben sehr gut zusammen und vertragen uns. Er ist ein guter Partner, der viel mit Liam unternimmt. Er liebt ihn und würde alles für ihn tun.«

»... aber nicht die Mutter heiraten. Das finde ich schon seltsam.«

Irmgard bereute schon im nächsten Augenblick ihre Bemerkung und setzte zu einer Entschuldigung an.

»Nein, nein, Irmgard, du musst dich nicht entschuldigen. Du hast ja irgendwie recht. Scheinbar gilt man erst als Familie, wenn man miteinander verheiratet ist. Aber wäre es dann anders zwischen mir und Ralf? Er liebt uns auch ohne Trauschein. Da bin ich mir absolut sicher. So richtig ist er sowieso mit seinem Beruf verheiratet. Ich denke, da dürftet ihr wohl alle zustimmen. Oder?«

Ein tiefer Seufzer ersetzte die Antwort der anderen Frauen. Monika Wotan riss ihr Sektglas hoch und prostete den anderen zu.

»Scheiß drauf, Mädels. Wir haben trotzdem die besten Männer der Welt. Lassen wir sie hochleben. Prost!«

Fünf Köpfe erschienen hinter dem einzigen Fenster der Hütte, auf deren Gesichter sich nicht nur die Folgen des Bierkonsums niederschlugen, sondern auch die Frage erkennbar war, warum die Frauen draußen so vergnügt lärmten. Als sich die Tür öffnete und die Musik lauter nach draußen schallte, stürmten die Frauen auf ihre Partner zu und zerrten sie nach draußen. Gemeinsam tanzten sie ausgelassen auf dem kurz geschorenen Rasen. Nur Heiner Kaske sah dem Treiben zu und hielt sein Bierglas lächelnd in der Hand. Schließlich ging er zurück an die Bar und beobachtete traurig sein Konterfei in dem Spiegel, den Roland hinter den Schnapsflaschenregalen angebracht hatte. Leise murmelte er die Worte:»Helena, weißt du noch? Hier haben wir beide auch mal zusammen gestanden und mit den anderen gefeiert. Hoffentlich ist Petrus auch gut zu dir. Ich werde ihm sonst gehörig in den Arsch treten, wenn ich oben bin. Auf dein Wohl, Kleines ... Prost.«

Lange hielt er das halb volle Bierglas in der Hand, bevor er es schließlich in einem Zug austrank.

11

»Rita? Könnten Sie mir eine Arbeit abnehmen und versuchen, eine Telefonverbindung zu Frau Köthing herzustellen? Gerne würde ich die Frau noch ein weiteres Mal befragen. Oft erinnert man sich viel später, wenn man wieder zur Ruhe kommt, an Dinge, die man in der Aufregung einfach übersieht. Wir sollten ihr auch Bilder von diversen Lieferwagen vorlegen. Vielleicht gibt es da einen Treffer.«

Rita Momsen machte sich eine Notiz und konzentrierte sich erneut auf den Bericht, den ihnen Schiller rübergeschickt hatte. Obwohl es ihr hin und wieder zu schaffen machte, Leichenteile anzusehen, fand sie immer mehr Interesse an den medizinischen Aspekten. Ebenso faszinierte sie die Psychologie, die einen Täter oftmals bewegte, seine Straftaten nach Mustern auszuführen. Diese Zwanghaftigkeit hinterfragte sie gerne, forderte Antworten. Längst hatte sie für sich die Entscheidung getroffen, genau in diesem Bereich bessere Kenntnisse durch Schulungen zu erwerben. Das Zauberwort hieß *Profilerin*.

»Es würde mir die Arbeit erheblich vereinfachen, wenn ich auch die Telefonnummer der guten Frau von Ihnen erhalten würde, Chef.«

Vor Liebigs Gesicht tauchte die schlanke Hand seiner Assistentin auf, in die er grinsend den Zettel mit der Nummer drückte.

»Na ja, mit Zettel kann das jeder. Ich denke, Sie sind bei der Polizei?«

Noch im Weggehen konnte Liebig Ritas Worte deutlich vernehmen, die sie eigentlich nur vor sich hingemurmelt hatte: »Gezaubert wird erst ab morgen.«

Einmal mehr sah er dieser jungen Frau nach, die trotz ihrer flotten Sprüche oder auch genau deswegen etwas in ihm geweckt hatte, das er schon verschollen glaubte. Schnell verwarf er den Gedanken und konzentrierte sich wieder auf den Papierberg, der sich vor ihm auftürmte. Währenddessen versuchte Rita immer wieder, die Nummer von Frau Köthing anzuwählen. In ständiger Wiederholung meldete sich der Anrufbeantworter, dessen monotone Stimme mitteilte, dass der Teilnehmer nicht erreichbar sei.

»Hören Sie Chef. Die Köthing meldet sich nicht. Soll ich da mal vorbeifahren und ihr die Mappe mit den Autotypen vorlegen? Ich muss nachher sowieso in die Gegend. Eine Schulfreundin wohnt dort, mit der ich heute Abend essen gehen will.«

Liebig hob nicht einmal den Kopf, als er antwortete: »Bestellen Sie Ihrem Freund liebe Grüße von mir. Der soll sich bloß anständig benehmen, sonst ...«

Mit zwei Schritten stand Rita wieder vor seinem Schreibtisch.

»Spreche ich wirklich so undeutlich? Hatte ich nicht von einer Schulfreundin gesprochen, mit der ich essen gehe? Ich habe es Ihnen schon mehrfach gesagt, dass ich keinen Kerl habe. Sie scheinen sich diesbezüglich zu sehr um das Wohlergehen Ihrer Mitarbeiter zu sorgen. Sollte es in dem Punkt Beziehung Neuigkeiten geben, werden Sie der Erste sein, dem ich berichte. Kann ich jetzt gehen? Ich mag mich irren, aber Spiekermann haben Sie eine solche Frage bisher noch nicht gestellt. Wo bleibt da die Gleichberechtigung?«

»Hauen Sie endlich ab, Momsen. Und rufen Sie sofort an, wenn Sie etwas Wichtiges erfahren.«

In dem Augenblick, als Rita das Büro verließ, wollte Spiekermann an ihr vorbei. Sie hielt ihn am Arm zurück und sprach so laut, dass es Liebig sicher hören musste:»Bevor ich es vergesse, Spiekermann. Sie sollen zum Chef kommen. Der wollte mit Ihnen über Ihr Privatleben reden. Freundin und so ... Sie wissen schon.«

Keine Sekunde zu früh brachte Rita die Tür zwischen sich und den heranfliegenden Kugelschreiber. Fröhlich pfeifend stieg sie in den Aufzug Richtung Ausgang.

Nachdem einzelne Klingelversuche keine Reaktion brachten, versuchte es Rita Momsen mit dem dauerhaft aufgelegten Daumen.

»Was soll die Scheiße eigentlich? Wenn die Köthing nicht da ist, hilft auch dein Dauerton nichts. Komm besser später noch mal wieder, Lady. Du machst ja das gesamte Haus verrückt.«

Rita war einen Schritt zurückgetreten, als der etwa siebzigjährige Mann die Haustür aufriss und dabei gleichzeitig seine viel zu große Trainingshose wieder zur Taille hochzerrte. Eine Reihe brauner lückenhafter Zähne ließ neben den unfreundlichen Worten auch eine deftige Knoblauchfahne durch. Die Dunstwolke ließ sich auch nicht dadurch abschwächen, dass Rita ihm den Dienstausweis unter die Augen hielt. Angewidert hielt sie eine Hand vor die Nase, bevor es zu Verätzungen kommen konnte.

»Polizei? Was hat die Köthing mit der Polizei zu tun? Hat die endlich mal jemand angezeigt wegen ihrer ständigen Tratscherei? Hören Sie, junge Frau, die Köthing habe ich schon seit gestern Nachmittag nicht mehr gesehen. Weggegangen ist die aber auch nicht. Das hätte ich bemerkt. Ich wohne direkt neben der Tratschtante. Ich kann Ihnen sagen, die ...«

Rita hatte ihren Ekel weitestgehend überwunden und trat in den Hausflur, aus dem verschiedene Musikstücke gleichzeitig erklangen. Dabei schob sie den älteren Herrn mit den Fingerspitzen zurück.

»Hören Sie. Ist es denn üblich, dass Frau Köthing über längere Zeit abwesend ist?«

»Die will doch keiner über fünf Minuten in der Nähe wissen. Nee, die geht höchstens mal zum Einkaufen. Die hat doch viel zu viel Angst davor, dass sie etwas am Fenster verpassen könnte, diese Schlange«, kam es wie aus der Pistole geschossen durch die lückenhaften Zahnreihen des Mannes.

»Wie ist noch mal Ihr Name? Den haben Sie mir gar nicht verraten. Vielleicht habe ich ja noch weitere Fragen an Sie. Also?«

Rita hatte währenddessen ihren Notizblock gezückt und wartete auf eine Antwort. Die fiel anders aus, als sie sich das vorgestellt hatte. Als wäre er ein Verschwörer, zog er Rita am Ärmel und brachte seine Lippen nahe an ihr Ohr. Rita hielt den Atem an und lauschte.

»Mein Name ist Parkert. Und übrigens weiß ich, wo die Tratsche den Schlüssel versteckt, wenn sie sich Nachschub für ihre Giftmischungen besorgt. Fühlen Sie mal oben links auf dem Türrahmen, dann finden Sie den sofort. Die Bekloppte glaubt, dass es keiner weiß. Jeder im Haus kennt aber ihr Versteck. Kommen Sie, ich zeig es Ihnen.«

Bevor Rita den Mann daran hindern konnte, schlurfte der schon die ersten Stufen hoch und riss weiter verzweifelt an dem Hosenbund. Neben der Wohnungstür, auf der der Name Parkert prangte, blieb er stehen und wollte nach dem Schlüssel von Frau Köthing greifen. Rita konnte ihn im letzten Augenblick daran hindern.

»Halt, Herr Parkert, das dürfen wir nicht. Ich werde die Wohnung nicht ohne triftigen Grund betreten. Lassen Sie den Schlüssel liegen. Ich werde später wiederkommen.«

Rita hatte den agilen Alten völlig unterschätzt, der nun die Fäuste in die Seiten stemmte und mit fester Stimme behauptete: »Da waren doch soeben Schreie zu hören. Ganz klar und deutlich. Wir müssen der Frau unbedingt helfen.«

Noch während er das sagte, versuchte er wieder, nach dem Schlüssel zu greifen.

»Lassen Sie das, Herr Parkert. Sie schauen definitiv zu viel Tatort am Sonntagabend. Ich habe nichts gehört.«

»Ich kann mich doch nicht so geirrt haben. Aber der Geruch ... riechen Sie das denn nicht?«

Tatsächlich war Rita Momsen schon bei Erreichen der Wohnung ein strenger Geruch aufgefallen, den sie unweigerlich mit denen in Verbindung brachte, die sie während ihrer Ausbildung an Tatorten wahrgenommen hatte. Etwas stimmte hier nicht. Sie nahm sich vor, das doch an Ort und

Stelle abzuklären. Sie schob den verdutzt dreinschauenden Mann zu seiner Wohnungstür und forderte ihn auf, drinnen zu warten. Nur widerwillig folgte der ihren Anordnungen, lugte aber weiter durch den schmalen Schlitz, den er gelassen hatte. Nachdem Rita die Kurzwahltaste gedrückt hatte, meldete sich Liebig.

»Kommen Sie weiter, Momsen? Was sagt die Alte?«

»Im Moment noch nichts, Chef. Ich stehe hier vor der Wohnungstür und würde am liebsten reingehen. Den Schlüssel hätte ich. Da ist ein seltsamer Geruch, der bis auf den Flur zu riechen ist. Soll ich mal nachsehen?«

Rita bildete sich ein, dass die Stimme ihres Vorgesetzten jetzt besonders laut durchs Telefon rauschte: »Auf keinen Fall, Rita. Sie bleiben vor Ort und sichern die Tür. Ich bin in wenigen Minuten da. Sie werden auf keinen Fall eindringen. Haben Sie mich verstanden?«

Während sie ein »*Nein, nein*« in den Hörer sprach, erklang bereits das Besetztzeichen. Kurze Zeit später vernahm sie das Martinshorn und Minuten später das Quietschen von Reifen vor der Haustür. Mit langen Schritten hastete ein großer Mann die Stufen hoch, in dem sie Liebig erkannte.

»Wo ist der Schlüssel? Her damit. Sie bleiben hinter mir und decken den Rücken. Los gehts.«

Liebig umklammerte seine Dienstwaffe mit beiden Händen und drückte die Tür weiter auf, die er zuvor entriegelt hatte. Eine ihm nur zu bekannte Duftwolke schlug den beiden Ermittlern entgegen, was bei Rita einmal mehr Brechreize verursachte. Wortlos dirigierte Liebig Rita zur Küche, während er die Schlafzimmertür aufstieß.

»Ich habe sie«, informierte er Rita knapp und steckte seine Waffe zurück ins Holster. »Rufen Sie die Spurensicherung. Die werden jetzt gebraucht.«

Rita hatte sich das feuchte Taschentuch vor Mund und Nase gedrückt, als sie über Liebigs Schulter auf die Tote blickte, deren Gesicht über und über mit Blut besudelt war.

»Was ist hier passiert, Chef?«

»Da hat jemand dafür gesorgt, dass es keine Zeugen für den Mord an dem Nichtsesshaften mehr gibt. Und das hat er totsicher durchgezogen. Sehen Sie hier, der Schnitt? Mit einem Hieb hat ihr der Täter den halben Hals vom Rumpf getrennt. Die hatte auch nicht die geringste Chance. Die Köthing hat nicht gelitten.«

Eine bekannte Fistelstimme ließ beide zusammenzucken.

»Die Analyse über Todesart und -zeitpunkt überlassen Sie doch bitte den Leuten, die das Fach gelernt haben. Würden die Herrschaften bitte zurücktreten und mich meine Arbeit machen lassen? Übrigens habe ich den Alten, der nebenan wohnt, wieder in seine Wohnung verfrachtet. Der stand schon hier in der Diele und reckte den Hals.«

Dr. Schiller trug wieder dieses immerwährende Lächeln im Gesicht, was niemandem gestattete, Eindrücke über sein Gefühlsleben erkennen zu können. Nur Menschen wie Liebig, die ihn näher kannten, wussten, wie sehr ihn oft die Leichenfunde belasteten. Stumm beobachteten die beiden Beamten den Mediziner bei der Arbeit. Die restlichen Leute der Spusi verteilten sich in der Wohnung. Schiller richtete sich auf und blickte von einem zum anderen.

»Ich würde sagen, dass der Täter ein breites Skalpell benutzte, wobei es ein glatter Schnitt war. Nach meinem

Empfinden müsste er dabei Blut abbekommen haben, so wie es hier herumgespritzt ist. Der wird ja wohl kaum ein Ganzkörperkondom getragen haben. Ich kann im Augenblick keine Hinweise darauf finden, dass der Täter sexuelle Handlungen an der Frau vorgenommen haben könnte. Der wollte sie wohl nur tot sehen.«

Schiller machte hier eine Pause, bevor er fortfuhr.

»Hatten Sie mir nicht erzählt, dass eine Frau den Killer des Berbers gesehen hatte? Dann war das wohl diese Tote? Damit haben Sie Ihre einzige Zeugin verloren, Liebig. Und wenn ich die Umstände der anderen Morde mit diesem Tatort vergleiche, bleibt nur ein Rückschluss. Der Täter ist ...«

»... schwul.«

Beide Männer sahen völlig entsetzt auf die junge Frau, die jetzt fast schon triumphierend strahlte, als sie den Satz vervollständigt hatte.

»Frau Momsen, das ist eine messerscharfe Analyse, der ich mich gerne anschließen möchte. Alles weist darauf hin. Liebig, Sie haben eine sehr clevere Gehilfin an Ihrer Seite. Aber das sagte ich ja bereits schon früher. Wenn die Leute hier fertig sind, denke ich, dass ich die Tote in kürzester Zeit auf dem Tisch haben kann.«

Dr. Schiller drehte sich noch einmal um und ergänzte seinen Bericht: »Die Totenflecken lassen sich schon nicht mehr wegdrücken oder verschieben. Was könnte das bedeuten, Frau Momsen?«

Rita überlegte nur kurz, bevor sie dem Mediziner antwortete.

»Da sich die Totenflecken bereits über den gesamten abhängigen Bereich des Körpers ausgebildet haben, tippe ich auf einen Todeszeitpunkt zwischen sechs bis zwölf Stunden. Gleichzeitig weist die fast vollständig eingetretene Totenstarre darauf hin, dass der Leichnam mindestens sieben bis acht Stunden hier liegt. Die Verkürzung der Muskulatur hat schon eingesetzt.«

Dr. Schiller strahlte über das ganze Gesicht und drehte sich mit erhobenem Daumen ab. Liebig konnte seine Augen nicht von der jungen Frau nehmen, die soeben die wissenschaftliche Begründung für den Todeszeitpunkt nahezu perfekt erklärt hatte.

»Woher wissen Sie das nach so kurzer Zeit, Momsen? Ich bin beeindruckt.«

»Dazu gibt es keinen Grund, Chef. Ich denke, dass dies zum Basiswissen eines Ermittlers gehört, der sich mit Mord und Totschlag beschäftigen muss. Nein, im Ernst, Herr Liebig. Ich habe mir dazu Literatur besorgt. Es gibt noch so viel zu lernen für mich.«

Immer noch wirkte Liebig wie ein zu fleischgewordenes Fragezeichen. Er suchte nach Worten, bis er sie endlich fand.

»Sie werden mir langsam unheimlich. Ich stelle mir gerade vor, dass ein Liebhaber neben Ihnen aufwacht und feststellen muss, dass Sie gerade das *Kompendium der Kriminalistik* von Dr. Manfred Lukaschewski durchblättern. Der wird Sekunden später das Weite suchen.«

Zwei Beamte blickten erstaunt in das Zimmer, in dem zwei Kripoleute neben einer grausam zugerichteten Leiche standen und sich amüsierten.

12

Der Geruch von Knoblauch durchzog die Gemeinschaftsküche der Feuerwache und verteilte sich unbarmherzig in
den Fluren des Gebäudes, sobald jemand die Zwischentüren
öffnete. Heiner Kaske bewies einmal mehr, dass er es perfekt
verstand, die Tagliatelle ohne irgendwelche Hilfsmittel in
der hohen Pfanne zu wenden. Die Garnelen verteilten sich
zwischen die mit Olivenöl benetzten Nudeln und verström-
ten einen herrlichen Duft. Ralf Schöller hielt die gehälfteten
Kirschtomaten bereit, um sie in die Pfanne zu werfen.

»So, jetzt noch etwas Petersilie drauf, dann kannst du
drinnen Bescheid geben, dass das Essen fertig ist. Roland
kann ja seine trockenen Stullen futtern. Ich werde nie verstehen, dass man kein Knoblauch mag. Mir hat diese Knolle
bisher alle bösen Geister vom Leib gehalten. Und auch böse
Weiber«, schob er lachend hinterher.

Für den Nachsatz erntete Heiner von Ralf vorwurfsvolle
Blicke.

»Jetzt komm mir bloß nicht wieder mit dem blöden
Spruch, dass dich das Leben als Single vor Bevormundung
bewahrt hat. Sei wenigstens ehrlich. Bisher hat sich keine
anständige Frau für deine Visage interessiert. Frauen haben
eben den besseren Geschmack. Die suchen sich zuerst die

Perlen aus dem vorhandenen Angebot. Da fällt schon einmal so ein hässlicher Vogel wie du durch die Maschen. Aber es wird immer wieder der Tag kommen, wo eine Frau sich deine Fratze schön gesoffen hat. Ich habe gehört, dass du vorgestern im Sterneck ...«

Ralf sprang in den Gemeinschaftsraum, in dem die Kameraden augenblicklich die Gespräche stoppten. Erstaunt blickten sie auf Heiner, der hinter Ralf auftauchte und die schwere Pfanne bedrohlich schwang.

»Ach du Scheiße – die beiden hatten wieder das Thema Frauen und Zusammenleben drauf. Jetzt beruhigt euch wieder. Das Essen wird kalt. Wäre doch schade drum. Kommt Männer, es gibt was zu mampfen«, sagte Roland und erhob sich vom Stuhl.

Eine Horde wilder Kerle drängte Heiner zurück in die Küche und plünderte den Inhalt der großen Pfanne. Entgeistert blickte Heiner auf einen schäbigen Rest, der für ihn verblieben war. Im Aufenthaltsraum begannen wieder die üblichen Unterhaltungen.

»Danke für die Rücksicht gegenüber dem Koch. Ich werde mir wohl gleich was von der Frittenbude holen müssen. Wer ist noch mal morgen mit Kochen dran?«

Im Chor klang es besonders laut: »Morgen haben wir frei ... frei ... frei!«

Selbst Heiner konnte ein Lachen nicht verbergen. Grinsend stach er die Gabel in die wenigen Nudeln, die ihm verblieben waren, als die Durchsage alle erstarren ließ.

Einsatz in der Riekerstraße. Fortgeschrittener Hallenbrand in einer Holzhandlung. Es könnten sich noch Lagerarbeiter im Gefahrenbereich befinden.

Der Verkehr staute sich augenblicklich, als vier Minuten später mehrere Einsatzfahrzeuge die Hallen der Feuerwache verließen und mit eingeschaltetem Signal auf die Durchgangsstraße einbogen. Ralf Schöller, der Wagen drei steuerte, musste kräftig in die Bremse, als sich trotz Warnton ein protziger Geländewagen zwischen die Einsatzfahrzeuge drängelte.

»Du verdammtes Arschloch. Dir soll ein juckender Pickel an den Arsch wachsen und die Arme müssten schrumpfen, damit du dich nicht kratzen kannst. Das gibt es doch nicht. Diesem Penner würde ich sofort den Lappen wegnehmen und in kleine Stücke schneiden. Mir kommt das Essen hoch. Hier kriegt jetzt schon jeder Idiot einen Führerschein.«

Heiner Kaske, der neben ihm saß, konnte sich die Bemerkung nicht verkneifen:»Du hast ja wenigstens etwas, was du hochwürgen kannst. Mir habt ihr ja alles weggefressen.«

Der Blick von Ralf war unbezahlbar. Erst als er die Worte richtig eingeordnet hatte, lachte er lauthals los und erreichte damit, dass auch Heiner einstimmte.

»Hier Einsatzleitung. Falls ihr den Einsatz wegen psychischer Labilität abbrechen müsst, erbitte ich frühzeitig einen entsprechenden Bescheid. Würde dann Ersatz bei den Kollegen der freiwilligen Kräfte anfordern. Verdammt, ihr Idioten, haltet Sprechdisziplin!«

Schon von Weitem war die dunkle Rauchsäule am Horizont zu sehen, was ein erhebliches Ausmaß des Brandherdes vermuten ließ. Wild hupend bahnte sich Ralf einen Weg durch die lange Reihe an Fahrzeuge, die nur unwillig Platz machten. Ralf lehnte sich aus dem Fenster und schrie einen Lieferwagenfahrer an.

»Verpiss dich endlich von der Straße! Ich muss vorbei!« Die Antwort des recht korpulenten Fahrers verblüffte selbst diesen erfahrenen Feuerwehrmann.

»Ich muss selbst da hin, Kollege. Ich soll bis vierzehn Uhr die sechzehn Kisten Motoröl liefern. Der Chef reißt mir den Arsch auf, wenn ich mich verspäte. Reg dich also wieder ab.«

Die beiden Männer im Einsatzwagen tauschten ungläubige Blicke, bevor Ralf den Wagen scharf abbremsen musste. Der Fahrer des Transporters hatte tatsächlich beschleunigt und fuhr direkt auf den verrauchten Vorhof der lichterloh brennenden Halle zu. Ralf stellte seinen Wagen direkt neben dem Wagen des renitenten Mannes ab. Mit hochrotem Gesicht lief er auf den Fahrer zu und stieß ihn gegen die Seitenwand des Wagens.

»Du verdammtes Arschloch hast wirklich Motoröl geladen und setzt dein Auto direkt neben eine brennende Halle? Hast du noch alle Schweine im Rennen? Du hast fünf Sekunden, dann sehe ich nur noch deine Rückleuchten. Ansonsten jage ich dich mithilfe der Polizei vom Hof und du bekommst ein Verfahren an deinen vollgefressenen Hals. Mach schon, bevor ich deine Karre wegschieben lasse! Das ist doch nicht zu glauben – diese Vollidioten!«

Ralf zog seinen Freund Heiner am Ärmel zurück, bevor dieser sich weiter echauffierte und eventuell Dinge tat, die er später bereute. Sie eilten zu den anderen Männern, die sich zu einer kurzen Lagebesprechung trafen. Während sich die Einsatzkräfte an ihren Fahrzeugen zu schaffen machten, um die Schläuche auszurollen, näherten sich die Löschfahrzeuge der anderen Feuerwachen, die standardmäßig bei Bränden dieser Größe Hilfe leisteten. Das gesamte Gebiet um die Lagerhalle wurde von Zivilpersonen geräumt. Hans Wotan presste das Telefon an sein Ohr und versuchte sich trotz Lärm verständlich zu machen.

»Gebt sofort an die lokalen Sendeanstalten raus, dass die Bevölkerung die Fenster geschlossen lassen soll, bis wir wissen, was genau da verbrennt. Es besteht möglicherweise Vergiftungsgefahr. Ich brauche am Westflügel noch Kräfte, da der Wind ständig dreht. Wir gehen jetzt mit drei Trupps rein. Trupp vier löscht über die Leiter.«

Hans Wotan blickte sich um, suchte seine Leute. Endlich entdeckte er Harald Schneider, der unter einer Atemmaske kaum zu erkennen war.

»Harald, warte! Gibt es Erkenntnisse über Leute in der Halle?«

»So viel wie ich gehört habe, versammeln sich die Angestellten gerade, um durchzuzählen. Wir löschen auf jeden Fall einen breiten Korridor, damit die möglicherweise Eingeschlossenen einen Fluchtweg bekommen. Das sieht beschissen aus da drin. Das Holz ist furztrocken und brennt wie Zunder. Da kann vorerst keiner von uns rein ... viel zu heiß. Ich muss los, Hans. Roland wartet auf mich.«

13

»Verdammter Mist, Heiner, wo bist du? Ich habe dich verloren.«

Ralf Schöller tastete verzweifelt nach den Schuhen seines Kameraden, die er gerade noch vor sich wusste. Der Rauch hatte den gesamten Mittelgang eingehüllt. Der Wasserdampf füllte mittlerweile die komplette Halle. Beide Männer wollten an den Regalwänden entlangkriechen, um herauszufinden, wo sich die drei eingeschlossenen Angestellten aufhielten, deren Hilfeschreie schwach zu ihnen durchgedrungen waren.

»Ich bin im Gang C5, Ralf. Hier liegt einer. Ich erkenne keine Atmung mehr. Ich habe ihm die Schutzhaube übergezogen und ziehe ihn zu dir rüber. Bleib einfach, wo du bist.«

Ralf Schöller schlug verzweifelt mit der Faust auf den Betonboden und fluchte.

»Du verfluchtes Arschloch. Warum sagst du mir nicht Bescheid, dass du schon fünf Meter weitergekrochen bist? Ich muss doch wissen, wo sich mein Kumpel befindet. Darüber werden wir noch zu reden haben. So ein Idiot. Wie weit bist du noch mit dem Verletzten weg? Ich komm dir entgegen.«

Heiners schweres Atmen war klar und deutlich zu hören. Seine Stimme ebenfalls: »Ich bin direkt vor dir. Nimm die Arme von dem Mann und zieh ihn zum Ausgang.«

Ralf Schöller versuchte, den Rauchteppich zu durchdringen, den Verletzten auszumachen. Er griff nach dem Arbeitsanzug des Mannes und zog ihn daran hinter sich her. Dann erreichte ihn wieder die Stimme seines Kameraden, der eine Meldung absetzte.

»Heiner Kaske an Einsatzleitung. Wir haben einen Verletzten geborgen. Sofortige Weiterführung der Reanimation notwendig. Patient atmet nicht mehr. Wir kommen zum Tor von Halle fünf.«

Heiner und Ralf richteten sich zur vollen Größe auf, als ihnen kräftige Hände den Verletzten abnahmen und auf eine Trage legten. Der Notarzt begann augenblicklich mit der Untersuchung. Es dauerte nicht lange, bis er stumm den Kopf schüttelte und den Rettungssanitätern das Zeichen zum Abtransport gab.

»Tut mir leid Leute, da ist nichts mehr zu machen. Der Mann hat zu lange im Rauch gelegen. Die hellrote Hautfärbung lässt auf starke Inhalation von Kohlenstoffmonoxid schließen. Er hatte keine wirkliche Chance. Sind da noch mehr drin? Dann besteht allerhöchste Gefahrenstufe, es sei denn, sie befinden sich in einem geschützten Raum mit ausreichend Sauerstoff.«

Hans Wotan stand wie ein Geist neben ihnen, hatte die letzten Worte von Dr. Schütz noch mithören können.

»Ich brauche jetzt endlich die Bauskizze der Halle, verdammt. Vielleicht kommen wir von hinten an die Menschen ran. Die meisten Räume haben doch Fenster.«

Kaum hatte Hans das ausgesprochen, stürmte ein Mann im grauen Kittel, der stellvertretende Firmenleiter, wie sich später herausstellte, auf sie zu und wedelte mit einem großen Plan.

»Na endlich. Los Ralf, wo vermutet ihr die Leute?«

Er wies mit dem Finger auf den Gang C5.

»Wie ich mitbekommen habe, hielt sich Heiner hier auf. Dann kann das doch nur der Raum da hinten sein.«

Der Mitarbeiter nickte eifrig und ergänzte: »Da sind wirklich Fenster. Aber da kommen die nicht dran. Die sind in Deckenhöhe angebracht, damit wir mehr Stellfläche haben. Ihre Männer müssten aber von außen mit Leitern die Öffnungen erreichen.«

Hans Wotan überlegte kurz und sprach aus, was alle anwesenden Feuerwehrleute gerade dachten.

»Dann können wir nur hoffen, dass die Menschen da drin die Fenster noch nicht geöffnet haben. Dann ist der Sauerstoffvorrat ruck zuck weg und Rauchgas zieht rein. Wir müssen jetzt schnell arbeiten, Leute. Zug 5 sofort an die Rückwand der Halle. In Höhe der Ausfahrt müssten vier Fensteröffnungen zu finden sein. Über den Rettungskorb versuchen, die Menschen dort rauszuholen. Los, Ausführung! Jetzt kommt es auf jede Sekunde an.«

Sofort kam die Bestätigung über Funk und ein Leiterwagen setzte sich in Bewegung, verschwand hinter der Halle. Tatsächlich hatte sich der Wind gedreht, sodass der dunkle Rauch nun in Richtung einer Siedlung trieb. Hans sah es als Erster und reagierte.

»Sofort die angrenzenden Häuser evakuieren lassen, bevor es zu spät ist. Und sagt der Polizei, dass sie die fotografierenden Irren da hinten aus dem Gefahrenbereich entfernen sollen. Haben wir schon Verstärkung erhalten? Das gerät uns hier sonst außer Kontrolle.«

Hans bemühte sich, die Ruhe zu bewahren, und schätzte die augenblickliche Situation neu ein.

»Das wird mir hier zu gefährlich bei den ständig drehenden Winden. Evakuiert auch den gesamten Verwaltungsbereich und sorgt dafür, dass die Flammen nicht übergreifen können. Löschwagen zwei und drei weiter zurücksetzen. Ihr seid zu nahe am Brandherd. Ich will hier jeden verfügbaren Mann aus den anderen Feuerwachen. Das entwickelt sich nicht gut. Diese Hitze sorgt dafür, dass sich das Holz und die Gase immer wieder von selbst entzünden. Wir müssen einen Wasserteppich darüberlegen und die Halle runterkühlen.«

Er zeigte entschlossen auf mehrere Punkte auf der Planskizze.

»Ich will hier, hier und da einen Leiterwagen. Schützt mir den Lagerbereich, damit das Feuer nicht überspringen kann. Die Halle werden wir nicht mehr retten können. Die lassen wir kontrolliert abbrennen. Und bringt mir endlich den Toten weg. Das muss doch nun wirklich nicht auf jede Festplatte dieser bekloppten Gaffer da hinten. Hatte ich nicht gesagt, dass man die fortschaffen soll? Die Einsatzfahrzeuge kommen doch kaum durch. Muss ich denn alles selbst machen, verdammt? Und euch zwei will ich nachher in meinem Büro sehen.«

Hans konnte seinen Zorn nur schwer verbergen, als er auf Heiner und Ralf zeigte, die man hinter ihren verrußten Schutzhauben kaum erkennen konnte. Beide gesellten sich wieder zu ihren Kameraden, um beim Löschen zu helfen.

»Was war das gestern in der Halle? Welcher Teufel hat euch geritten, als ihr euch beim Vorgehen getrennt habt? Jedem von euch wurde schon bei der Grundausbildung beigebracht, dass er immer – ich sagte IMMER – Kontakt zum Partner hält. Wo soll das hinführen, wenn ich mich nicht einmal auf den Partner neben mir verlassen kann? Verfluchte Scheiße, Heiner. Wenn es Mode macht, dass hier jeder sein eigenes Spiel treibt, können wir einpacken. Ich decke deinen Arsch ... du deckst meinen Arsch. So läuft das bei uns. Jetzt erklär mal, warum du diese Grundregel verletzt hast.«

Heiner knetete die Hände im Schoß. Diese Verlegenheitsgeste kannte man bei dem abgezockten Kerl bisher nicht. Immer wieder irrte sein Blick durch den Raum, bis er es endlich herausschrie:»Ich weiß es nicht, verdammt. Ich habe die Lage einfach falsch eingeschätzt und geglaubt, dass Ralf immer noch hinter mir ist. Der hat mir doch noch Sekunden vorher am Stiefel rumgefummelt und war dann plötzlich weg. Und dann war da noch dieses Rufen ...«

Ralf und Hans sahen sich kurz an. Hans hakte sofort nach:»Welches Rufen? Wer soll da gerufen haben, wenn der Kerl schon längst tot war? Du hast doch selbst gesagt, dass er nicht mehr atmete, als du ihn gefunden hast? Komm, Heiner, erzähl uns jetzt nichts vom Pferd.«

Der aufsteigende Zorn färbte Heiners Gesicht rot. Die Kameraden spürten, dass in ihm etwas hochkochte. Ralf hob beschwichtigend die Hände und lenkte ein:»Keiner behauptet, dass du uns anlügst. Aber könnte es nicht sein, dass du dir das bei dem Krach in der Halle nur eingebildet hast? Hölle noch mal, wir machen alle mal einen Fehler. Nur sollten wir daraus lernen und nicht nach einer Entschul-

81

digung suchen. Der Mann, den du rausgefischt hast, war definitiv tot, Heiner. Toter kann man nicht sein. Der wird dir nichts mehr geflüstert haben. Verstehe mich bitte richtig. Ich will mich auch zukünftig auf dich verlassen können. Du hättest mir nur ein einziges Wort gönnen müssen.«

Heiner sprang auf und stemmte die Fäuste in die Seiten. Seine wilden Augen fixierten den Freund.

»Was willst du eigentlich von mir? Möchtest du in Zukunft mit mir keinen Angriffstrupp mehr bilden? Ist es das? Komm, lass es endlich raus. Du erstickst sonst an deinem dicken Hals. Ich kann auch die Wache wechseln, wenn es euch lieber ist. Aber kotz dich endlich aus.«

Hans Wotan kam um den Schreibtisch herum und stellte sich zwischen die beiden Kampfhähne.

»Seid ihr zwei völlig durchgeknallt? Ihr stellt euch an wie Anfänger, die gerade von der Schule kommen und ihren ersten Einsatz absolviert haben. Schluss jetzt damit. Ralf hat dir mit keinem Wort Vorwürfe gemacht. Das war ich. Wir sind erwachsene Männer, denen man zumuten darf, dass sie eine derartige Angelegenheit mit Vernunft regeln. Wenn du dich angepisst fühlst, lass es an mir aus und nicht an deinem Freund. Sieh endlich ein, dass du nicht nur dich selber, sondern auch deinen Partner in Gefahr gebracht hast. Das ist Fakt und keif hier nicht rum, weil du deine Eitelkeit beschmutzt siehst. Du hast Scheiße gebaut, und damit basta.«

Hans drehte sich ab, wendete sich jedoch noch einmal an Heiner.

»Mach jetzt aus der Sache keine Staatsaffäre. Es ist eigentlich einfach zu lösen. Gebt euch die Hand und wir vergessen den Scheiß. Los doch, ich will eure verdammten Pfoten sehen!«

Mittlerweile war auch Ralf aufgestanden. Die beiden kräftig gebauten Männer standen sich nun Auge in Auge gegenüber. Ihre Nasen berührten sich fast. Immer wieder starrte Heiner auf die Hand, die Ralf ihm zögernd entgegenstreckte. Gefühlte zwei Minuten dauerte es, bis Heiner endlich das Friedensangebot annahm und die Hand des Freundes ergriff. Hans entfuhr ein Ton der Erleichterung, als er sich in den Hochlehnsessel fallen ließ.

»Was ist jetzt? Wollt ihr in meinem Büro übernachten? In zwei Stunden ist Wachwechsel. Macht euch vom Acker. Der technische Bereich wartet auf euch. Die anderen Jungs wollen nicht für euch mitarbeiten. Gott im Himmel, wer hat mir bloß diese Mimosen ins Team geschleust?«

14

Dr. Schiller empfing Liebig und Momsen mit ungewöhnlich ernster Miene.

»So allmählich glaube ich schon, dass ich Gespenster sehe, wo keine sind. Doch wie ich mich auch drehe und wende, komme ich doch immer zum gleichen Ergebnis.«

Liebig wechselte einen Blick mit Momsen, bevor er nachfragte: »Geht das auch etwas präziser? Schließlich haben Sie mir am Telefon eine absolute Überraschung versprochen. Was ist nun mit dem Leichnam aus der Holzhandlung? Wir haben noch einen abartigen Serientäter zu finden, falls Sie es vergessen haben sollten.«

»Genau das ist das Problem. Ich bin mir nicht absolut sicher, ob das hier«, Schiller hob die Decke von einer männlichen Leiche, »etwas damit zu tun hat. Eigentlich sollte die Todesursache ja klar sein. Rauchgasvergiftung. Basta. Doch ganz so einfach machen wir es uns nun doch nicht. Der Mann ist ... hören Sie genau zu ... erstickt worden. Jawohl. Er wurde erstickt und war schon tot, bevor die Gase in seine Bronchien eindringen konnten. Noch Fragen, Herr Hauptkommissar?«

Gerade wollte Liebig zu einer Frage ansetzen, als Schiller ihm mit erhobener Hand das Wort abschnitt.

»Und das ist noch nicht alles. Ich habe Bissspuren verteilt über den ganzen Unterleib gefunden. Des Weiteren gibt es sehr deutliche Hinweise darauf, dass der Mann in den Stunden davor sehr ausgeprägten Analsex hatte. Das kann für ihn kein Vergnügen gewesen sein, wenn ich einmal die heftigen Verletzungen der Schließmuskel anführen darf. Fassen Sie kurz mit an, Herr Liebig?«

Beide Männer drehten den Mann auf die Seite, sodass selbst Rita Momsen die starken Verletzungen des Afters betrachten konnte. Angewidert wendete sie sich ab. Ihr Blick blieb auf den vielen Bisswunden hängen, die sich mit Blutergüssen, besser bekannt als Knutschflecken, ablösten. Schiller ließ den Toten wieder in die ursprüngliche Lage zurückgleiten.

»Ich fand im Enddarm ... und jetzt kommt`s ... das gleiche Sperma wie bei unserer letzten Leiche. Kein Zweifel, dass die Spuren absolut identisch sind. Liebig, Sie haben es mit einem irren Serientäter zu tun, der scheinbar homosexuell ist. Den Mann hier hat jemand kurz vor dem Brand dort abgelegt und wohl gehofft, dass die Flammen alle Spuren vernichten werden.«

Liebig fehlten im Augenblick die Worte. Er hatte in den Nachrichten von diesem verheerenden Brand in einer Holzhandlung gehört, hatte dem aber keine Bedeutung für seine Abteilung zugemessen. Er wusste, dass ein Brandsachverständiger an den Ort gerufen worden war, der allerdings warten musste, bis alle möglichen Glutnester gelöscht waren. Außerdem verzögerte sich die Besichtigung dadurch, dass in der Halle noch mörderische Temperaturen herrschten und die Einsturzgefahr eminent groß war. Ein Statiker war angefordert worden. In der Presse wurde darüber berichtet, dass die Feuerwehr drei Personen nur deshalb unverletzt aus einem Raum bergen konnte, weil dieser gemäß strenger Brandschutzvorgaben gesichert war. Man hatte dort Brandschutztüren und Dreifachverglasung in den Fenstern verbaut. Eine Maßnahme, die dem Lagerleiter und zwei anderen Mitarbeitern das Leben gerettet hatte. Rita holte ihn aus seinen Gedanken zurück in die Gerichtsmedizin.

»Wieso konnte denn gerade dieser Mann aus den Flammen geborgen werden? Er befand sich doch außerhalb des Schutzraumes, und warum? Hat er es etwa nicht mehr in den Raum geschafft, wie die anderen? Hätten Sie eine Einschätzung, wie lange der Mann schon tot war, bevor man ihn bergen konnte?«

Schiller legte einen Finger an die Lippen und schien zu überlegen. Schließlich konnte er sich zu einer Antwort durchringen.

»In diesem besonderen Fall müssen wir die hohe Temperatur berücksichtigen, die in der Halle, also im Umfeld des Toten vorgeherrscht hatte. Berücksichtige ich aber, dass die Leichenstarre noch nicht vollständig ausgebildet war, verbleibt ein ungefähres Zeitfenster für den Todeseintritt zwischen 14:00 Uhr und höchstens 18:00 Uhr. Da will ich mich aber mit Blick auf die besonderen Umstände nicht ...«

»Ja, ja, Dr. Schiller, ich verstehe. Aber diese grobe Einschätzung hilft uns vielleicht schon«, unterbrach Liebig den Mediziner und wandte sich an Momsen. »Rita, Sie gehen der Sache nach. Ich brauche sämtliche Fakten zum Brandeinsatz. Wann kam die Meldung? Wer setzte sie ab? Wann begannen die Einsatzkräfte mit den ersten Löschmaßnahmen? Und dann möchte ich mit den Männern sprechen, die den Toten gefunden haben. Die können eventuell viel zur Klärung beitragen. Wenn Sie sonst nichts mehr haben, Doktor, machen wir uns an die Arbeit. Den Bericht bitte ins Büro.«

Schiller begleitete die beiden Beamten zur Tür, wobei er sich auffällig in den Arm von Rita einhakte, der er ein Augenzwinkern zukommen ließ. Liebig übersah dies mit einem Lächeln und wandte sich noch ein letztes Mal an den Arzt.

»Wissen Sie eigentlich, wie gut Sie es in Ihrem Job haben? Immer in einem gekühlten Raum arbeiten, bedeutet, dass Sie diese Gluthitze draußen nicht aushalten müssen.«

Schiller konnte das nicht beeindrucken.

»Sie haben etwas vergessen, mein lieber Liebig. Ich genieße den Vorzug, immer einen Blick in unser aller Zukunft tun zu dürfen. Noch einen angenehmen Tag da draußen.«

»Da kann doch etwas nicht stimmen, Chef. Ich habe hier den Bericht der Feuerwache. Das Feuer wurde um 14:03 Uhr gemeldet. Die ersten Fahrzeuge waren um 14:15 Uhr vor Ort. Der Tote wurde um genau 15:02 Uhr an den Rettungsdienst übergeben. Der Feuerwehrmann, ein gewisser Heiner Kaske, sagt aus, dass er den Körper des Mannes leblos vorgefunden habe. Allerdings gibt es da Unstimmigkeiten in den Aussagen. Sein Partner sagt aus, dass man sich kurz vorher trennte. So viel wie ich mitbekommen habe, entspricht das nicht der Regel bei der Brandbekämpfung.«

Liebig hatte gut zugehört und suchte die Unstimmigkeit, von der Rita Momsen sprach. Er wartete ab.

»Nun ja, als dieser Kaske den Mann fand, kann er doch gerade erst gestorben sein, wenn ich Schillers Vermutung zurate ziehe. Wer also hat den Mann erstickt, wenn sich doch die einzigen infrage kommenden Personen in diesem Schutzraum befanden. Für die wäre es also nicht möglich gewesen, den Mann zu töten und dann lebend den Raum zu erreichen. Zwei Atemzüge, und du bist tot. Wie hat es also der Mörder geschafft, den Tatort zu verlassen, ohne selbst in Gefahr zu geraten, verbrannt zu werden? Der wird ja wohl kaum eine Atemschutzmaske ...«

Hier unterbrach Rita ihre Analyse und sah ihren Chef an, der sein Erstaunen mit den Worten ausdrückte:»Sie meinen doch wohl nicht ...?«

»Warum nicht, Chef? Zumindest dürfen wir diese Möglichkeit nicht von vorneherein ausklammern. Soll ich die beiden Beamten vorladen? Das wird sich sicher klären, aber einen Versuch wäre es wert.«

Rita wertete das zögernde Nicken Liebigs als Zustimmung und griff zum Hörer.

15

»... und Sie haben niemanden bemerkt, als Sie den zu diesem Zeitpunkt noch lebenden Mann erreichten? Derjenige müsste rein theoretisch bei seinem Mord von Ihnen gestört worden, quasi geflüchtet sein. Unsere medizinische Abteilung ist der festen Überzeugung, dass der Mann erstickt wurde.«

Liebig verfolgte die Befragung von Heiner Kaske durch Rita, die dem Feuerwehrmann direkt gegenübersaß und jede Reaktion beobachtete. Die beiden ebenfalls geladenen Kameraden Ralf Schöller und Hans Wotan befanden sich noch im Nebenzimmer und beobachteten das Geschehen durch die Trennscheibe. Heiner Kaske wirkte absolut ruhig, als er die Frage beantwortete.

»Ich kann nur wiederholen, dass ich versucht habe, den Mann wiederzubeleben. Seine Atmung muss er bereits kurz vor meinem Erscheinen eingestellt haben, einen Moment später war auch keine Herztätigkeit mehr feststellbar. Ich habe ihm sofort die Schutzhaube übergezogen, um die weitere Inhalation von Rauchgasen zu unterbinden. Die Herzmassage brachte nichts mehr. Habe mich dann entschlossen, den Patienten so schnell wie eben möglich zum Rettungswagen zu befördern. Ralf Schöller wird das bestätigen können. Der war direkt hinter mir.«

An diesem Punkt schaltete sich Peter Liebig ein, kam Ritas Frage zuvor.

»Genau hier ist uns etwas unklar, Herr Kaske. Sie sprachen gerade davon, dass sich Ihr Partner direkt hinter Ihnen befand. Kann man einen Abstand von immerhin fünf Metern eigentlich noch als *direkt hinter mir* bezeichnen? Nach unserer Kenntnis gehen Sie als Feuerwehrmann, ich meine als Angriffstrupp doch so vor, dass Sie fast wie eineiige Zwillinge vorrücken. Fehlender Sichtkontakt wird meines Wissens doch durch körperlichen ausgeglichen. Wie soll Ihr Partner sonst wissen, wo Sie sich gerade befinden? Erklären Sie uns das doch bitte.«

Eine spontane Verärgerung des Mannes war den beiden Ermittlern nicht entgangen. Sie gaben Heiner Kaske die Zeit, die er benötigte, um eine plausible Antwort liefern zu können.

»Sie haben völlig recht, wenn Sie diese Regel anführen. Daran halten wir uns auch stets. Doch wie heißt es so schön? Von jeder Regel muss es Ausnahmen geben. Das hier war eine solche. Ich hörte durch den Lärm des Brandes dieses schwache Rufen. Schließlich war ich viel näher dran als Ralf. Ich war fest davon überzeugt, dass er es ebenfalls hört und mir folgen würde. Zugegeben, ich hätte mich über Funk mit ihm verständigen müssen. Das war ein Fehler. Aber ich habe in diesem Augenblick nur an die Rettung eines Verletzten gedacht und alles andere vernachlässigt. Wäre ich etwas früher gestartet, hätte ich den Mann vielleicht sogar noch retten können.«

Hier machte er eine kurze Pause, schien zu überlegen, bevor er fortfuhr.

»Und was einen möglichen Fremden betrifft. Nein. Ich habe niemanden gesehen. Wie denn auch? Ich konnte ja selbst die eigene Hand vor Augen nicht erkennen. Wir mussten uns beim Rückzug an den Regalwänden orientieren. Haben Sie schon einmal im Brandrauch gestanden, Herr Hauptkommissar? Haben Sie überhaupt eine Ahnung davon, was das bedeutet, wenn man sich nur auf seinen Orientierungssinn verlassen muss? Das ist die Hölle, kann ich Ihnen sagen. Da hilft Ihnen nur ...«

»Es ist ja gut, Herr Kaske«, unterbrach Rita den jetzt aufgebrachten Zeugen, »Wir nehmen es Ihnen ab, dass es eine Stresssituation für Sie alle bedeutete. Verstehen Sie uns deshalb aber nicht falsch. Keiner will Ihnen eine Schuld am Tod des Mannes unterschieben. Wir möchten uns nur ein klares Bild von der Lage machen können. Schließlich lag der Todeszeitpunkt genau in der Zeit, in der Sie das Opfer fanden. Da ruft schließlich nach Ihrer Aussage ein bereits Toter nach Hilfe. Es hätte ja sein können, dass Ihnen etwas auffiel, was uns in der Sache weiterbringt. Wenn Herr Liebig keine weiteren Fragen hat, sind wir eigentlich durch und wünschen Ihnen eine Zeit der Erholung. Sind Sie so nett und bitten Ihren Kameraden Ralf Schöller rein?«

Rita verstand nicht, was Heiner Kaske beim Weggehen noch in den nicht vorhanden Bart grummelte, sah jedoch, wie er den nächsten Zeugen lediglich mit einer Handbewegung andeutete, dass er nun dran sei. Schöller nahm den Platz des Freundes ein und sah erwartungsvoll in die dunklen Augen der Kommissarin, die sich nicht lange bitten ließ.

»Es ist doch sicherlich ein tolles Gefühl, wenn man sich auf seinen Kameraden neben sich verlassen kann. Oder?«

Augenblicklich zeichnete sich Unwillen auf Schöllers Gesicht ab, bevor er antwortete.

»Da können Sie drauf wetten, junge Frau. Falls Sie darauf abzielen, dass es in dem Fall des Hallenbrandes vielleicht nicht so gewesen sein könnte, muss ich Sie enttäuschen. Heiner ist der beste ...«

»Ho, ho, ho ... nun mal langsam mit den jungen Pferden«, ging Liebig dazwischen, »Niemand in diesem Raum hat auch nur den geringsten Verdacht geäußert, Heiner Kaske könnte Sie im Stich gelassen haben. Wir beide waren nicht in dieser verdammten Gluthölle. Wir wissen nicht, wie man sich dort fühlt. Damit das klar ist. Aber wir möchten uns ein ungefähres Bild von dem machen, was Sie beide erlebten. Sie müssen sich nicht für Ihren Kameraden stark machen, da bisher keine Zweifel daran bestehen, dass er seine Pflicht zu einhundert Prozent erfüllte. Nun ja, sagen wir zumindest zu neunundneunzig Prozent. Und nun antworten Sie bitte ohne weitere Emotionen auf die Fragen der Kollegin.«

Ralf Schöller schien wieder seine innere Ruhe gefunden zu haben, als er um etwas Wasser bat, was ihm Rita recht schnell reichte. Sie schob Schöller ein Papier rüber, auf dem man den Grundriss der Halle mit den Vorratsregalen erkennen konnte.

»Herr Schöller. Sind Sie in der Lage, uns die Positionen relativ genau einzuzeichnen, in denen Sie beide sich befanden? Ich hätte gern, wenn Sie mir auch die Lage des Verletzten, also des Opfers kennzeichnen könnten. Für uns wäre es von Interesse, wenn wir wüssten, in welchem Zeitraum sich die Bergung des Opfers abspielte. Haben Sie mich verstanden?«

Fast beleidigt wirkte der Blick, den er Rita zuwarf, bevor er den Plan mit einer ungestümen Bewegung zu sich heranzog. Nach kurzer Überlegung begann er zu malen. Zurück blieb ein klares Bild von den Positionen. Er ergänzte noch: »Das spielte sich alles innerhalb von maximal fünf bis sechs Minuten ab. Heiner war höchstens dreißig Sekunden allein mit dem Mann. In dieser Zeit kann er den wohl kaum erstickt haben.«

Augenblicklich trat eine gespenstische Ruhe ein, in der Ralf Schöller zu bemerken schien, welchen Verdacht er vor wenigen Sekunden gegenüber dem Freund geäußert hatte.

»Halt, Moment. Nicht dass Sie glauben, dass ich das von meinem Kumpel denke, aber ich will von Anfang an klarstellen, dass ich ihn für absolut unschuldig am Tod des Mannes halte. Die Bemerkung war dumm von mir. Heiner ist der sanfteste und zuverlässigste Mensch, den man sich nur wünschen kann. Das mit der Lücke beim Einsatz haben wir schon längst intern geklärt. So, wie man es eben unter Freunden und Kameraden tut. Vergessen Sie bitte, was ich dahingequatscht habe.«

Rita und Liebig ließen das unkommentiert und reichten Ralf Schöller die Hand. Liebig entließ den Mann mit der Bitte: »Sind Sie so nett und bitten Ihren Einsatzleiter noch herein. Ich denke, dass wir dann durch sind. Danke für Ihre Hilfe. Auch Ihnen wünschen wir alles Gute.«

Hans Wotan erwartete völlig locker die erste Frage, mit der er jedoch in der Form nicht gerechnet hatte. Ritas Augen fixierten den großgewachsenen Mann mit dem Igelschnitt und bewegte kaum die Lippen, als sie begann: »Wie lange kennen Sie Heiner Kaske schon?«

Seine Verblüffung konnte Wotan gut überspielen, indem er deutlich machte, dass er nachdachte. Ritas Geduld wurde auf eine harte Probe gestellt.

»Das müssten jetzt ungefähr acht Jahre sein. Der kam damals aus einer anderen Wache zu uns, weil er dort die Wohnung aufgegeben hatte. Er wollte nach Essen ziehen. Da war es doch naheliegend, dass ...«

Rita unterbrach ihn an dieser Stelle.

»Sie sind als Einsatzleiter verantwortlich für Ihre Leute. Liege ich da richtig, dass Sie auch Einsicht in die Personalakten haben, also die jeweiligen Vorgeschichten Ihrer Leute kennen?«

Plötzlich war spürbar, dass Wotan diese konkrete Frage gar nicht gefiel. Er veränderte umständlich seine Sitzposition, um Zeit zu gewinnen.

»Ja, schon. Man will ja schließlich wissen, wen man ins Team bekommt. Die Leute sollen zueinander passen.«

Völlig unvorbereitet traf ihn die nächste Frage, die jetzt von Liebig kam: »Und Sie waren der Meinung, dass Heiner Kaske, dem eine auskurierte Alkoholsucht und diverse Depressionen attestiert wurden, gut zu Ralf Schöller passte? Wusste Schöller ebenfalls davon, bevor Sie die beiden in ein Team packten?«

Pure Verzweiflung machte sich bei dem Einsatzleiter breit, der zuvor noch so selbstsicher Platz genommen hatte. Stotternd gestand er: »Es kann sein, dass wir mal beim Bier davon gesprochen haben. Immerhin war es für Ralf wichtig zu wissen, auf was er sich im Ernstfall einstellen musste. Ich weiß, dass es nicht den Regeln entspricht, aber man sagt das eben so daher.«

Rita und Liebig waren mittlerweile ein eingespieltes Team, das sich den Ball geschickt zuwarf. Deshalb übernahm jetzt wieder sie.

»Ich halte es schon für sehr fragwürdig, wenn man diese sehr persönlichen Dinge anderen Mitarbeitern zugänglich macht. Aber darüber möchte ich jetzt und hier nicht urteilen. Fragen wir mal anders. Glauben Sie, dass Heiner Kaske diese Phase von damals überwunden hat und mittlerweile ein absolut zuverlässiger Mitarbeiter ist? Verstehen Sie mich richtig. Ich meine damit nicht seine rein technischen Fähigkeiten. Ist er innerlich fest genug für den sicher nicht einfachen Job?«

Fast schon zu schnell schoss es aus dem Einsatzleiter heraus: »Heiner ist nicht nur ein großartiger Techniker. Nein, er zählt zu den Männern im Team, mit denen man gerne zusammenarbeitet. Uns allen gefällt es auch, mit welchem Ehrgeiz er zum Beispiel für Kinderhospize sammelt. Keiner will das sonst machen ... Heiner ja.«

Liebig hob die linke Augenbraue und wechselte seinen Blick von Rita zurück zu Wotan. Selbst Momsen hielt den Atem an, als sie Liebigs Frage verstand und die Brisanz darin erkannte.

»Sie hängen ja nun ständig eng aufeinander und kennen jede Charakterschwäche und die Stärken Ihrer Männer. Heiner Kaske ist als Einziger noch unverheiratet. Verstehen Sie die Frage bitte nicht falsch, aber worauf führen Sie das zurück? Gibt es da eine besondere sexuelle Orientierung, von der wir wissen sollten?«

Als hätte ihn jemand hochgezogen, sprang Wotan vom Stuhl und stützte seine Hände auf die Schreibtischkante.

95

Sein starrer Blick richtete sich schon fast ablehnend auf den Hauptkommissar, der jedoch völlig ruhig dem entgegensah, was nun aus Wotan herausbrach. »Haben Sie noch alle Sinne beisammen? Machen Sie jetzt aus diesem tapferen Mann einen Verdächtigen? Heiner soll einen Menschen getötet haben? Sprechen wir von dem Heiner Kaske, der in den letzten Jahren mindestens zwanzig Menschen das Leben gerettet hat, indem er sein eigenes dafür einsetzte. Jetzt stempeln Sie den auch noch als Schwulen ab? Selbst wenn es auf ihn zutreffen würde, wäre er in meinen Augen immer noch der gleiche Held, so wie ich ihn schätze.«

Wotan warf sich schwer atmend auf den Stuhl, der unter seiner Last ächzte. Schließlich beugte er sich vor und sprach jetzt schon viel gefasster: »Eigentlich geht es ja niemanden was an, doch wo wir schon dabei sind, in dem Privatleben eines Kollegen herumzuwühlen. Heiner war glücklich verheiratet ... sogar sehr glücklich, Herr Hauptkommissar. Das zerstörte jedoch vor vielen Jahren ein Wohnungsbrand, den ein paar irre Jugendliche zu verantworten hatten, die Mülltonnen so aus purem Spaß anzündeten. Nein, Leute, der Heiner ist stinknormal. Es gibt für ihn nur keine neue Beziehung, weil er die eine nicht vergessen kann. Ist es jetzt gut? Haben Sie jetzt ausreichend im Schlamm gewühlt? Ich darf mich nun von Ihnen verabschieden, denn es gibt noch viel zu tun. Wir möchten einen möglichen Einsatz nicht verpassen.«

Eintretende Stille im Raum drückte deutlich die Spannung aus, die zwischen den beiden Ermittlern entstanden war. Rita schob ihre Unterlagen zusammen und war im Begriff aufzustehen. Sie zuckte, als sie die strenge Stimme ihres Vorgesetzten vernahm.

»Bleiben Sie sitzen! Raus damit, Momsen. Ich weiß doch, dass Sie kurz vor einer Explosion stehen. Ihnen hat es nicht gepasst, dass ich nachgefragt habe, ob Kaske schwul ist. Ist es nicht so?«

»Nein Chef, das war nicht richtig und sehr verletzend. Das hätte man auch auf anderem Weg herausbringen können.«

Nun war es Liebig, der mit aufgestützten Händen vor der jungen Frau stand und ihr ins Gesicht sah.

»Es war also verletzend. Das sagen Sie, die ja schon so erfahren im Aufklären von Mordfällen ist. Was glauben Sie, was wir hier tun? Wir ermitteln nicht in einer Diebstahlsache einer armen Rentnerin. Es geht hier um Mord! Verstehen Sie richtig? MORD! Wir lösen keine Fälle, indem wir jeden mit Glacéhandschuhen anfassen. Das ist ein knallhartes Geschäft, in dem wir die kleinen Fische sind. Die anderen, meine Liebe, sind die Haie. Die werden wir sicher nicht fangen, wenn wir ständig Rücksicht auf möglicherweise verletzte Gefühle nehmen. Glauben Sie, dass ich die Arbeit dieser Männer nicht schätze? Da irren Sie sich gewaltig. Aber diesen Mörder zu fassen, steht bei mir ganz weit oben auf der Agenda.«

Mit hochrotem Kopf hatte Rita zugehört und versucht, die Argumente einzuordnen. Sie wusste selbst, dass falsche Rücksichtnahme hin und wieder zu Fehlbeurteilungen führte. Das war Inhalt vieler Vorträge in der Ausbildung. Jeder Ermittler musste versuchen, aus den Befragten die Wahrheit herauszupressen. Dazu musste häufig Druck aufgebaut werden. Die Vernehmungspraktiken waren ziemlich komplex und wirkten oft unmenschlich.

»Sie mögen recht haben, Herr Liebig, aber Sie haben die Integrität und somit die Motivation dieser Männer infrage gestellt. Die bekommen schon genug Gegenwind aus der Bevölkerung. Die brauchen das bestimmt nicht noch von unserer Seite. Sie haben sehr deutlich zwischen den Zeilen stehen lassen, dass Sie diesen tapferen Kaske des Mordes verdächtigen. Das muss auch den Kameraden wehtun.«

Liebig sah aus dem Fenster und beendete die Diskussion mit den leise gesprochenen Worten:»Ich weiß das, Momsen, ich weiß das. Aber das Leben zwingt uns oft zu Dingen, die wir eigentlich gar nicht wollen. Ich will hoffen, dass ich mich irre.«

16

An der Theke fand der großgewachsene Mann mit dem Kurzhaarschnitt und der engen Jeans kaum Platz. Er musste sich viele böse, aber auch neugierige Blicke gefallen lassen, als er sich zwischen die vielen Menschen quetschte. Die Dame direkt neben ihm zupfte ihre aufgesteckten roten Haare zurecht, während sie sich im Spiegel hinter den Flaschenregalen betrachtete. Ihre stark umschminkten Augen fixierten dabei auffällig lange den neuen Gast. Holger Horch wunderte sich nicht einen Augenblick über die männlich tiefe Stimme, als ihm die Lady ins Ohr säuselte:»Hallo, mein Großer. Dich habe ich bisher noch nicht hier gesehen. Welche Vergeudung. Hast du dich verlaufen? Nein, das hast du nicht. Nicht wahr? Sag der kleinen Irma, dass du dich hier amüsieren möchtest. Wie heißt denn mein neuer Freund?«

Irma machte dieses geheimnisvolle Lächeln, das den vollen Mund des Mannes umspielte, neugierig, es weckte sogar eine gewisse Begierde. Sie mochte diese sanfte Stimme auf Anhieb.

»Meine Mutter wollte unbedingt, dass man mich auf den Namen Holger tauft. Ich finde den Namen gruselig. Und ich habe das Vergnügen mit Irma?«

Irma rückte etwas näher heran, da sie spürte, dass das Gespräch nicht nach einer kurzen Konversation enden würde und in die richtige Richtung lief.

»Ein schöner Name. Ich weiß nicht, was es daran auszusetzen gibt. Ja, meine Freunde nennen mich Irma. Also darfst du es auch. Es freut mich wirklich, dass wir uns kennenlernen. Wollen wir uns nicht an einen Tisch setzen? Du darfst mir einen Gin Fizz spendieren. Ich liebe dieses Gesöff, weil es mich so frei macht ... wenn du verstehst, was ich meine.«

Amüsiert von der direkten Art des Transvestiten bestellte Holger Horch den Cocktail und sah sich nach einem freien Tisch um. Als er den ansteuerte, stolzierte Irma mit schwingenden Hüften hinter ihm her, nachdem sie ihrem vorherigen Gesprächspartner beruhigend einen Finger auf die Lippen gelegt hatte. Sie flüsterte ihm noch etwas ins Ohr, bevor sie ihrer neuen Eroberung folgte. Niemand sonst interessierte sich für diese Situation, da es in diesem Umfeld völlig normal war, sich zum One-Night-Stand zu treffen.

Geübt in diesem Bereich eröffnete Irma das Gespräch und legte ihre Hand über die des Fremden, der das kaum beachtete.

»War dir langweilig so allein zu Hause, oder hast du dich mit deinem Freund gestritten? Auf jeden Fall bin ich froh, dich hier getroffen zu haben. Du gefällst mir irgendwie. Du hast so was an dir, was bei mir ein Glöckchen klingeln lässt. Gefalle ich dir auch?«

Irma warf, nachdem sie das gesagt hatte, den Kopf in den Nacken und zeigte ein verführerisches Lächeln. Ihre Hand presste sich nun stärker um die von Holger. Ihr Strahlen verstärkte sich, als Holger ihr mit der freien Hand über die Wange strich. Eine Antwort blieb er ihr allerdings schuldig. Stattdessen stellte er die Frage, auf die Irma von Anfang an gewartet hatte.

»Ist das da an der Theke dein Freund, oder darfst du mich begleiten? Ich brauche heute Nacht jemanden, der mir zuhört, an den ich mich anlehnen darf. Es gibt da etwas, was mich ... ach nein, ich will dich damit nicht belästigen. Ich werde gehen. Macht euch noch einen netten Abend. Ich muss allein damit klarkommen.«

Geschickt hatte Holger die Angel ausgeworfen, deren Köder sofort geschluckt wurde.

»Was denkst du von mir, Holger? Ich kann erstens über mich selbst bestimmen und zweitens kann ich dich doch nicht mit deinem Problem allein lassen. Selbstverständlich reiche ich dir meine Schulter zum Anlehnen. Du darfst sicher sein, dass man mit mir auch reden kann. Wo gehen wir hin? Zu mir können wir nicht ... du verstehst sicher.«

Irma deutete mit dem Daumen zur Theke.

»Ich hole nur noch eben mein Jäckchen und schon geht es los. Bist du so nett und übernimmst meinen Deckel von der Theke? Bin in wenigen Minuten wieder da. Muss mich nur etwas frisch machen. Bis gleich.«

Holger winkte die Bedienung herbei und zahlte. Irma war mit aufreizendem Gang in der Herrentoilette verschwunden.

Holger Horch fuhr den grauen Golf an der Haustür vorbei in die nächste Nebenstraße. Über die kurze Strecke, die er mit Irma gefahren war, lag deren Hand wie unabsichtlich auf seinem Oberschenkel. Bevor er mit seiner neuesten Eroberung ausstieg, suchte er betont unauffällig die Umgebung ab, um mögliche Zeugen ausschließen zu können. Die Nacht war schon fortgeschritten, sodass er nur noch abwarten musste, bis der ältere Herr mit seinem selbst bei Nacht kläffenden Yorkshire in dem Nachbarhaus verschwunden war. Leicht überrascht fuhr Holger zurück, als er den auf die Wange gehauchten Kuss Irmas spürte. Ein frivoles Lächeln begleitete diese Liebesbezeugung. Sie genoss es, dass ihr neuer Freund um das Auto herumging und ihr galant die Tür öffnete. Wie eine Lady setzte Irma den Absatz ihrer Stöckelschuhe auf das Pflaster und ergriff die hilfreich ausgestreckte Hand Holgers. Auf dem Weg zur Haustür schlang sie ihren Arm um dessen Taille – die Hüften bewegten sich aufreizend wie die eines Models. Man hätte sie für ein Liebespaar halten können.

»Hübsch hast du es hier, Großer. Oh, ich liebe diesen geheimnisvollen Duft von Bambus. Ich habe die gleichen Räucherstäbchen bei mir. Ich verspüre dann immer so ein Prickeln in mir.«

Ihr Kopf lag im Nacken, während sie ein leises Lachen erklingen ließ.

»Hast du einen kleinen Stimmungsmacher für uns? Ich brauche immer etwas zu trinken, wenn ich mich unterhalte. Dort in der Couchecke warte ich dann auf dich und deine kleinen Probleme. Los, los Holger ... ich kann es kaum erwarten.«

Als Holger schließlich mit zwei Gläsern erschien, saß Irma bereits erwartungsvoll mit übereinandergeschlagenen Beinen in der Couchecke und blinzelte ihren Gastgeber an.

»Oh, das nenne ich mal aufmerksam. Tatsächlich Gin Fizz für die kleine Irma. Lass uns auf einen unterhaltsamen

Abend anstoßen. Ich kann es kaum erwarten, mehr von dir zu erfahren. Prost.«

Noch während die Gläser mit einem leichten Klirren aneinanderstießen, legte sich Irmas Bein über die Oberschenkel von Holger, sodass der Blick auf ihren Slip möglich wurde. Irma leerte ihr Glas zur Hälfte, bevor sie es wieder abstellte und den Kopf an Holgers Schulter lehnte. Sie säuselte ihm ins Ohr:»Ich bin ganz Ohr. Was bedrückt dich so sehr? Ich bin mir sicher, dass ich dich auf andere Gedanken bringen kann. Nur los damit.«

Holger Horch ließ sich Zeit mit der Antwort, streichelte stattdessen über die langen, wohlgeformten Beine, die sich ihm erwartungsvoll entgegenstreckten. Irma genoss diese Liebkosung und schloss die Augen. Sie spürte es nicht, dass die K.-o.-Tropfen ihre Wirkung zeigten. Nur wenige Minuten später stieß Holger angewidert die Beine des Transvestiten von sich und schob den Couchtisch in die Mitte des Raumes. An gleicher Stelle breitete er eine große Plane auf dem Boden aus und legte sein Opfer darauf nieder. Mit einem scharfen Messer schnitt er Irmas Kleider auf und zerrte sie von ihrem Körper. Als er mit seinem Werkzeugkoffer wieder den Raum betrat, leckte er sich genussvoll über die Lippen und machte sich an die Arbeit.

17

»Die Männer der Taucherstaffel waren schon nach einer halben Stunde vor Ort, Herr Hauptkommissar. Der Anruf kam von einer Person, die dort drüben bei den Kollegen der Schutzpolizei wartet. Man sprach davon, dass jemand von der Brücke in den Kanal sprang. Gleichzeitig war aber auch die Rede von einer zweiten Person, die sofort danach weglief. Für mich war die Aussage etwas verwirrend, zumal dieser Zeuge leicht angekokst auf mich wirkte. Soll ich ihn holen?«

Liebig lehnte sich weit über die Brüstung und verfolgte Luftblasen, die anzeigten, wo sich die Taucher im Augenblick aufhielten. Dabei schüttelte er den Kopf.

»Das mache ich nachher. Jetzt wollen wir erst mal abwarten, was uns die Feuerwehr da ans Tageslicht holt. Eigentlich dürfte die Person nicht weit gekommen sein, da die Strömung gleich null ist. Kann ja auch sein, dass sich derjenige bereits selbst gerettet hat und längst über alle Berge ...«

Ein Zuruf eines Beamten am Ufer unterbrach Liebig. Er war mit einem Kollegen damit beschäftigt, etwas aus dem Wasser zu ziehen, das die Kameraden unter der Oberfläche an einem Seil befestigt hatten. Der blaue Sack ließ

Schlimmes erahnen. Bei dem letzten Meter über die Randsteine half einer der Taucher. Längst stand Liebig neben den Männern und hielt sie zurück, bevor jemand versuchte, den Sack selbstständig zu öffnen. Peter Liebig ließ sich ein Tauchermesser reichen und schnitt vorsichtig ein großes Loch in den Abfallsack. Entgegen aller Erfahrung hatte er es unterlassen, eine Maske zu tragen, was er sofort bitter bereute. Der markante Geruch verwesenden Fleisches schlug ihm mit aller Gewalt entgegen und ließ ihn zurückschnellen. Hätte ihn nicht der zweite Taucher festgehalten, wäre er sogar in den Kanal gestürzt. Als er wieder klar denken konnte, bemerkte er Rita Momsen, die mit vorgehaltenem Taschentuch einen vorsichtigen Blick in die Öffnung warf. Auch sie sprang angewidert wieder zurück.

»Das kann doch kein Mensch getan haben. Das ist Teufelswerk. Bitte lassen Sie erst diesen Geruch entweichen. Ich hole die Spurensicherung. Oh Gott, stinkt das erbärmlich.«

Sie wandte sich an einen Mann der Schutzpolizei.

»Lassen Sie den gesamten Bereich absperren. Keine Gaffer und keine Presse. Das ist ein Tatort.«

Auf der Brücke hielt ein klappriger Ford Taunus, was ein klares Indiz dafür war, dass Dr. Schiller bereits informiert worden war und seinen Oldtimer in Bewegung gesetzt hatte. Er nahm die Abkürzung über die Böschung. Er ließ die Treppe links liegen, was er Sekunden später bitter bereuen sollte. Alle Augen richteten sich auf den kleinen dicken Mann, der mit hochgerissenem Koffer den lehmigen Abhang heruntergerutscht kam. Seine begleitenden Flüche hätten niemals Niederschlag in einem Kinderbuch finden dürfen. Mit aufgerissenem Mund und keuchendem Atem blieb er einfach am Ende des Abhangs konsterniert sitzen. Dankbar ergriff er die Hand Liebigs, der den Mediziner mit einer Bemerkung hochzog:»So eilig war es denn doch nicht. Das Opfer ist seit geraumer Zeit tot.«

»Halten Sie die Klappe, Liebig. Glauben Sie wirklich, dass ich Ihren Badeversuch vor wenigen Augenblicken nicht gesehen habe? Das war filmreif. Also streichen wir die beiden Szenen aus dem Protokoll und machen uns an die Arbeit. Was haben wir denn heute?«

Schon wieder lächelnd näherte er sich dem blauen Müllbeutel und blieb vor Momsen stehen.

»Entschuldigen Sie bitte meinen Aufzug, schöne Frau, aber ich hatte noch im Garten zu tun. Wollen wir uns das Ganze mal anschauen.«

Selbst Dr. Schiller hatte sich eine Salbe unter der Nase aufgetragen, um diesen schrecklichen Geruch zu überdecken. Langsam vergrößerte er den Schnitt, den Liebig bereits begonnen hatte. Der Kies, der die Leiche wohl lange unter Wasser halten sollte, rollte heraus. Liebig winkte einen Beamten heran und wies ihn an, Handschuhe überzustreifen und Kiesproben in separate Beutel zu füllen. Kurz nachdem dieser die Beutel abgefüllt hatte, war zu beobachten, dass er sich an der Böschung übergab. Rita klopfte ihm mitfühlend auf den Rücken, denn sie konnte ihn gut verstehen. Schiller murmelte etwas, was Liebig nur teilweise verstehen konnte.

»Was reden Sie da von einer Tunte? Wie kommen Sie denn ...?«

Die Frage erübrigte sich, als ihm Schiller eine Hand des Toten aus dem Sack zog und wieder verschwinden ließ. Der grelle Nagellack war gekonnt aufgetragen.

»Mit Sicherheit ein Kerl. Wollen Sie den Beweis auch noch sehen?«

»Nein, nein, ich glaube Ihnen das aufs Wort. Aber was bedeutet das viele Blut?«

Schiller schüttelte nur den Kopf, ohne auf die Frage direkt einzugehen. Er erhob sich und winkte einen Mann der Spurensicherung heran.

»Wenn dieser Hauptkommissar nichts dagegen hat, möchte ich das Opfer gerne schnellstmöglich auf dem Tisch haben. Wollen mal sehen, was uns der Täter diesmal von seinem Opfer übrig gelassen hat.«

Er drehte sich zu Liebig und Rita um.

»Wenn das nicht eine erfundene Horrorgeschichte wäre, würde ich behaupten, Dr. Frankenstein hat wieder ein neues Projekt begonnen. So wie ich es bisher erkennen kann, hat man dieser Person diverse Innereien entnommen und den Rest wie Schlachtabfall entsorgt. Das ist absolut krank. So was habe ich in all meinen Berufsjahren noch nie erlebt. Lassen wir uns also überraschen. Wie immer erhalten Sie meinen Bericht spätestens morgen Abend. Und die Rechnung für die Reinigung liegt ebenfalls daneben. Ihnen allen noch einen schönen Tag.«

Rita studierte aufmerksam den Laborbericht, wobei ihr die Enttäuschung vom Gesicht abzulesen war. Liebig hatte ihr die Daten auf den Tisch gelegt, bevor sie ihre Jacke an den Kleiderhaken hängen konnte.

»Eine Hoffnung nach der anderen zerplatzt vor unseren Augen. Wenn dieses Schwein doch wenigstens älteren Kies aus seinem Vorgarten genommen hätte, könnte man den mit etwas Glück einem bestimmten Ort zuordnen. Nein, der verwendet absolut frischen aus dem Baumarkt. Dürfte wohl klar sein, dass wir auch keine Fingerabdrücke auf dem Beutel finden werden. Auch diese Beutel liegen zu Hunderttausenden in jedem SB-Markt. Dieses Monster bleibt für uns ein Geist. Sollte übrigens dieser Zeuge von der Brücke nicht schon längst hier sein?«

Liebig wollte gerade antworten, als ein Beamter einen Mann hereinführte, der vermutlich die letzte Nacht unterhalb eines Gullideckels verbracht hatte. Im strähnigen Haar, das ihm auf die Schultern fiel, waren trotz des geschätzten Alters von dreißig Jahren schon graue Strähnen zu erkennen. Das Schicksal zerrte gewaltig an dieser hageren Erscheinung. Liebig besaß die Fähigkeit, schon in den Augen des Mannes den Junkie zu erkennen. Er wies ihm einen Stuhl an, der sich am Kopfende des langen Tisches befand, um so dem strengen Geruch zu entgehen.

»Ein Glas Wasser oder lieber einen Kaffee, Herr Stöpel? Schön, dass Sie sich uns für Fragen zur Verfügung stellen.«

Bevor Liebig die erste Frage stellen konnte, lenkte ihn Rita ab, die ein kleines Paket vor dem Mann ausbreitete, in dem sich zwei Frühstücksbrote befanden. Wortlos stand sie neben Stöpel und beobachtete den Mann, der ungläubig mal auf das Essen und dann wieder in das Gesicht dieser so hübschen Polizistin blickte. Zögernd nahm er eine Schnitte heraus, legte eine Tomatenscheibe darauf und klappte alles zusammen. Mit einem stummen Blick, der wohl ein Dankeschön ersetzen sollte, schob er den Rest wieder der Spenderin zu. Wie einen Schatz hielt er die Stulle zwischen seinen recht schmutzigen Fingern und richtete seinen Blick wieder auf den Hauptkommissar.

»Essen Sie ruhig, Herr Stöpel. Frau Momsen wird Ihnen bestimmt gerne noch einen Kaffee einschenken. Ich darf Ihnen trotzdem schon einmal Fragen stellen. Ich hoffe, dass uns Ihre Beobachtungen weiterhelfen werden.

Besonders wichtig ist für uns natürlich, ob Sie diese Person beschreiben können, von der Sie behaupten, dass sie sich von der Brücke entfernt hatte. Ist Ihnen da etwas Besonderes aufgefallen?«

Stöpel schluckte einen großen Bissen hinunter, bevor er antwortete.

»Ich war noch mindestens fünfzig Meter entfernt, als ich sah, dass da etwas ins Wasser fiel. Besser gesagt, ins Wasser geworfen wurde. Dieser Mann – ja, ich glaube, dass es tatsächlich ein Mann war – recht groß und dunkel gekleidet. Als er bemerkte, dass ich ihn beobachtet hatte, ist er sofort abgehauen und ich habe nur noch einen Motor aufheulen hören.«

Liebig unterbrach hier das Gespräch und hakte nach.

»Sie sagten gerade, dass ein Motor aufheulte. Konnten Sie den Wagentyp erkennen?«

»Nein, Herr Hauptkommissar, das Auto stand auf der gegenüberliegenden Fahrbahn. Das konnte ich von da unten nicht erkennen.«

Liebig stand auf und wies auf einen Punkt auf der Stadtkarte.

»Das bedeutet, dass der Täter von Westen kam und in östliche Richtung fortfuhr. Ich denke, dass dies wenigstens den Tatort leicht eingrenzt. Was mich noch interessiert: Wieso konnten Sie so schnell den Notruf anrufen? Besitzen Sie ein Telefon?«

Stöpel wischte sich einige Brotkrümel aus dem Bartgeflecht und klärte den Kripomann auf.

»Ein Radfahrer tauchte hinter mir auf, der mir sein Smartphone auslieh. Der ist aber danach sofort weitergeradelt. Was mir aber gerade noch einfällt. Der Typ auf der Brücke hatte kurze Haare und eine schwarze Lederjacke. Mehr kann ich Ihnen aber wirklich nicht dazu sagen. Kann ich jetzt gehen? Ich muss mich noch beim Jobcenter melden, sonst kürzen die mir die Bezüge komplett.«

»Na, eine große Hilfe war dieser Stöpel ja nicht gerade«, murmelte Rita vor sich hin, »wenn er wenigstens den Wagen hätte beschreiben können. Wir stehen wieder am Anfang. Dieser Killer ist ein Phantom.«

Liebig hatte die Hände hinter den Kopf gelegt und sich bequem in seinem Stuhl zurückgelehnt. Er verfolgte genervt einen vorbeilärmenden Hubschrauber mit den Blicken.

»Zumindest wissen wir, dass es ein großer Mann mit dunklen kurzen Haaren und einer schwarzen Lederjacke war. Jetzt wollen wir nur hoffen, dass der Mörder sich nicht auch dieses armen Teufels annimmt, weil er vermuten muss, dass der ihn erkannt hat. Ich muss mich unbedingt mit Dr. Afarid zusammensetzen, um ein Profil des Täters erstellen zu lassen. Doch vorher geht es in die Rechtsmedizin. Schiller müsste eigentlich durch sein. Wollen Sie mitkommen?«

Statt einer Antwort erntete Liebig einen vorwurfsvollen Blick seiner Mitarbeiterin. Die sah sich suchend um.

»Wo treibt sich eigentlich Spiekermann rum? Den habe ich schon seit gestern Mittag nicht mehr gesehen.«

Die Information erhielt sie beim Hinausgehen.

»Spiekermann wühlt sich durch die Akten der bekannten männlichen Straftäter, die durch besonders extreme Taten in der Homoszene bekannt wurden. Irgendwo müssen wir anfangen und die aussortieren, die derzeit eine Strafe absitzen oder bereits verstorben sind. Zum aktuellen Fall fällt mir übrigens etwas auf. Der Täter hat diesmal nicht versucht, das Opfer zu verbrennen. Irgendwie werde ich den Verdacht nicht los, dass wir uns auch bei Brandstiftern umsehen müssten. Der Täter hat sein Verhalten geändert, was auch immer ihn dazu bewegt hat.«

Rita griff das Thema noch einmal auf, als sie sich bereits im Auto befanden und den Weg zum Klinikum eingeschlagen hatten.

»Wieso ist das so ungewöhnlich, dass die Umstände zur Tat sich verändert haben?«

Ohne die Augen von der Fahrbahn zu nehmen, klärte Liebig seine Kollegin auf.

»Das stützt sich einfach auf Erfahrungen von Fachleuten aus dem Bereich der forensischen Psychiatrie, die feststellten, dass oftmals die Ersttat eines Serienmörders sein gesamtes weiteres Wirken bestimmt. Es ist ein besonderes Muster erkennbar, das sich bei allen weiteren Morden wiederfindet. Wird er oder sie nach dem ersten Mord nicht erwischt, festigt sich oft in dem Mörder die Meinung, unbesiegbar zu sein. Dann kopiert der Täter meist die Vorgehensweise in allen Folgetaten. Das hilft uns aber gleichzeitig dabei, ihn schneller dingfest zu machen. Jeder von ihnen macht einmal den entscheidenden Fehler. Dann haben wir ihn, weil er sich zu sicher war und unvorsichtig handelte. Hoffen wir, dass wir auch hier sehr schnell diesen

Fehler finden, denn er scheint derzeit wie im Rausch zu töten.«

Immer noch über das Thema nachdenkend verließ Rita an der Seite von Liebig das Auto und sie betraten die merklich kühleren Räume der Gerichtsmedizin. Schiller saß vor einem Kaffee.

»Ja, den könnten wir jetzt auch gebrauchen, Dr. Schiller. Ist da noch was in der Kanne für zwei schwer arbeitende Beamte?«

Das Grinsen des Mediziners zog sich über das ganze Gesicht, als er einschob: »Sie sind sich doch dessen sicherlich bewusst, dass sie gerade ein Paradoxon bemüht haben? Beamte und arbeiten ... das passt irgendwie nicht zusammen.«

Liebig war es nach vielen Jahren gewohnt, sich solche Sprüche über das Beamtentum anhören zu müssen. Deshalb ging er nicht weiter darauf ein und suchte den bekannten Weg zur Kaffeemaschine. Mit zwei Tassen kam er zurück zum Tisch.

»Zwei Zucker und einen kleinen Schuss Milch ... richtig, Frau Momsen?«

Freundlich lächelnd nahm Rita die Tasse entgegen, bemerkte gleichzeitig das vielsagende Grinsen im Gesicht des Mediziners.

»Ja, Frau Momsen, so was merkt sich der Kerl schnell. Jetzt ist auf Ihrer Seite höchste Vorsicht geboten. Das Raubtier zeigt Interesse.«

Selbst für Liebig waren die Frotzeleien in diese Richtung Neuland in Bezug auf Schiller. Leicht ungehalten begann er daher das Gespräch.

»Statt sich mit Beziehungskisten fremder Menschen zu befassen, sollten Sie besser die Geschichten Ihrer Kunden ergründen. War das nicht Ihr Fachgebiet, großer Meister des Skalpells? Was können Sie uns also zum letzten Fund sagen?«

Rita fand, dass dieses Gespräch eine Wendung erfuhr, die zumindest nicht uninteressant klang. Sie schwieg aber zu dem Thema und konzentrierte sich auf Schillers Bericht.

»Tja, Herrschaften. Zumindest in einem Punkt hat mir der Täter Arbeit erspart. Ich musste den Körper nicht mehr aufschneiden. Das hat er zuvor besorgt. Wie ich bereits bei der Erstbeschauung feststellte, hat der Mörder einige innere Organe entnommen. Dazu zählen Herz, Milz, eine Niere und der Magen. Die Därme hat er zwar herausgetrennt, sie jedoch später mit in den Müllbeutel gelegt. Eine Vorgehensweise, für die ich noch keine Erklärung finden konnte.

Wir hatten ja schon hin und wieder Serientäter, die Trophäen sammelten. Doch das sind dann in der Regel stets die gleichen. Warum also verschiedene Körperteile? Will der tatsächlich eine Komplettsammlung eines menschlichen Körpers anlegen? Wenn ja ... warum? Ist das ein religiös basiertes Ritual? Sicher hat man davon gehört, dass der Besitz von Körperteilen der Feinde bei Kriegern eine Bedeutung hat. Sie erhalten Macht über den erlegten Geist, oder dessen Geist und Kraft geht auf ihn über. Doch nach allem, was wir bisher wissen, handelt es sich um einen weißen Westeuropäer.«

Rita war es, die die entscheidende Frage stellte.

»Dr. Schiller, wurde das Opfer wieder sexuell missbraucht?«

»Gut, dass Sie danach fragen, Frau Momsen. Das vergaß ich zu berichten. Mich hat das wirklich verwundert. In diesem Punkt war der Mann unbeschadet. Was natürlich nicht heißen soll, dass er absolut keinen Analverkehr hatte. Allerdings kann ich ausschließen, dass er in den letzten Stunden vor dem Tod diese Art Verkehr hatte. Keine Verletzungen, kein Sperma. Eine erneute Abweichung vom Tötungsmuster. Haben wir es mit zwei verschiedenen Tätern zu tun? Hier muss ich anführen, dass auch bei dieser Leiche die Vorgehensweise bei der Entnahme der Körperteile ähnlich professionell war.«

Der Bericht Liebigs erwirkte ein zustimmendes Nicken bei Schiller.

»Es gilt zu beachten, dass diesmal der Körper nicht verbrannt werden sollte. Ist das pure Cleverness, um uns zu verwirren? Weiß der Täter vielleicht, dass wir Profile anlegen, und ändert schon deshalb seine Vorgehensweise? Der verfolgt einen verflucht teuflischen Plan. Ich muss zugeben, dass er mir Respekt abringt.«

Rita sah ihren Chef verwundert an.

»Sie bewundern dieses Schwein dafür, dass er unschuldige Menschen abschlachtet? Das kann doch wohl nicht Ihr Ernst ...«

Schiller war es, der Liebig in Schutz nahm und Rita die Hand auf den Arm legte.

»Da haben Sie Ihren Chef falsch verstanden, Frau Momsen. Er sprach davon, dass der ihn vor besondere Herausforderungen stellt. Das müssen Sie rein professionell sehen. Schwierige Fälle fordern die Ermittler auf eine besondere Art heraus, stacheln den Ehrgeiz an. Wenn Sie als

Sportlerin einen Gegner vor sich sehen, wecken Sie doch auch sämtliche Reserven, um denjenigen besiegen zu können. Ihr Chef will diesen Wettbewerb, wenn wir das so nennen möchten, auf jeden Fall gewinnen. Dabei ist es aber gestattet, dem Gegner einen gewissen Respekt bezüglich seiner Findigkeit zu zollen. Den Sieg behält er dabei gnadenlos im Auge.«

Liebig tat, als würde ihn diese Diskussion nicht interessieren und holte sich einen frischen Kaffee. Als er wieder am Tisch saß, stellte er eine weitere Frage an den Mediziner.

»Haben wir den ungefähren Todeszeitpunkt? Ich muss ein wenig in der Szene herumfragen, ob eine Transe vermisst wird. Ich denke, dass wir das Opfer recht schnell identifizieren werden, da diese Gruppe relativ überschaubar sein dürfte. Wir gehen da die einschlägigen Lokale durch.«

Schiller wiegte den Kopf und suchte nach Worten.

»Das gestaltet sich etwas schwierig, da das Opfer in eine luftundurchlässige Mülltüte verbracht wurde. Ferner weiß ich nichts über die Umgebungstemperatur, bevor alles in den Kanal geworfen wurde. Das kalte Wasser hat dann wieder alles verzögert. Die Verwesung hatte ja bereits ein Stadium erreicht, das mich vermuten lässt, dass der Tod zwischen vorgestern Abend und gestern Mittag eintrat. Festlegen möchte ich mich da nicht, da sich auch anhand der verschobenen Leichenflecken keine klare Aussage tätigen lässt. Das wird Ihnen wohl nicht viel helfen. Oder?«

»Zumindest ist es ein grober Anhalt. Wir danken Ihnen – auch für den Kaffee.«

18

Zwei Löschfahrzeuge befanden sich derzeit im Einsatz, nachdem ein Böschungsbrand gemeldet worden war. Roland Moschus und Harald Schneider bekamen die Gelegenheit, ihr mitgebrachtes Essen aufzuwärmen. Sie hatten gemeinsam eine Katze aus einem Baum retten müssen, ärgerten sich jedoch immer noch über die Zwischenrufe einiger Schaulustiger, die glaubten, besonders witzig zu sein. Harald machte seinem Frust als Erster Luft.

»Ich hätte den kleinen Dicken, der genau neben dir an der Leiter stand, gerne statt der Katze in den Baum gesetzt. Als der durch die Gegend schrie, dass wir doch einen feinen Job hätten und froh sein sollten, mal was zu tun zu haben, wäre ich dem am liebsten ins Hirn gesprungen. Aber da wäre ich wohl in ein Vakuum geraten. Regt dich das überhaupt nicht auf? Du warst ganz ruhig.«

Roland rührte weiter in seiner Graupensuppe und zuckte lediglich mit den Schultern.

»Glaubst du wirklich, dass es etwas nutzt, wenn ich mich mit diesen Vollpfosten einlasse? Wenn ich mich auf deren Niveau herablasse und zeige, wie mich das anpisst, haben die Idioten doch gewonnen. Also halte ich die Klappe und mach meinen Job. Irgendwann wird auch der blöde Sack merken, wie dringend er uns braucht. Sollte der mich mal rufen wegen eines Hitzeschocks, führe ich ihm das Wasser direkt durch den Hintern ein, weil bei dem mit Sicherheit der Arsch auf dem Hals sitzt. Nee, mal im Ernst, Harald. Bringt das was, wenn wir uns aufregen? Nein, sage ich. Wir schaden uns nur selbst. Also lass ich es.«

Die beiden Männer setzten sich mit ihrem Essen an den langen Besprechungstisch im Aufenthaltsraum. Mit vollem Mund stellte Harald schließlich die Frage: »Hast du das mit Heiner und Ralf gehört? Das muss ja ganz schön zur Sache gegangen sein bei der Vernehmung im Polizeipräsidium. Hans hat da ein paar Einzelheiten durchsickern lassen.«

Ohne den Partner dabei anzusehen, antwortete Roland: »Das war keine Vernehmung, sondern nur eine Befragung. Macht doch aus der Maus keinen Elefanten. Die wollten doch nur wissen, ob Heiner zufällig jemanden gesehen hat. Nicht mehr und nicht weniger. Ich weiß auch, worüber Roland sich aufgeregt hat. Das hätte ich wohl auch getan. Aber die Leute bei der Kripo tun doch auch nur ihre Pflicht. Da darf man nicht so dünnhäutig sein.«

Harald, der sich erneut einen Löffel Graupen in den Mund schob, ließ nicht locker.

»Aber findest du es nicht auch komisch, dass da jemand ermordet wird – kurz bevor Heiner sich von Ralf abgesetzt hat und ausgerechnet er dann den Kerl findet ... tot? Wie ich hörte, wurde der Mann erstickt.«

Roland knallte seinen Löffel auf die Tischplatte und sah mit hochrotem Kopf auf seinen Partner.

»Was ist los mit dir? Hast du was geraucht? Was soll dieses *ausgerechnet er* bedeuten? Der Unterton gefällt mir nicht. Lass so eine Scheiße bloß nicht ab, wenn die anderen dabei sind. Die treten dir kräftig in den Arsch. Das hört sich ja so an, als hieltest du Heiner für einen Mörder. Das kann doch wohl nicht wahr sein. Jetzt zerfleischen wir uns schon untereinander, nur weil der Mörder jedes Mal einen Brand legt. Du guckst scheinbar zu viele von diesen amerikanischen Actionfilmen. Wir sind Freunde, Mensch, und kennen uns schon so viele Jahre. Da darf selbst der kleinste Verdacht nicht aufkommen. Scheiße, vergiss das bloß und halt die Klappe.«

Beide waren dermaßen in ihr Streitgespräch vertieft, dass sie nicht bemerkten, dass hinter ihnen die Tür geöffnet worden war und die vier Kameraden stumm die letzten Sätze verfolgt hatten. Hans Wotan schob sich nach vorne und blieb hinter den beiden Männern stehen.

»Was soll Heiner eurer Meinung nach getan haben? Ist es schon so weit, dass wir uns gegenseitig verdächtigen, nur weil die Leichen immer in Verbindung mit Bränden gebracht werden?«

Roland sprang auf. Auge in Auge stand er Hans gegenüber.

»Mit keinem Wort habe ich behauptet, dass Heiner in der Sache drinsteckt. Und Harald weiß gar nicht, was er da gerade hergesabbelt hat. Das hat er bestimmt nicht so gemeint, wie es sich anhört.«

»Und was genau meinte er mit der Bemerkung, dass es doch komisch wäre, dass ich mich abgesetzt hätte? Für mich klingt das so, als hätte ich das getan, um den Kerl mal eben abzumurksen. Hast du sie noch alle beisammen, Harald? Warum sollte ich hundert Menschen retten und diesen einen

Mann töten? Das macht keinen Sinn. Und jetzt noch einmal für alle Idioten zum Mitschreiben: Ich bin nicht schwul! Aber wenn du in Zukunft alleine und ungefährdet duschen willst ... bitte ... ein Wort an mich reicht. Verdammt, mir ist gerade reichlich der Appetit vergangen. Harald, du bist ein Arschloch. Fuck you.«

Heiner Kaske riss sich die Jacke herunter und verschwand mit gerötetem Gesicht in einem Ruheraum. Obwohl sich noch vier Männer im Aufenthaltsraum befanden, war nur das schwere Atmen zu hören. Niemand wollte die Angelegenheit weiter kommentieren, bis Harald glaubte, sich doch rechtfertigen zu müssen.

»Ja, seht mich ruhig an wie einen tödlichen Bazillus. Jetzt tut ihr alle so, als wäre die Welt in bester Ordnung. Glaubt ihr wirklich, ich hätte dieses Gemunkel hinter vorgehaltener Hand nicht mitbekommen? Ich bin nur der Erste, der es offen ausspricht. Mit keinem Wort habe ich behauptet, dass unser Heiner den Kerl gemeuchelt hat. Nicht mit einem Wort. Ich wollte nur wissen, wie Roland über den im Hintergrund diskutierten Verdacht denkt. Ich bin mit Heiner hundert Einsätze gefahren und wir konnten uns aufeinander verlassen. Das denke ich auch zu hundert Prozent weiter. Ich vertraue dem Mann mein Leben an, verflucht. Ich bin sein Freund.«

»Dann zeig ihm das auch«, schrie ihm Ralf entgegen, »beweg deinen Arsch zu ihm und entschuldige dich. Sag ihm genau das, was du uns auch gerade beschworen hast. Und wenn du schon dabei bist, versichere ihm, dass wir alle hinter ihm stehen ... komme, was wolle. Na los, du Scheißer, er wartet auf uns.«

Auf Haralds Klopfen erfolgte keine Reaktion. Er drückte vorsichtig die Tür auf und wartete darauf, dass Heiner ihn endlich hereinbat. Der lag ausgestreckt auf seiner Liege und hatte die Hände hinter den Kopf gelegt. Sein Blick war starr an die Decke gerichtet. Harald drückte die Tür nun endgültig auf, schloss sie wieder hinter sich und lehnte sich gegen das Türblatt. Als er die heisere Stimme Heiners vernahm, schrak er zusammen.

»Hast du keine Angst so allein mit mir in einem Raum? Vielleicht bist du der Nächste, dem ich den Hals umdrehe. So als Serienmörder dürfte es mir doch auf einen mehr oder weniger nicht ankommen. Ich finde das schon bedeutsam, wie lange ich euch alle täuschen konnte. Keiner wusste, wie nah er dem Tod stand, als er mit mir in den Einsatz fuhr.«

»Bist du jetzt fertig?«, unterbrach ihn Harald und zog sich den Stuhl näher heran. »Ich bin nicht zu dir gekommen, um mich verarschen zu lassen. Als du den Raum betreten hast, bekamst du nur noch einen Teil unseres Gesprächs mit.«

»Das hat mir auf jeden Fall schon gereicht. Mehr möchte ich auch gar nicht wissen. Was willst du jetzt noch von mir? Möchtest du weiter Sand in die Wunde reiben? Ich finde, es hat wirklich gereicht.«

Harald rückte näher heran, berührte fast die Liege, als er den zweiten Anlauf wagte: »Gott im Himmel. Ja, ich habe vielleicht Scheiße geredet, indem ich das Thema überhaupt auf den Tisch brachte. Aber ich finde, es ist besser, das klar und deutlich auszusprechen, als ständig im Hintergrund zu mutmaßen. Das bringt uns alle nicht weiter und schafft nur böses Blut. Ich bin hier, um mich für unbedachte Äußerungen zu entschuldigen. Und noch was. Ich soll dir im

Namen aller versichern, dass wir fest daran glauben, dass du absolut nichts mit dem Mord in der Lagerhalle zu tun hast.«

Nur kurz zuckte Heiner mit den Lidern, bevor sich die Augen mit Tränen füllten. Er warf sich auf die Seite. Harald ließ ihm Zeit, seine Gefühle zu ordnen, bevor er es versuchte.

»Es ist gut, Heiner. Alles ist gut. Wir halten zusammen und werden immer an der Seite des Partners stehen. Aber darf ich dich etwas fragen?«

Nur sehr zögernd drehte sich Heiner ihm zu, wischte sich die letzten Tränen aus den Augen.

»Was willst du von mir wissen, was man noch nicht über mich weißt?«

Harald tat sich schwer mit der Frage, da er nicht einschätzen konnte, wie sie in diesem besonderen Augenblick von Heiner aufgenommen wurde.

»Du hast uns erzählt, dass deine Frau ... ich meine, dass sie bei einem Unfall ... Was ist damals wirklich passiert? Willst du darüber reden?«

Da Harald mit einem Anfall gerechnet hatte, erstaunte es ihn umso mehr, dass sich Heiner mit dem Oberkörper aufrichtete und sich gegen die Wand lehnte. Er schien in eine weite Ferne zu blicken, als er die Szenerie beschrieb.

»Sie war so wunderschön«, waren die Worte, die Heiner voranstellte. »Sie mochte das kleine Haus, das wir uns erst kurz zuvor von unseren Ersparnissen gekauft hatten und nun ausschmücken wollten. Dieses Strahlen in ihren Augen müsstest du gesehen haben, als sie mir an diesem besagten Tag mitteilte, dass ich in einigen Monaten stolzer Vater einer kleinen Tochter sein würde. Ich, Vater einer Tochter – ein

Traum. Sie wollte zum Gartenmarkt, um nach Pflanzen für den Vorgarten zu sehen. Sie liebte Blumen über alles. Ich gab ihr morgens, bevor ich den Dienst in Dortmund antrat, noch einen Kuss. Das war der Augenblick, an dem ich sie zum letzten Mal sah ... lebend.«

Heiner suchte verzweifelt nach einem Taschentuch, bis Harald ihm seines reichte. Die Stimme hatte sich verändert. Sie transportierte die tiefe Trauer, die in diesem Augenblick wieder in ihm hochkam.

»Die Durchsage war wie alle anderen zuvor. Auffahrunfall auf der A40, Richtung Werl. Wir sind mit drei Wagen los, hinter uns der Sani und der Notarzt. Immer wieder mussten wir stoppen, weil die Idioten einfach die mittlere Spur versperrten. Wir brauchten verfickte fünfunddreißig Minuten, bis wir endlich das Ausmaß des Unfalls vor Augen hatten. Ein Stauende, in das ein Sattelzug mit einem geladenen Bagger reingerast war.«

Es folgte eine bedeutsame Pause, in der er mehrfach schluckte. Der folgende Satz war kaum vernehmbar, ließ Harald dennoch aufschauen.

»Und plötzlich sah ich ihn.«

Wieder wischte Heiner mit dem Hemdsärmel über die Augen. Seine Stimme war jetzt wieder deutlicher.

»Zwischen den zwei letzten Lkws stand dieser hellblaue Golf, der um die Hälfte zusammengequetscht worden war. Vier Kameraden bemühten sich bereits, eine eingeklemmte Person herauszuschneiden. Währenddessen versorgten die Kollegen vom Rettungsdienst die Fahrerin mit Infusionen, versorgten die vielen Wunden, sprachen beruhigend auf sie ein. Von der anderen Seite arbeitete sich der Notarzt zu dieser Frau vor, versuchte, ihr ein Schmerzmittel zu verabreichen. Eine Stahlstrebe hatte sich durch ihre Schulter gebohrt. Jetzt erst fiel mein Blick auf das einsam daliegende Kennzeichen. In diesem Augenblick registrierte ich, um wen sich meine Freunde bemühten.«

Harald unterbrach den jetzt heftig weinenden Mann nicht, ließ ihn den Schmerz hinauspressen, ergriff lediglich seinen Unterarm und drückte ihn leicht. Heiners weitere Schilderung kam nur noch stoßweise, wurde von längeren Pausen unterbrochen.

»Es dauerte geschlagene fünfundvierzig Minuten, bevor sie Helena herausgeholt hatten. Sie war so unglaublich tapfer. Du must dir das einmal vorstellen: Sie sprach mir noch Mut zu, als ich auf sie neben der Trage wartete. Sie starb kurze Zeit später in meinen Armen, Harald. Diese tapfere Frau ist tatsächlich in meinen Armen gestorben. Ich konnte ihr nicht mehr helfen. Heute bin ich so dankbar dafür, dass ich in dem Augenblick bei ihr sein durfte, als sie diese Welt verließ. Aber das Schlimmste an dieser Sache war, was mir der Notarzt später sagte. Er meinte, dass Helena zwar sehr viel Blut verloren hatte, während sie im Wagen auf Hilfe warten musste. Sie hätte es aber möglicherweise doch schaffen können, wenn die Straße für uns frei gewesen wäre. Wunder dich deshalb nicht über mein Verhalten, wenn ich verstopfte Rettungsgassen sehe. So, jetzt weißt du es. Lass mich noch einen Augenblick allein. Der nächste Einsatz kommt schneller, als wir es möchten.«

Harald war schon auf dem Weg zur Tür, als Heiner ihn mit einer Bemerkung aufhielt: »Und noch eins, Harald. Danke für deine Offenheit.«

19

Dr. Afarid begrüßte Hauptkommissar Liebig, Klaus Spiekermann und Rita Momsen mit Handschlag und setzte sich an
den Kopf des Besprechungstisches. Immer wieder hatte Rita,
wenn sie diesem Mann begegnete, gleichzeitig das Gesicht
von Omar Sharif vor Augen. Die Ähnlichkeit war einfach
frappierend. Nach einführender Konversation kam Peter
Liebig dann doch schnell auf den Punkt.

»Ich danke Ihnen, dass Sie so kurzfristig Zeit für uns
gefunden haben, um uns dabei zu helfen, ein besseres Bild
des mutmaßlichen Mörders zu bekommen. Die Aktenlage
kennen Sie bereits aus meinem Memo. Wie müssen wir uns
dieses Monster ungefähr vorstellen?«

Die lässige Körperhaltung und das permanente Lächeln
im Gesicht von Dr. Afarid ließ ihn ausgesprochen sympa-
thisch wirken. Rita wusste allerdings aus zuverlässiger
Quelle, dass er in einer Beziehung lebte. Seine dunklen
Pupillen strahlten pure Freundlichkeit aus, als er begann.

»Wie ich lesen konnte, besteht über sein Äußeres mittlerweile kein Zweifel mehr. Schließlich gibt es dazu Zeugen-
aussagen. Doch die Beschreibung dürfte auf viele Tausend
Menschen zutreffen, sodass wir ein wenig auf sein mög-
liches Motiv blicken sollten.

Wenn ich mir die Verletzungen vor Augen führe, die er seinen Opfern zufügt, besteht sofort die Vermutung, dass er sich für etwas rächen möchte, was er selbst zumindest ansatzweise erleiden musste. Alles deutet tatsächlich auf Rache hin. Er dürfte aus purem Hass handeln, wobei es in Einzelfällen den Anschein erweckt, dass animalische Lust ebenfalls eine Rolle spielt. Dabei drängt sich mir der Verdacht auf, dass ihm die Fähigkeit abhandengekommen ist, ein Gewissen zu entwickeln. Er glaubt tatsächlich daran, das Recht zu besitzen, diese Taten begehen zu dürfen.«

Rita war die Erste, die den Polizeipsychologen unterbrach.

»Das kann ich mir schlecht vorstellen, da ich vermute, dass uns Menschen das Gewissen doch mit in die Wiege gelegt wird. Wieso fehlt ihm das dann?«

»In einem Punkt möchte ich Sie korrigieren. Gewissen wird nicht grundsätzlich angeboren, sondern eher anerzogen. Es entwickelt sich durch die Lebensumstände. Wenn ein Kind in eine Umgebung geboren wird, die ohne Mitleid zum Mitmenschen lebt, färbt das ab. Stellen Sie sich vor, dass Sie schon in sehr frühen Jahren von Vater, Mutter oder Geschwistern geschlagen, gedemütigt oder missbraucht wurden, sehen Sie das in Ihrem naiven Kindverständnis als scheinbar normal an. Das prägt Sie für Ihr weiteres Leben. Vielleicht müssen wir auch darin die Gründe suchen, warum sich Missbrauchsopfer erst im Erwachsenenalter auf erlittenes Unrecht besinnen.«

Rita hakte nach.

»Aber wir entwickeln die Vernunft doch schon als Jugendliche. Warum dann erst so spät?«

»Die Hirnforscher glauben, dass uns die Natur um gewisse prägende Erinnerungen einen Schutzmantel gelegt hat, der sich erst relativ spät auflöst. Außerdem muss unser Bewusstsein erst die Fähigkeit entwickeln, vergleichen zu können. Wir entdecken später an Freunden oder Nachbarn, was tatsächliche Normalität in der Erziehung bedeutet. Das gleichen wir dann mit Geschehnissen aus der eigenen Kindheit ab. Die Ergebnisse können schockierend sein, was wir ja derzeit häufig zu hören bekommen.«

Liebig hatte bis hierher interessiert zugehört und stellte eine Frage.

»Sehen Sie in unserem Fall ebenfalls die Möglichkeit, dass der Täter einen Schaden durch Missbrauch erlitten hat?«

Dr. Afarid legte die Stirn in Falten und nahm einen Schluck aus dem Wasserglas.

»Das können wir auf keinen Fall ausschließen, Herr Liebig. Grundsätzlich würde ich das als gegeben hinnehmen. Uns Menschen ist eigen, dass wir uns nicht alle in eine Richtung entwickeln und somit nicht gleich reagieren. Wer durch dieses Martyrium ging, kann sich sogar völlig normal weiterentwickeln, ohne dass negative Folgen bleiben. Ich muss zugeben, dass es recht selten ist, aber es passiert. Viele junge Menschen bekommen allerdings eine nazistische Neigung, sind nicht fähig, Freundschaften oder Beziehungen anzunehmen. Diese kranken Menschen sondern sich ab und tun Dinge, die der Normalo salopp als irre darstellt. Und genau das treibt sie dann immer weiter in die Isolation.«

»Deshalb muss man doch nicht gleich zum Serienmörder werden«, warf Spiekermann ein.

»Das behauptet auch keiner, Herr Spiekermann. Doch es bohrt tief im Inneren die erlittene Demütigung, die laut nach Rache ruft. Dieser Drang will irgendwann befriedigt werden. Und jetzt erst wird es gefährlich für die Umwelt. Da brodelt ein Vulkan, von dem meist nur der Betroffene weiß. Alle halten ihn für etwas sonderbar. Dabei überspielt möglicherweise ein vorhandenes sympathisches Äußeres die Tatsache, dass in dem netten Nachbarn eine Mordmaschine lauert. Es gibt genug Beispiele dafür, dass Menschen über viele Jahre auf grausamste Art und Weise töten und laufen als allseits beliebter Biedermann durch die Straßen, führen sogar eine perfekte Ehe und erziehen liebevoll die Kinder. Das macht den Serienkiller so immens gefährlich. Es ist seine erschreckende Normalität.«

Ritas Frage kam zaghaft und ließ Dr. Afarid lange nachdenken.

»Glauben Sie, dass Menschen schon als Mörder geboren werden, dass in ihnen ein Gen von Geburt an ruht, um später zu töten?«

»Darüber, liebe Frau Momsen, streiten sich noch heute die Gelehrten. Doch glaubt man, ein solches gefunden zu haben, das in uns allen vorhanden sein soll. Selbst wenn es so ist – Ich persönlich vertrete den Standpunkt, dass wir erst zum Mörder gemacht werden. Bestes Beispiel ist unser geliebter Hund. Der wird nicht als Beißer geboren. Wir Menschen treiben ihn erst durch falsche Erziehung dazu. Allerdings besitzt er den natürlichen Jagdtrieb. Doch das ist ein weites Feld, das wir hier und heute nicht ausdiskutiert bekommen. Lassen Sie mich zum Schluss nur eine Vermutung äußern. Wir wissen, dass der Täter eine stark ausgeprägte Homophilie besitzt, also die Gleichgeschlechtlichkeit bevorzugt. Die Gesellschaft besitzt trotz der scheinbaren Offenheit immer noch tief verwurzelte Vorbehalte gegen diese für sie andersartige sexuelle Beziehung. Sollte der Täter diese Ablehnung in ausgeprägter Form erfahren haben, kann es vorkommen, dass er sogar einen Hass gegenüber Menschen entwickelt, die ebenso sind wie er, anstatt ihn gegen die Gesellschaft zu richten, die ihn verurteilt. Quasi richtet er diesen Hass gegen sich selbst für seine scheinbare Abartigkeit.«

Dr. Afarid machte Anstalten, sich verabschieden zu wollen, als Spiekermann noch eine entscheidende Frage stellte.

»Was halten Sie davon, dass der Täter, mit Ausnahme beim letzten Opfer, das Feuer suchte?«

»Das, Herrschaften, legt die Vermutung nahe, dass wir es möglicherweise mit einem Pyromanen zu tun haben. Es kann aber auch sein, dass dieser blitzgescheite Mann falsche Fährten legt und nur sicher gehen möchte, dass alle Spuren restlos beseitigt werden. Schließlich soll die Flamme ja alles reinigen. Das wiederum lässt sogar ein religiöses Motiv zu. Sie sehen, das Feld ist weitläufig. Ich möchte mich da nicht festlegen, da wir noch nicht genug über den Täter wissen.«

Liebig verabschiedete den Psychologen und kehrte zurück an den Tisch, an dem nachdenkliche Mitarbeiter saßen.

»Na, was haben wir als Ergebnis? Wie stellen wir uns den Kerl nun vor?«

Rita hatte den Kopf in beide Hände gestützt und sah ihren Chef an. Geduldig wartete er auf eine erste Meinungsäußerung.

»Ich tue mich noch schwer damit, mir eine Kindheit vorzustellen, die alle von Dr. Afarid geschilderten Komponenten enthält. Das ist die Beschreibung einer Hölle. Dann durfte dieser Täter also niemals ein normales Kind sein, hat nur Qualen und Erniedrigungen erlitten. Etwas an seinen Ausführungen verunsichert mich besonders stark. Es ist die Tatsache, dass wir tagtäglich an diesen Monstern vorbeilaufen. Wir leben neben ihnen, ohne zu wissen, dass sie schon viele Menschen bestialisch in ihren Kellern ermordet haben. Gott, ist das gruselig.«

20

Klaus Spiekermann öffnete die Bürotür mit einem Ruck und winkte mit wilden Armbewegungen seinen Chef zum Schreibtisch. Die Hand hielt er über die Sprechmuschel, als er Liebig zuflüsterte:»Ich habe da einen seltsamen Anrufer, der nur mit Ihnen sprechen möchte. Es geht um die Opfer der letzten Tage. Übernehmen Sie? Die Kollegen versuchen schon, den Anschluss zu lokalisieren.«

Liebig nickte und griff nach dem Hörer.

»Hauptkommissar Liebig am Telefon. Mein Kollege sagte mir, dass Sie mich sprechen wollen. Darf ich zuvor Ihren Namen erfahren? Das macht die Sache einfacher und ich weiß, wie ich Sie ansprechen darf.«

Das leise Lachen eines Mannes war die Antwort auf diese Frage.

»Das war schon recht gut, Herr Hauptkommissar. Doch ganz so einfach wollen wir beide es uns doch nicht machen. Sie nehmen mir ansonsten jeglichen Spaß an der Sache. Sie brauchen erst gar nicht versuchen, den Anruf zurückzuverfolgen. Ich spreche über eine Calling Card, die wiederum eine Umleitung anwählt. Bis Sie das zurückverfolgt haben, sind wir beide im Ruhestand. Hören Sie mir einfach nur zu, denn ich werde es nur ein einziges Mal sagen.

Ich werde von heute an jede Woche eines dieser schwulen Schweine töten. Damit es uns beiden auch gleichermaßen Freude bereitet, werde ich Ihnen – und nur Ihnen – eine halbe Stunde vorher einen Tipp geben. Sie haben also die Gelegenheit, mit etwas Kombinationsgabe das Opfer zu finden. Dauert es länger als dreißig Minuten, finden Sie nur noch, was von ihm übrig ist. Haben wir uns verstanden?«

Längst hatten sich Spiekermann und Momsen dicht an Liebig gedrängt, um auch jedes Wort verstehen zu können. Liebig versuchte, die Verbindung so lange wie möglich aufrechtzuerhalten, damit man die Position des Anrufers eingrenzen konnte.

»So ganz verstehe ich noch nicht, warum wir beide dieses Spiel miteinander treiben sollten. Warum tun Sie das? Was zwingt Sie dazu, solche Dinge zu tun? Wir können uns gerne irgendwo treffen, nur wir zwei. Ich kann Ihnen mit Sicherheit helfen und ...«

Enttäuscht starrte er auf den Hörer, aus dem nur noch ein regelmäßiges Tuten zu hören war. Liebig sah in die ratlosen Gesichter seiner Leute. Momsen hatte auf dem Schreibtisch Platz genommen und betrachtete ihre gefalteten Hände, die sie zwischen die Knie gedrückt hatte. Mehr in Gedanken sprach sie das aus, was auch die Männer in dem Augenblick dachten.

»Hat dieser Kerl zu viele amerikanische Actionfilme gesehen? Hält der Sie für Bruce Willis, den er auf die Suche nach Rätsellösungen durch die Stadt jagen will? Ich würde das einfach nicht glauben, wenn ich es nicht selbst gehört hätte.« Hier legte sie eine Pause ein und sah ihren Chef fragend an.»Glauben Sie daran, dass das gerade wirklich der

Killer war und nicht irgendein Wicht, der sich auf das Tritt-brett stellt, um einmal im Leben ernst genommen zu werden?«

Wortlos schritt Liebig rüber an seinen Schreibtisch und wählte die Nummer von Kriminalrat Rösner.

»Liebig hier, Chef. Wir haben ein gewaltiges Problem, über das ich dringend mit Ihnen reden muss. Es wird jetzt Zeit für eine Soko. Kann ich raufkommen?«

»Sind Sie wirklich davon überzeugt, dass es sich nicht um einen Fake-Anruf eines Irren handeln könnte? Wir beide wissen doch zur Genüge, dass so was häufig vorkommt.«

Umständlich versuchte Rösner, den Teebeutel aus dem heißen Wasser zu fischen und mit dem Löffel auszudrücken. Liebig hätte ihm am liebsten alles aus der Hand gerissen, da ihm das Gehampel gehörig auf den Geist ging. Endlich war es dem Kriminalrat gelungen, wobei etliche Teeflecken die polierte Schreibtischoberfläche zierten.

»Was denn nun, Liebig? Ich höre.«

Der Hauptkommissar, der sich auf das nervige Spiel seines Vorgesetzten konzentriert hatte, schreckte hoch.

»Eigentlich bin ich mir da sehr sicher. Dieser Ton, diese Selbstsicherheit in der Stimme – das wirkte schon sehr über-zeugend. Das war kein Spaßvogel. Der machte keine Witze, Herr Kriminalrat. Und außerdem – wollen Sie das Risiko eingehen, dass durch unsere Fehleinschätzung ein Unschul-diger stirbt? Ich brauche Leute an meiner Seite, die sofort einsatzbereit sind, wenn dieses Arschloch anruft und die mich bei der Lösung der angekündigten Rätsel unterstützen. Bekomme ich die Leute?«

Kriminalrat Rösner zuckte zurück, als der heiße Tee ihm die Lippen verbrannte.

»Mistbrühe, verdammt. Was hatten Sie gefragt? Ach, ja, die Leute. Gab der Mann denn wenigstens einen Hinweis darauf, wann er zum ersten Mal anruft?«

»Eben nicht. Das kann schon morgen oder erst in einigen Tagen sein. Das ist doch im Grunde auch völlig egal. Ich kann die Hilfe schon jetzt gebrauchen, damit wir Fälle durchforsten können, die eine ähnliche Vorgehensweise aufweisen. Außerdem muss ich noch etliche Schwulenbars abklappern lassen. Das letzte Opfer müsste doch mittlerweile irgendwo vermisst werden. Ein Mensch verschwindet doch nicht so einfach von der Bildfläche, ohne dass er gesucht wird.«

Rösner sah seinen Dezernatsleiter lange mit einem Stirnrunzeln an.

»Haben Sie das wirklich gerade gesagt? Sie und ich wissen doch besser, wie viele Menschen mal eben so auf Nimmerwiedersehen verschwinden. Aber gut, ich werde Kommissar Reinder vom Raubdezernat bitten, Sie mit ein paar Leuten zu unterstützen. Sie halten mich bitte auf dem Laufenden, damit ich nicht wie ein ahnungsloses Äffchen vor dem Alten stehen muss, wenn der nach dem Fortschritt fragt. Der Soko-Name ist ab sofort FEUER.«

»Wieso gerade FEUER, Chef?«

Rösners Gesicht war ein einziges Fragezeichen, als er zurückfragte: »Waren die Opfer nicht alle angekokelt, Liebig?«

Der Hauptkommissar winkte ab und verließ das Büro mit einem leise vor sich hin gebrummten Gruß.

»Na, bekommen wir die Verstärkung, Chef? Was hat der große Meister gesagt?«

Rita stand abwartend in der Tür, als Liebig mit ernster Miene den Gang entlangkam.

»Momsen, das wollen Sie doch nicht wirklich wissen. Aber die Verstärkung kommt. Nur dieser Soko-Name – einfach peinlich. Wenn das die Männer von der Feuerwache hören, sind die wieder stinkig.«

Liebig steuerte auf den Schreibtisch zu, ohne weiter auf Ritas Frage einzugehen. Dass er sie unterschätzte, merkte er erst, als sie gemeinsam mit Spiekermann wortlos vor seinem Schreibtisch wartete.

»Ach so, ja – der Soko-Name. FEUER, einfach nur FEUER. Der hat sie nicht mehr alle. Was ist denn jetzt noch? Habt ihr nichts zu tun?«

21

»Wir haben ihn!«

Der Ruf schallte durch das Büro und ließ alle Mitarbeiter der Soko aufschauen. Reinder wedelte verheißungsvoll mit einem Zettel, auf dem ein Gesicht abgebildet war.

»Der Tote oder besser gesagt die Tote heißt Hermann Schwabe, besser in gewissen Kreisen als Irma bekannt. Der feste Freund, ein Mann mit dem Künstlernamen *Schleckerchen* hat Irma vermisst, jedoch noch keine Anzeige erstattet. Er meinte, dass Irma häufig mal verschwand, wenn sie einen guten Fang in der Bar gemacht hatte. Diesmal kam ihm das jedoch komisch vor, weil er diesen Typen noch nie gesehen hatte. Schleckerchen sitzt unten bei Freddy und versucht Angaben zu machen. Freddy ist stocksauer, weil ihn die Tunte beim Arbeiten immer begrapschen will. Wir haben schon Tränen gelacht.«

Liebig nahm Reinder zur Seite und riss ihm das Papier aus der Hand, verglich das Bild mit dem Opfer. Tatsächlich handelte es sich um diesen Mann.

»Hör mal zu, Reinder, ich kann über deine billigen Witze im Augenblick wirklich nicht lachen. Und ich glaube, die anderen auch nicht. Wann kann ich die Phantomzeichnung haben?«

Nur für kurze Zeit wirkte Reinder eingeschnappt, bevor er sich wieder beruhigte.

»Ist ja gut, Alter, ist ja wieder gut. War nur irgendwie komisch, wie der unseren Freddy anging. Ich geh wieder runter und beschleunige die Sache ein wenig. Aber allzu viel verspreche ich mir nicht davon. Der Verrückte hat was geraucht. Mal ist das Haar vom Täter blond, dann wieder schwarz. Die Schwuchtel ist einfach dicht. Ein paar Minuten noch, dann habe ich die Zeichnung. Den Typen bringe ich dann auch mit. Den müsst ihr euch ansehen. Und der muss außerdem noch befragt werden. Vielleicht hat der wichtige Hinweise. Bis gleich.«

Liebig klärte die Mannschaft auf, die sich sofort wieder in die Arbeit vertiefte. Als sich wenige Minuten später die Tür öffnete, schob Reinder eine völlig verstörte Frau ins Büro, die sichtlich Mühe damit hatte, sich auf den hohen Absätzen der roten Pumps zu bewegen. Unschwer war ihr anzumerken, dass ihr der Besuch unter so vielen Männern Unbehagen bereitete. Rita befreite sie aus dieser misslichen Lage, indem sie sich bei ihr einhakte und mit ihr den Weg zum Verhörraum suchte. Als Reinder ihr folgen wollte, hielt Liebig ihn zurück, schüttelte nur stumm den Kopf.

Durch die verspiegelte Scheibe konnten alle beobachten, wie Rita Momsen dem Zeugen Schleckerchen ein Glas Wasser reichte und sich seitlich an den Tisch setzte, Gesicht zur Scheibe.

»Ich möchte mich für die Gafferei meiner Kollegen entschuldigen. Aber wir haben hier nur selten Besuch von hübschen Frauen. Das habe ich längst hinter mir. Sind eben nur Männer. Ich hörte den Namen Schleckerchen. Das ist doch bestimmt nicht der richtige Name. Nur für das Protokoll ... wie heißen Sie denn richtig?«

Bei Schleckerchen hatte sich die Anspannung längst gelöst, als sie sich in Genwart einer Frau befand. Sie strich das gepflegte Haar mit beiden Händen nach hinten und atmete mehrfach tief durch. Schließlich hauchte sie den Namen Markus Feiler ins Mikrofon. Plötzlich deckte sie ihre Hand über das Gerät, beugte sich vor und wisperte in Ritas Richtung: »Wird der Name irgendwo genannt? Ich meine, so in der Zeitung oder bei Gericht? Den kennt keiner meiner Freunde, und das sollte auch so bleiben. Kann ich mich darauf verlassen?«

Rita tätschelte Schleckerchens Hand und überging die Frage, indem sie selbst eine stellte.

»Wart ihr Freundinnen? Was ich damit meine, habt ihr zusammen gewohnt? Wenn ich mir das Bild von Irma ansehe und Sie jetzt – ein schönes Paar. Kommissar Reinder hat sicherlich schon darüber gesprochen, was mit Irma ... ich will sagen ... was ihr zugestoßen ist?«

Rita wartete die Antwort gar nicht erst ab, deutete die Tränen in Schleckerchens Augen richtig.

»Sie haben ausgesagt, dass an dem Abend von Irmas Verschwinden ein Fremder die Bar betrat. Sie haben ja beim Zeichner bereits nähere Angaben zum Äußeren gemacht. Das wird uns sicher weiterhelfen. Aber mich würde interessieren, ob es irgendwelche Besonderheiten an ihm gab. Wissen Sie, was ich meine?«

Erstaunlich heftig fuhr Schleckerchen hoch, schrie Rita die Worte entgegen: »Das war ein schrecklich hässliches Monster. Diese riesigen Ohren und der viel zu breite Mund –

wie konnte Irma bloß auf den Kerl reinfallen? Der passte überhaupt nicht zu ihr.«

Rita wartete ab, bis sich ihre Zeugin wieder beruhigt hatte. Völlig unvorbereitet stellte sie aber auch die anschließende Veränderung bei Schleckerchen fest. Schleckerchens Augen bekamen plötzlich diesen verträumten Ausdruck, der Körper entspannte sich wieder, als sie sich zur Überraschung aller zur Wahrheit bekannte: »Nein, Frau Kommissarin, ich habe Sie angelogen. Der Typ war traumhaft. Er war groß, mindestens eins neunzig, und diese vollen Lippen – jede Sünde wären sie mir wert gewesen. Ich war furchtbar eifersüchtig auf Irma. Die hat mir immer die besten Freier vor der Nase weggeschnappt, die Süße. Und jetzt ist sie tot. Ich kann es noch immer nicht glauben.«

Lange betrachtete Rita die Zeichnung, die auf mindestens die Hälfte aller Männer dieser Stadt passen könnte. Keine vollen Lippen, halblange Haare bis über die Ohren. Absolut wertlos. Sie sah wieder auf, als sie die Frage ihrer Zeugin vernahm: »Habt ihr für mich so einen kleinen ... ich meine ... nur einen kleinen Schuss? Da liegt doch bestimmt was in der Asservatenkammer rum. Ich erzähle auch keinem ...«

In diesem Augenblick erschien Liebig in der Tür und half Rita aus der Bredouille.

»Kommen Sie, Herr Feiler, wir haben so ziemlich alles, was für uns wichtig war. Gehen Sie nun nach Hause. Sie haben uns sehr geholfen, wofür wir uns bedanken. Sollten noch Fragen bestehen, kommen wir gerne auf Sie zurück.«

Der Blick, den Markus Feiler dem Hauptkommissar zuwarf, hätte einen Heiratsantrag komplett ersetzt. Keinem im Raum war das entgangen. Auch nicht die Antwort von Schleckerchen.

»Versprechen Sie mir das, Herr Polizeipräsident? Ich warte auf Sie. Übrigens sah der Mann fast so aus wie Sie, er war nur nicht ganz so hübsch. Tschüss, ihr Lieben. Es war schön bei euch.«

»Ich will nicht ein Wort hören«, befahl Liebig streng in die Runde, als Schleckerchen winkend den Raum verlassen hatte. Das allgemeine Grinsen war ihm nicht entgangen.

22

Schon längst hatte man das Thema *Mord nach Ansage* als Fake eines Verrückten abgetan, als das Telefon nach sechs Tagen klingelte und Spiekermann wie elektrisiert dasaß. Schnell fand er seine Fassung zurück und signalisierte den Kollegen, dass *Er* am Telefon sei und mitgeschnitten werden solle. Verzweifelt suchte Spiekermann nach Liebig, der jedoch vor Minuten das Gebäude verlassen hatte.

»Es tut mir leid, aber Hauptkommissar Liebig ist derzeit nicht im Hause. Kann ich Ihnen weiterhelfen?«

Die Unsicherheit bei dem Unbekannten hielt nicht lange an. Die Antwort kam postwendend.

»Sie sagten vorhin, Ihr Name ist Spiekermann. Nun gut. Ich werde nähere Vorabangaben, so wie ich es bereits ankündigte, nur dem Hauptkommissar persönlich geben. Da ich seine Dienstnummer nicht besitze, werde ich in diesem Fall noch die Kurzfassung wählen und Ihnen lediglich sagen, wo Sie die nächste Missgeburt finden werden. Frühzeitige Rätsel nur an Herrn Liebig. Sie erhalten lediglich den Fundort. Hören Sie zu. In zwei Minuten wird die Sporthalle des Gymnasiums Essen-Überruhr in hellen Flammen stehen. In den Umkleidekabinen werden Sie einen dieser von Gott verfluchten Jungen finden. Machen Sie es gut.«

Rita Momsen bewies einmal mehr die kürzeste Reaktionszeit und wählte die 112.

»Kommissarin Momsen, Präsidium. Angekündigter Hallenbrand des Gymnasiums in Überruhr. Dort soll in wenigen Augenblicken die Sporthalle brennen. Bitte rücken Sie sofort aus. Im Umkleidebereich soll sich noch mindestens ein Mensch befinden.«

Rita wartete die Bestätigung der Feuerwehrleitstelle noch ab, bevor sie die Nummer von Liebig wählte. Er reagierte verärgert.

»Verdammt, warum hat Spiekermann nicht durchgestellt? Vielleicht hätten wir noch was retten können? Ich fahre auf der Stelle hin. Wo genau finde ich diese Schule? Macht euch sofort auf den Weg.«

Liebig gab die genaue Adresse, die ihm Rita durchgab ins Navi ein und machte sich auf den Weg über die Bundesstraße 227, bog anschließend in die Marie-Juchacz-Straße ein. Schon von Weitem bemerkte er die aufsteigende Rauchsäule. Gleichzeitig vernahm er die Sirenen der sich nähernden Feuerwehrfahrzeuge. Er fuhr seinen Wagen weit vor der Halle auf einen Seitenstreifen und spurtete quer über die vierspurige Fahrbahn. Nur noch eine Böschung trennte ihn von der großen Halle, aus deren Dach schon helle Flammen in den Himmel schossen. Verzweifelt suchte Liebig nach einer Tür, die ihm die Möglichkeit bot, ins Gebäude zu gelangen. Als er sie endlich fand, musste er feststellen, dass der Mörder bewusst diese Möglichkeit ausgeschlossen hatte, indem er dort Feuer gelegt hatte.

»Was tun Sie hier? Verschwinden Sie sofort vom Gelände und behindern Sie uns nicht bei der Arbeit!«

Trotz der Schutzmaske glaubte Peter Liebig, die Stimme von Hans Wotan erkannt zu haben. Er hielt die Hände schützend vor dem Körper und lief auf den Einsatzleiter zu.

»In den Kabinen soll sich noch jemand aufhalten, wurde uns berichtet. Kommt ihr dort rein? Das Schwein, das das hier angerichtet hat, scheint die Brände bewusst an den Eingängen gelegt zu haben. Bitte versucht alles, um den Menschen zu retten.«

Wotan drängte den Hauptkommissar weiter zurück, um Platz für einen Löschwagen zu schaffen. Noch einmal wandte er sich an den Kripomann.

»Hören Sie zu Liebig. Wir wurden bereits darüber informiert, dass sich noch jemand dort aufhalten soll. Aber sehen Sie sich das Ganze genau an. Die Bude brennt lichterloh. Da kommt niemand lebend raus, aber auch nicht rein. Verstehen Sie mich? Keinen meiner Männer werde ich in diese Gluthölle schicken. Keinen. Wir sind immer bestrebt, Menschenleben zu retten – aber meine Männer besitzen auch eins. Der größte Teil des Gebäudes besteht aus Holz. Das Dach wird in wenigen Minuten einstürzen. Wir werden jetzt verhindern, dass die Flammen auf die Schulgebäude übergreifen können. Verschwinden Sie hier sofort, sonst werden Sie klatschnass. Meine Leute löschen jetzt über den Leiterwagen oben von der Hauptstraße.«

Die Warnung kam für Liebig schon zu spät. Die Wasserfontänen streuten so breit, dass der Hauptkommissar in wenigen Sekunden triefend nass neben Wotan stand. Peter Liebig meinte noch, kurz bevor er das Weite suchte, ein Grinsen im Gesicht des Einsatzleiters erkannt zu haben. Den Ausgleich fand er dann bei Rita Momsen, die neben Spiekermann stand und ihrem Chef mit tröstenden Worten eine Wolldecke um die Schultern legte. Gleichzeitig stand die unausgesprochene Frage in ihren Augen, die Liebig mit einem stummen Kopfschütteln beantwortete.

»Scheiße«, war der entsprechende Kommentar.

Etliche Stunden später, als sie längst den grauenhaften Ort verlassen hatten, informierte Wotan sie persönlich darüber, dass der Brand endlich unter Kontrolle sei. Seine Männer konnten zumindest in den außen liegenden Bereich mit den Kabinen eindringen. Sie hätten einen Leichnam gefunden, den sie jedoch zwecks Spurensicherung dort belassen hätten. Liebig informierte Dr. Schiller und machte sich selbst ein weiteres Mal mit Momsen auf den Weg zur Halle. Fast gleichzeitig trafen sie dort mit Schiller ein. Wotan organisierte den geordneten Abzug der meisten Löschzüge, nahm sich aber die Zeit, die Kripoleute zur Fundstelle zu begleiten.

»Setzen Sie sich bitte die Helme zur Sicherheit auf. Das obere Gebälk wurde zwar größtenteils heruntergeholt, aber man kann ja nie wissen.« Er nahm Peter Liebig zur Seite, während er die Helme verteilte. »Mal so am Rande. Ich bin schon jetzt davon überzeugt, dass dieses Feuer gelegt wurde. Der Brandsachverständige kommt zwar erst in einer Stunde, aber dass ein Feuer an mindestens vier Seiten gleichzeitig auslöst, ist mehr als unwahrscheinlich. Wir fanden im südlichen Teil der Böschung einen Kanister mit Ethanol. Den haben wir da auch belassen. Ich denke, dass es ein Beweismittel sein könnte. Kann ich Ihnen noch weiterhelfen? Ach, wenn Sie da drin fertig sind, hätte ich die Helme gerne zurück. Sie verstehen – das ist nachweispflichtiges Eigentum der Kommune.«

Liebig klopfte dem Mann dankbar auf die Schulter und folgte dem Gerichtsmediziner ins Gebäude, das jetzt einen strengen Geruch verströmte. Schiller hatte ihnen zuvor Plastiküberzieher für die Schuhe gereicht, die sich in dieser stinkenden Brühe mehr als bezahlt machten. Er beugte sich über den noch qualmenden Körper, der irgendwann einmal ein Mensch gewesen sein musste, der gelacht und geweint hatte. Rita hielt sich einen Mundschutz vor das Gesicht und versuchte, den Brechreiz zu unterdrücken. Schiller ließ sich nicht lange bitten, um seine stets kompetente Erstanalyse loszuwerden.

»Wenn sich der noch aufgeblähte Körper zusammengezogen hat, werden auch Sie erkennen können, dass wir es hier mit einem Jungen zu tun haben, der sich im pubertären Alter befand. Etwa 13 bis 15 Jahre. Das Kind ist auf jeden Fall hier an Ort und Stelle erstickt. Flucht war unmöglich.«

Schiller wies mit seinem Kugelschreiber auf Reste von nicht völlig verkohlten Stricken.

»Das Schwein hat dem Jungen Hände und Füße zusammengebunden und hat ihn elendig verbrennen lassen. Wenn ihm der Rauch nicht schon sehr früh die Sinne geraubt hat, hat er Unvorstellbares durchmachen müssen. Der Todeskampf kann sehr lange andauern. Wenn ich mir diesen seltsamen Kreis hier betrachte, könnte ich zu der Annahme kommen, dass der Mörder um den Jungen herum eine brennbare Flüssigkeit vergossen oder ein Pulver verstreut hat. Sieht schon fast aus wie eine rituale Opferung. Das ist einfach ekelerregend, wenn ich mir dieses Leiden vorstelle. Der sah seinen Tod langsam auf sich zukommen.«

Als sich Schiller mühsam erhob, trat Liebig an ihn heran. Seine Stimme klang weniger fest, als man es von ihm gewohnt war.

»Ist das unter dem Körper eine Mappe? Die hat der Junge wohl mit seinem Körper abgedeckt.«

Liebig zog seine Latexhandschuhe über und zerrte das Mäppchen aus der Asche. Vorsichtig ging er damit nach draußen und besah sich seinen Fund im Restlicht des zur Neige gehenden Tages. Ein breites Stahlgeländer, das zu einer Treppe gehörte, welche in den Kellerraum führte, musste als Unterlage reichen, um den angekokelten Inhalt zu inspizieren. Liebigs Hoffnungen wurden erfüllt, als er diverse Unterlagen fand, die ihm den Namen des Jungen lieferten. Auf einem Organspenderausweis stand deutlich, dass es sich um Sven Kallweit handelte, der nicht weit von hier wohnte. Rita bemerkte an seiner Seite, dass sich die Klapperstraße nur wenige Minuten Fußweg von hier befand. Sie bemerkte in den Augen ihres Chefs eine tiefe Traurigkeit.

»Oh Gott, sagen Sie nicht, dass wir jetzt den Eltern diese Nachricht überbringen müssen. Muss ich wirklich dabei sein? Ich bin noch nicht so weit. Das überstehe ich nicht.«

Statt einer Antwort zog er Rita zum Auto, blieb jedoch wie angewurzelt stehen, als er fast gegen einen Mann lief, der still, mit in den Hosentaschen vergrabenen Händen die abgebrannte Halle betrachtete.

»Sind Sie das, Kaske? Wieso sind Sie in Zivil? Ist das nicht Ihre Truppe, die heute hier gelöscht hat? Muss ich das verstehen?«

Heiner Kaske wirkte keinesfalls überrascht, drehte sich nicht einmal um, als er Liebig die Antwort lieferte.

»Das war ein Profi! Das war einer von uns, Herr Hauptkommissar. Das macht kein Laie derart perfekt.«

Diese Aussage verschlug sogar dem Kripomann für einen Augenblick die Sprache. Rita ging näher an Kaske heran, bis sie direkt neben ihm stand.

»Was tun Sie hier, wenn Sie doch scheinbar nicht im Dienst sind? Und wieso kommen Sie darauf, dass es ein Mann der Feuerwehr getan hat?«

Noch immer starrte der Mann auf einen festen Punkt, wirkte fast abwesend, als er die Erklärung lieferte.

»Wir halten alle den Kontakt zur Einsatzstelle. Man hat bei unserem Job niemals so richtig Feierabend. Normalerweise hören wir den Funkverkehr ab. Von diesem Brand wurde aber schon sehr früh in den Lokalnachrichten berichtet. Und ich wohne nicht weit von hier. Sind nur ein paar Schritte. Und was Ihre zweite Frage betrifft, kann ich Ihnen keine schlüssige Antwort liefern. Es ist ein Gefühl. Wenn ich eine so große Halle abbrennen wollte, hätte ich es genauso gemacht wie der Wahnsinnige. Reicht Ihnen das?«

23

»Kriminalpolizei? Morddezernat? Was wollen Sie ausgerechnet von uns? Aber kommen Sie bitte herein.«

Peter Liebig steckte seinen Dienstausweis wieder ein und
ließ Rita Momsen den Vortritt. Rainer Kallweit ging den
beiden Beamten voraus und führte sie in ein riesiges Wohnzimmer, in dem eine schwangere Frau lachend neben einem
etwa vierjährigen Mädchen auf dem Boden kniete und
Domino spielte.

»Oh, wir bekommen Besuch. Kannst du mir mal hoch
helfen, Rainer?« Sie wandte sich an die kleine Tochter, während sie die Hand ihres Mannes umfasste.

»Wir spielen gleich weiter, Schätzchen. Du darfst auf
keinen Fall einen Stein verschieben – ich merke das, wenn
du fudelst.«

Endlich konnte sie Kripoleute gebührend begrüßen und
reichte den beiden die Hand.

»Mein Name ist Bianca Kallweit. Wir freuen uns ja
immer über lieben Besuch, aber die Polizei hatten wir bisher
noch nicht hier. Können wir Ihnen helfen? Aber
entschuldigen Sie unsere Unhöflichkeit. Dürfen wir Ihnen
eine Erfrischung anbieten? Wasser oder eine Limo? Setzen
wir uns doch.«

Rainer Kallweit schien zu spüren, dass es einen besonderen Grund geben musste, der mit seiner Familie zu tun hatte. Ihm waren die ernsten, verschlossenen Gesichter aufgefallen, mit denen dieses ungleiche Pärchen Platz nahm. Er rührte sich nicht von der Stelle, beobachtete das Geschehen mit wachsender Furcht. Bianca Kallweit sah ihn erstaunt an. »Rainer, was ist los? Warum bietest du den Herrschaften keine Erfrischung an?« Je länger sie in das Gesicht ihres Mannes blickte, umso unsicherer wurde sie. Als sich auch noch die kleine Tochter an ihr Bein klammerte und weinte, verlor sie jegliches Gefühl der Sicherheit. Angst zeichnete sich auf ihrem Gesicht ab, als sie in die Augen des Hauptkommissars sah. »Was ist geschehen? Ist was mit Sven? Verdammt, jetzt sagen Sie es endlich. Ist was mit unserem Sohn passiert? Er müsste längst zu Hause sein.«

Die letzten Worte schrie sie den beiden Beamten entgegen. Sie sprang auf und hob die kleine Tochter auf den Arm. Schutzsuchend presste sie sich an die Brust von Rainer Kallweit, der noch immer wie gelähmt auf Liebig starrte. Mit belegter Stimme versuchte der Hauptkommissar das Unfassbare mitzuteilen.

»Es tut uns leid, Ihnen diese Nachricht überbringen zu müssen. Aber Ihrem Sohn ist leider etwas zugestoßen. Wir haben ihn ...«

Die verzweifelten Worte, die Rainer Kallweit herauswürgte, ließ Liebig etwas zögern.

»Aber Sven ist doch zum Sport in der Schulhalle. Es kann nicht sein. Sie müssen ihn mit einem anderen Jungen verwechseln. Er wird jeden Augenblick zurückkommen. Bianca, sag doch auch etwas.«

Frau Kallweit ließ ihre Tochter unendlich langsam zu Boden gleiten und riss die Hände vor das Gesicht. Dieser stumme Schrei ging den Ermittlern durch Mark und Bein. Ebenso langsam schien ihr Mann zu begreifen, dass er sich an Hoffnungen klammerte, die es längst nicht mehr gab. Er begriff die Tragweite dieser Nachricht und drückte Bianca fest an seine Brust. Alle blickten auf die kleine Tochter, die ebenfalls spürte, dass etwas Schreckliches geschehen sein musste. Sie weinte haltlos und warf sich auf den Boden. Irgendwann bemerkte sie, dass sie damit die Eltern nicht mehr erreichte. Sie stellte sich wieder neben sie und fragte mit weinerlicher Stimme: »Warum kommt Sven nicht? Er hat mir versprochen, mit mir zu spielen. Wo bleibt er?«

Rita rückte auf der Couch ein wenig nach vorne und hielt der Kleinen die Hand entgegen. Nur zögernd näherte sich Klara der fremden Frau, die ein mildes Lächeln zeigte.

»Bist du so lieb und lässt uns einen Moment mit deinen Eltern reden. Es gibt da ganz wichtige Dinge, die wir besprechen müssen. Das würde dich sicher langweilen. Nachher wird es bestimmt wieder Zeit geben zum Spielen.«

Fragend blickte die kleine Klara auf ihre Mutter, die ihr zunickte. Immer noch unschlüssig, ob sie das befolgen sollte, verschwand das Mädchen endlich im Garten. Statuen ähnlich stand das Ehepaar Kallweit noch immer mitten im Zimmer – eng umschlungen.

»Was ist passiert mit Sven? Sagen Sie es uns bitte jetzt. Es ist nicht auszuhalten.«

Sehr gefühlvoll erklärte Peter Liebig den unumstößlichen Sachverhalt, ohne detaillierte Darstellung, wie sie Sven vorgefunden hatten. Beide Elternteile waren auf einem großen

Sessel zusammengesunken und umklammerten sich weinend in ihrer Not. Sie waren unfähig, klare Fragen zu stellen, nickten nur noch apathisch, bis Liebig auf ein Thema zu sprechen kam, das zumindest für ihn äußerst wichtig erschien.

»Ich glaube, mir annähernd vorstellen zu können, wie Sie sich im Augenblick fühlen. Sind Sie in der Lage, mir Fragen zu beantworten, die für Sie sicherlich belastend sein können, deren Beantwortung für die Ermittlungen jedoch von großer Bedeutung sind?«

Es reichte eine kurze Blickverständigung mit seiner Frau, bevor Rainer Kallweit zögernd nickte. Dennoch zuckte er heftig zusammen, als er die volle Tragweite der Frage erfasste.

»Bitte überlegen Sie gut, bevor Sie antworten, und regen Sie sich nicht unnötig auf. Sven ist in einem Alter, in dem man als Junge an Sex denkt. Gibt es aus Ihrer Sicht Hinweise darauf – entschuldigen Sie meine Direktheit – dass er sich zu anderen Jungen oder Männern hingezogen fühlte? Das ist sehr, sehr wichtig. Denken Sie nach, ob sie diesbezüglich etwas an ihm bemerkt haben.«

Das Gesicht des Hausherrn erhielt eine bedenklich dunkle Farbe, bevor er hochschnellte und dabei seine Frau grob zurückstieß.

»Sind Sie jetzt völlig verrückt geworden? Sie teilen mir mit, dass mein Sohn vor Stunden getötet wurde und versuchen Minuten später, sein Andenken in den Schmutz zu ziehen? Das ist ja abartig. Sie sollten jetzt besser ...«

Bianca Kallweit zerrte am Ärmel ihres Mannes und versuchte verzweifelt, seine Aufmerksamkeit zu bekommen.

»Rainer, beruhige dich doch. Bitte. Der Mann redet doch nicht schlecht über Sven. Er spricht nur aus, was du, was wir schon lange wissen.« Bianca Kallweit wischte sich die letzten Tränen aus den Augen und wendete sich an den Kripomann. »Ja, Herr Liebig, Sie haben recht. Rainer will es nur Fremden gegenüber nicht wahrhaben. Selbst die Großeltern wissen es nicht. Sven ist, nein, er war homosexuell. Und das ist die unumstößliche Wahrheit, mit der wir alle leben müssen. Aber was hat es mit seinem Tod zu tun? Ich verstehe den Grund für Ihre Frage nicht.«

Hier schaltete sich nun Rita ein, die selbst mit Entsetzen die Entwicklung dieses Besuches verfolgte.

»Das können Sie auch nicht verstehen. Es besteht die Möglichkeit ... ich wiederhole ... die Möglichkeit, dass der Tod Ihres Sohnes in einen Fall passt, dem wir intensiv nachgehen. Mehr möchte ich derzeit schon wegen der laufenden Ermittlungen nicht ausführen. Dafür ist die Tatsache schon sehr wichtig, dass Ihr Sohn diese besondere sexuelle Neigung besaß. Das sage ich ohne jegliche Wertung, denn ich vertrete die Meinung, dass jeder Mensch die Freiheit besitzen sollte, so leben zu dürfen, wie es ihm die Natur vorgegeben hat.«

Ritas erklärende Worte verfehlten nicht ihre Wirkung, denn die Mienen der Eltern entspannten sich zusehends.

»Wir vergaßen zu erwähnen, dass wir Ihnen auf Wunsch einen Psychologen an die Seite stellen. Wir wissen, wie schwer die erste Zeit sein kann, wenn man diese Nachrichten erhält. Sprechen Sie uns jederzeit an, wenn Bedarf besteht.«

Liebig und Momsen erhoben sich und reichten den Eltern die Hand. Peter Liebig verabschiedete sich mit den Worten:

»Nochmals unser herzliches Beileid. Sobald die Staatsanwaltschaft den Jungen freigibt, melden wir uns bei Ihnen. Dann können Sie Ihr Kind in aller Würde bestatten.«

Draußen blieb Liebig einige Meter entfernt vom Haus stehen und hielt Rita zurück. Er drehte sich noch einmal zum Haus um, hinter dessen Wänden er nun zwei Menschen wusste, die mit dem erlittenen Verlust des Kindes fertig werden mussten. Die Erinnerungen an den gewaltsamen Tod seiner eigenen Frau wurde einmal mehr wach. Rita überraschte den ausgebufften Kripomann erneut mit ihrer Bemerkung:»Denken Sie gerade an Ihre Frau, Chef? Das muss die Hölle sein für Eltern. Ich wage mir das gar nicht vorzustellen. Das ist heute eine Erfahrung, die ich nicht allzu oft wieder machen möchte.«

Liebig, der zusammengezuckt war, drehte sich zu Rita und zischte:»Ich habe Ihnen schon mehrfach gesagt, dass Sie sich gefälligst aus meinen Gedanken heraushalten sollen. Das macht mir langsam Angst, dass man ständig abgehört wird. Und was den zweiten Teil betrifft, schöne Frau, das kann Ihnen keiner abnehmen. Solche Botschaften zu überbringen gehört zum Job, wird aber niemals Routine.«

Rita wendete sich lächelnd Richtung Auto und flüsterte vor sich hin:»Schöne Frau ... schöne Frau hat er gesagt.«

Liebig hielt sie ein weiteres Mal zurück und fuhr Rita empört an:»Wann soll ich das gesagt haben? Sie müssen sich verhört haben.«

»Habe ich nicht, Chef, das schwöre ich. Ist ja auch egal. Kommen Sie, die Pflicht ruft.«

24

Nur hin und wieder entstanden leise Unterhaltungen zwischen Ermittlern, die allesamt damit beschäftigt waren, Listen von Männern zu durchforsten, die in den letzten zehn Jahren im Bereich der Sexualverbrechen auffällig geworden waren. Immer wieder wurden Akten verworfen, ausgeschlossen. Die Liste war dennoch immens groß, sodass sich auch an mancher Stelle Mutlosigkeit breitmachte. Spiekermann warf einen Blick auf den gerade hereinkommenden Bericht über den Jungen in der Sporthalle. Ein Punkt fesselte ihn besonders. Er schlenderte zu Liebigs Schreibtisch, an dem er gerade mit Rita diskutierte. Die unterbrachen ihr Streitgespräch und sahen neugierig auf den Kollegen.

»So interessant? Gibt es wichtige Details, die uns weiterhelfen, Spiekermann?«

Der legte das Papier vor Liebig auf den Tisch und tippte wortlos auf eine Passage. Die beiden lasen interessiert den relativ kurzen Bericht und blickten Spiekermann fragend an. Rita stellte die Frage, die Liebig wohl nicht aussprechen wollte.

»Ich verstehe nicht, was Sie meinen. Was genau ist Ihnen aufgefallen?«

Spiekermann sah von einem zum anderen und schüttelte ungläubig den Kopf.

»Ich meine die typischen hier aber fehlenden Verletzungen bei dem Jungen. Bei allen Opfern, mit Ausnahme der ermordeten Frau, konnten wir erhebliche Verletzungen im Analbereich feststellen. Also wurden die männlichen Opfer brutal vergewaltigt. Nicht nur das. Ihnen wurden sogar Organe oder Glieder entnommen. Der Junge hier wurde zwar lebendig verbrannt, was schlimm genug ist, aber ihm wurde sonst kein Haar gekrümmt. War der für den Mörder einfach noch zu jung, zu unattraktiv? Warum verschonte er ihn, wo er doch nie zimperlich war, wenn es um das Massakrieren ging? Für mich ergibt das zunächst keinen Sinn.«

Allmählich dämmerte es auch bei Liebig und Momsen. Nachdenklich wandte sich der Hauptkommissar an Spiekermann.

»Jetzt, wo Sie es erwähnen, erkenne ich es auch. Das kann sehr wichtig sein bei der Bestimmung seines Mordmotivs. Erinnern Sie sich noch an die Unterhaltung mit Dr. Afarid? Der erwähnte, dass es häufig vorkommt, dass ein Massenmörder selbst innerhalb einer sehr gut funktionierenden Familie lebt, eigene Kinder hat. Sie, Rita, erschreckte dabei die Vorstellung über die Normalität, mit der diese Bestien mitten unter uns leben. Wer sagt, dass dieser Mörder jemals in Erscheinung trat? Ich meine damit, dass er straffällig wurde? Das kann ein unbescholtener Bürger sein, wenn man es überhaupt so nennen möchte, der im Grunde zwei Leben parallel führt. Soll ich euch was sagen? Das macht mir richtig Angst.«

Rita machte aus ihrem Erstaunen keinen Hehl. »Sie und Angst? Der macht genauso einen Fehler, wie alle anderen Mörder auch.«

»Ja, Rita, Sie mögen recht haben. Aber meine Befürchtung ist, dass bis dahin noch viele Homosexuelle sterben müssen. Wo sollen wir denn suchen, wenn der in keiner unserer Listen zu finden ist. Es ist nicht einmal sicher, dass wir den als Stammgast einer Schwulenkneipe aufspüren. Ich vermute viel mehr, dass dieses Monster in absolut normalen Verhältnissen lebt und bei passender Gelegenheit seinen Hass auf diese Männer auslebt. Der muss ja selbst nicht einmal schwul sein.«

»Aber er vergeht sich doch an seinen Opfern«, wendete Spiekermann ein, »dann sollte man doch wohl annehmen, dass ...«

»Das sehe ich anders, Spiekermann.« Liebig hatte sich in einen Rausch geredet, was nun einige Kollegen heranlockte. »Stellen Sie sich einmal vor, dass Sie als Kind vom Vater oder einem anderen männlichen Verwandten schwer missbraucht wurden. Werden Sie deshalb zwangsläufig ebenfalls schwul? Würden Sie sich dann gerne mit Männern einlassen, wenn Sie erwachsen werden?«

Spiekermann ließ sich nicht lange bitten mit der Antwort.

»Ich würde dem Alten den Schwanz abschneiden und an die Schweine verfüttern.«

Aus einer Ecke bekam er dafür sogar Applaus. Liebig beruhigte die Männer und den aufkommenden Tumult.

»Jetzt mal langsam, Männer. Ich kann die Reaktion sehr gut nachvollziehen, aber wir wollen mal auf dem Boden bleiben. Der Mann wird zwar seinen Vater dafür hassen, aber es ist und bleibt nun einmal sein eigenes Blut, bei dem man seltsamerweise sogar Gnade walten lässt. Schuld wird der Gesellschaft gegeben. Es sollen die dafür leiden, die diese Krankheit besitzen. Mit der Krankheit meine ich die sexuelle Verirrung. In seinen Augen ist es so: Das ist schmutzig, pervers und verabscheuungswürdig. Für ihn gilt nur die einzige und wahre Ausrichtung: Man ist nur normal, wenn man heterosexuell ist. Keine andere Wahrheit wird der gelten lassen.«

Ritas Interesse war geweckt. Sie bemerkte:»Und Sie vermuten nun, dass er neben seinem normalen Familienleben den harten Rächer rauskehrt? Wie kann er auf Dauer den tiefen Hass vor der Familie verbergen? Wenn das wirklich so ist, können wir bis zum Sankt Nimmerleinstag nach dem Monster suchen. Jetzt verstehe ich Ihre Angst, Chef.«

Es war spürbar, wie die Worte des Hauptkommissars bei den Männern nachwirkten. Es wurde sehr still im Raum. Reinder war es, der wieder neue Gedanken einbrachte.

»Also Leute, klein beigeben werden wir nicht. Es gibt vielleicht einen Ansatzpunkt, den wir nicht außer Acht lassen sollten. Du hast uns doch erzählt«, dabei sah er auf Liebig,»dass ihr am Brandort bei der Halle diesen Kaske angetroffen habt, obwohl der dienstfrei hatte. Zufall? Ich habe da so meine Zweifel. Für mein Gefühl ist viel zu oft das Feuer im Spiel. Man liest doch häufig, dass es Pyromanen gerade bei der Feuerwehr gibt. Diese Verrückten, die selbst Brände legen, um als Helden später gefeiert zu werden.«

Liebig unterbrach seinen Kollegen mit einem:»Ho, ho, jetzt aber langsam, Reinder. Die Dinge dürfen wir nicht so ohne weitere Beweise in einen Topf werfen. Wir sprechen von bestialischen Morden und du bringst Pyromanen ins Spiel.«

So einfach war Reinder jedoch nicht aus der Ruhe zu bringen.

»Ist Brandstiftung nicht auch ein Gewaltverbrechen, bei dem der Täter mögliche Todesopfer billigend in Kauf nimmt? Ich sehe da keinen so großen Unterschied. Wir gehen seitens des Gesetzes mit diesen kranken Geistern viel zu rücksichtsvoll um. Da müssen viel radikalere Strafen her.«

»Da widerspricht Ihnen wahrscheinlich auch keiner von uns«, antwortete Rita für ihren Chef, »aber die These der Verbrechenskopplung scheint mir dann doch ziemlich weit hergeholt. Trotzdem sollten wir diesen Aspekt nicht komplett aus den Augen verlieren. Wenn keiner was dagegen hat, würde ich mir einmal Listen von Pyromanen kommen lassen und dort nach Auffälligkeiten suchen, die uns Hinweise auf andere Straftaten liefern.«

»Eine gute Idee, Herrschaften«, beendete Liebig die Debatte, »lasst uns dann weitermachen. Das Schwein darf uns nicht immer wieder einen Schritt voraus sein. Ich möchte ihn irgendwann vor seiner nächsten Tat stellen.«

25

Conny Gieses Frisiersalon in der Rüttenscheider Henrietten-
straße war wieder einmal so gut besucht, dass Monika Wotan
warten musste, bis sie an der Reihe war. Eine Mitarbeiterin
war wegen Krankheit ausgefallen. Erfreut sah Monika auf,
als Irmgard Schneider den Salon betrat und an der Theke
ebenfalls erfahren musste, dass sich auch ihr Termin um
etwa zwanzig Minuten nach hinten verschieben würde.
Bewaffnet mit Kaffeetassen verschwanden die beiden im
Hinterzimmer, in dem sie sich ungestört unterhalten und die
Wartezeit überbrücken konnten. Das miese Fernsehpro-
gramm des gestrigen Abends war schnell abgehandelt, bevor
Monika von einem tiefen Seufzer begleitet die Geschehnisse
der letzten Tage ins Spiel brachte.

»Hat dir Harald von den vielen Toten berichtet, die unsere
Männer bei den letzten Bränden aufsammeln mussten? Ich
finde das absolut schrecklich. Es bereitet mir Angst. Wenn
man bedenkt, was zuvor mit den armen Menschen angestellt
wurde, krempelt sich mir der Magen um. Die Polizei vermutet mittlerweile, dass der Täter bei der Feuerwehr zu
suchen ist. Für mich absolut unvorstellbar. So wie ich das
deute, versucht man vielleicht bei der Kripo, dem Heiner
daraus einen Strick zu drehen, dass er Ralf im Stich gelassen

hat. Stell dir das einmal vor – unser Heiner soll plötzlich ein Massenmörder sein.«

Irmgards entsetztes Gesicht ließ Monika augenblicklich verstummen. Sie rückte sogar wenige Zentimeter mit ihrem Stuhl zurück, als Irmgard antwortete:»Und das hat dir Hans genau so erzählt? Er hat angedeutet, dass Heiner die Menschen tatsächlich getötet haben soll, um sie dann anschließend zu verbrennen? Habt ihr sie noch alle beisammen? Wie kann man derart über Menschen urteilen, wo selbst die Polizei noch völlig im Dunkeln herumstochert. Das kann doch wohl nicht wahr sein.«

»So genau hat er sich natürlich nicht ausgedrückt«, wehrte Monika schnell ab,»aber er deutete es zumindest an. Ich sagte ja auch nicht, dass Hans das annimmt, sondern dass er die Vermutung hat, dass man bei der Kripo auch in dieser Richtung ermittelt. Hans würde sich niemals so über Heiner äußern. Die sind doch Freunde.«

»Dann unterlass es bitte zukünftig, auch nur ansatzweise solche Vermutungen in die Welt zu setzen. Du weißt ganz genau, was die stille Post daraus machen kann. Schneller als du denken kannst, wird plötzlich ein Unschuldiger vorverurteilt, nur weil du solchen Schwachsinn in die Welt setzt. Das willst du Heiner doch wohl nicht antun wollen, oder?«

»Mit keinem Wort habe ich behauptet, dass er ein Mörder ist. Was redest du mir da ein? Aber es ist doch wohl noch gestattet, eins und eins zusammenzuzählen. Schließlich lebt der Mann aus welchen Gründen auch immer alleine. Der scheint sich nicht für Frauen zu interessieren. Da darf man doch wohl noch eigene Gedanken anstellen«, verteidigte sich Monika Wotan mit rotem Kopf.

»Das könnte man vielleicht darauf zurückführen, dass er irgendwann einmal eine Frau wie dich traf. Er hat sich dann für die ungefährlichere Variante entschieden und ist solo geblieben. Aber ich sehe, dass du die wahren Hintergründe nicht kennst, die ihn dazu brachten, alleine zu leben. Halte deshalb besser die Lästerklappe und stelle keine Mutmaßungen an. Mir wird ganz schlecht, wenn ich so einen Mist höre.«

Irmgard stoppte mitten in ihrer Predigt, als die Inhaberin Conny Giese den Kopf in das Hinterzimmer steckte und den Finger auf die Lippen legte.

»Mensch Leute, müsst ihr euch genau hier in meinem Salon streiten? Die Kunden haben schon Riesenohren und stellen sich die Frage, über welchen Mörder ihr sprecht. Bitte macht das ein bisschen leiser unter euch aus.«

Monika sprang im gleichen Moment auf, warf dabei die Kaffeetasse um und zerrte ihre kurze Lederjacke von der Garderobe. Lauter, als sie es wahrscheinlich beabsichtigt hatte, stürmte sie zum Ausgang, nicht ohne ihrer ehemaligen Freundin noch mit auf den Weg zu geben: »Ihr werdet schon sehen, dass ich recht hatte. Nur dann ist es vielleicht zu spät. Der Kerl war mir nie ganz geheuer. Aber was solls? Wie mir ja zu verstehen gegeben wurde, blieb ihm eine Beziehung zu einer Frau wie mir erspart. Die Folgen sieht ja jetzt jeder. Lass dich bloß nicht mehr bei mir sehen. Freundin – pah. Darauf kann ich in Zukunft verzichten. Und ihr – hattet ihr euren Spaß?«

Die letzten Worte schrie sie quer durch den Salon. Die zuschlagende Tür ließ verwunderte Kunden und eine enttäuschte Irmgard Schneider zurück.

26

Mehr verärgert über die Störung hob Rita den Hörer ab und meldete sich mit dem üblichen Spruch:»Sie sprechen mit Kommissarin Momsen. Was kann ich für Sie tun?«

Sie erschrak heftig, als sie das Kichern in der Leitung hörte und die Stimme vernahm, die sie sich in den letzten Tagen mehrfach angehört hatte. Sie war ihr mittlerweile so vertraut wie ihre eigene.

»Sie, gute Frau, können gar nichts für mich tun. Geben Sie mir Ihren Chef und der Tag wird wieder mit Leben gefüllt. Na los, worauf warten Sie noch? Schalten Sie in Gottes Namen das verdammte Aufnahmegerät dazu und stellen Sie mich durch.«

Durch heftiges Winken machte Rita auf sich aufmerksam und drückte die Taste, die dafür sorgte, dass es auf Liebigs Tastatur blinkte. Bevor Liebig abhob, las er von Ritas Lippen ab, dass es dieser ominöse Anrufer war, auf dessen Nachricht die gesamte Mannschaft wartete. Keiner im Raum sprach ein Wort, als Liebig endlich den Knopf drückte.

»Hauptkommissar Liebig. Ich müsste lügen, wenn ich behaupten würde, dass es mir ein großes Vergnügen bereitet, mit Ihnen zu sprechen. Also? Wo führt unser Gespräch diesmal hin? Möchten Sie mir wieder einmal verraten, wo ich das nächste unschuldige Kind finde, das Sie hingerichtet haben?«

Nach einer kurzen Pause, in der Liebig nur den Atem seines Gesprächspartners hörte, erklang dann doch die Stimme eines Mannes, den dieser Empfang scheinbar belustigt hatte.

»Sie enttäuschen mich, Herr Liebig. Sie sollten Ihre Gefühle viel besser im Griff haben. Wir alle tun doch nur das, wofür wir bestimmt wurden. Sie scheinen von Ihrem Beruf ziemlich genervt zu sein. Mir gibt meine Berufung etwas besonders Erhabenes. So was wie Glück, wenn Sie verstehen, was ich meine.«

»Es tut mir leid, wenn ich Sie auch in dem Punkt enttäuschen muss. Aber wir haben nun einmal grundverschiedene Vorstellungen von Glück. Was Sie als Berufung bezeichnen, nennen wir hier ganz pragmatisch kaltblütigen Mord, in den man schon eine große Menge an perverser Lust investieren muss. Damit dürften unsere Positionen deutlich dargestellt sein. Was ist der wahre Grund Ihres Anrufs? Sie wollten doch sicher nicht mit mir über so was Lapidares wie Menschlichkeit diskutieren. Oder irre ich mich da?«

Das Kichern in der Leitung ließ Rita einen Schauer über den Rücken laufen. Sie hörte immer noch mit und bewunderte ihren Chef dafür, dass er sich überhaupt auf eine solche Diskussion mit dem Killer einließ. Er wollte wohl mit seiner Provokation Zeit schinden, um den Kollegen in der Technik die Arbeit zu erleichtern. Sie starrten auf den Bildschirm, der ihnen immer wieder neue Kreise zeigte, in denen sich das Netz des Anrufers bewegte.

»Sie haben recht, Herr Hauptkommissar, der Faktor Zeit ist in diesem Augenblick auch viel entscheidender. Lassen Sie uns auf den Punkt kommen. Ich versprach vor Tagen, dass ich Ihnen einen Tipp geben würde, um etwas sehr Böses verhindern zu können. Sehen Sie, ich gebe sogar zu, dass es was Böses ist. Aber auch in diesem Punkt trennen sich unsere Vorstellungen gewaltig, denn was für Sie böse ist, erzeugt bei mir nur Befriedigung – es bereitet mir ein unglaubliches Glücksgefühl. Es ist letztendlich nur eine Befreiung. Aber das werden Sie wohl niemals verstehen können.

Hören Sie genau zu. Ihr Zeitfenster ist sofort, nachdem ich aufgelegt habe, geöffnet und endet dreißig Minuten danach. Dann wird es geschehen, was Sie als Böses bezeichnet haben. Sie müssen den Ort finden, an dem mein nächstes Opfer auf seinen verdienten Tod wartet. Ich gebe Ihnen vier Stichworte: Hohes politisches Amt, 1976, lernen und Stadt Essen. Vergessen Sie nicht, dass Sie ab jetzt nur dreißig Minuten haben. Viel Spaß beim Suchen.«

Die Leitung war augenblicklich tot. Noch während der Mörder sprach, hatte Rita die Eingabemaske von Google auf dem Bildschirm und gab das Jahr ein. Hinter ihr hatte sich eine Traube aus Teammitgliedern gebildet. Spiekermann suchte ebenfalls an seinem Arbeitsplatz. Rita sprach ihre Gedanken vor sich hin.

»Was ist ein hohes Amt im Staat? Minister, Kanzler, Abgeordneter? Und was soll uns die Zahl 1976 sagen? Geben wir die einmal ein. So. Jetzt schreiben wir die Stadt Essen dazu. Seht ihr, es wird schon besser. Nun noch Politik dazu. Halt – das könnte es sein. Das ist das Todesjahr von

Gustav Heinemann. Ja, das ist es. Und der stammt hier aus Essen.«

Rita Momsens Finger zeigte auf einen Eintrag, den sie anklickte.

»Seht her. Der wurde auf dem Parkfriedhof beerdigt. Das muss der Ort sein, an dem wir suchen müssen.«

Spiekermanns Stimme holte alle wieder auf den Boden der Tatsachen zurück.

»Moment, Leute. Was ist mit dem Begriff *Lernen*? Das macht bisher noch keinen Sinn. Wo lernen wir?«

Liebig sprintete zu seinem Schreibtisch und riss den Hörer aus der Schale.

»Zentrale. Sofort mehrere Einsatzfahrzeuge zur Gustav-Heinemann-Gesamtschule. Die liegt an der Schonnebeck-höfe 58. Informieren Sie die Schulleitung, dass die Schule sofort geräumt werden soll. Es besteht Lebensgefahr. Wir sind auf dem Weg dorthin. Außerdem muss die Feuerwehr dorthin beordert werden – rein prophylaktisch.«

Für einen Moment sprachlos verfolgten die Ermittler die hektischen Aktivitäten, bis sie begriffen, dass ihr Chef wahrscheinlich als Erster und Einziger die richtigen Rückschlüsse aus dem Rätsel gezogen hatte. Spiekermann und Momsen stürzten zum Garderobenständer und rissen die Jacken vom Haken, bevor sie dem Hauptkommissar folgten. Nur wenige Minuten waren vergangen, bis der dunkelblaue Passat mit eingeschaltetem Martinshorn durch die Essener Straßen raste. Immer wieder sah Liebig auf die Uhr, drückte das Gaspedal bis zum Anschlag durch. Schon bei ihrer Ankunft mussten sie mehrere Feuerwehrlöschfahrzeuge umkurven, die sich auf dem Parkplatz vor dem Hauptgebäude positioniert hatten. Etliche Polizisten drängten große Schülergruppen in Richtung des Sport- und Gesundheitszentrums. Die Einsatzleitung, in Persona des Hans Wotan, näherte sich dem Hauptkommissar.

»Was ist hier überhaupt los? Es gab von der Schulleitung keinen Brandalarm. Was sollen wir hier?«

Liebig fasste Wotan am Ärmel und zerrte ihn hinter sich her. Während er mit ihm auf den Haupteingang der Schule zulief, klärte er ihn über die Lage auf. Etliche Männer der Angriffstrupps folgten ihnen.

»Hören Sie, Wotan. Wenn Sie einen Menschen gefangen halten und gleichzeitig einen Großbrand verursachen wollen, wo würden Sie ihn deponieren? Er darf ja nicht vorzeitig entdeckt werden. Überlegen Sie schnell, denn wir haben nur noch sieben Minuten Zeit, um das mögliche Opfer zu finden.«

Hans Wotan blieb mitten in der Vorhalle stehen und schien angestrengt zu überlegen. Nur zögernd kam seine erste Vermutung.

»Ich würde es im Heizungsbereich versuchen. Dort dürfte ein Brand zu einer starken Detonation führen, die großen Schaden anrichtet.«

Liebig stellte sich einem Mann im Arbeitsanzug in den Weg, der das Gebäude gerade verlassen wollte.

»Wo finde ich den Heizungskeller? Schnell, es eilt.«

Erst als Liebig ihm die Polizeimarke unter die Nase hielt, wies dessen Hand in Richtung einer Treppe.

»Sie müssen da runter und dann den langen Gang bis zum Ende durch. Ich weiß nicht, ob die Brandschutztür verschlossen ist. Versuchen Sie es einfach.«

Wotan war schon auf dem Weg, als ihn Liebig mit Riesenschritten einholte.

»Kommen wir da rein, Wotan?«

»Wir besitzen einen Universalschlüssel für diese Türen, obwohl sie eigentlich unverschlossen sein sollten. Manchmal gibt es auch eine Schaltvorrichtung, die die Tür automatisch öffnet und wieder schließen lässt. Leute, kommt mit.«

Er winkte zwei Männer mit Atemschutzausrüstung heran. Die anderen beiden liefen zurück und bereiteten eventuelle Löscheinsätze vor. Liebigs Nervosität stieg ins Unermessliche, als er auf seine Uhr sah. Es blieben ihm gerade einmal zwei Minuten, um den Keller und damit den möglichen Tatort zu erreichen. Etwa acht Meter trennten die Männer noch von der Stahltür.

Der Lärm hallte durch das gesamte Gebäude, als die Druckwelle vor die Stahltür prallte und drohte, sie aufzusprengen. Geistesgegenwärtig warfen sich die Feuerwehrmänner auf den Boden, rissen Liebig mit und warteten Sekunden ab. Immer noch bestand die Möglichkeit einer zweiten Explosion, die sie dann endgültig der Flammenwalze aussetzen würde. Doch es blieb ruhig. Die Anweisungen Wotans kamen klar und routiniert an die Männer draußen. Liebig stürzte nach vorne. Der Ruf eines Feuerwehrmannes hielt ihn zurück, kurz bevor er die Tür erreichen konnte.

»Tun Sie das bloß nicht. Das kann unseren Tod bedeuten. Wir wissen schließlich nicht, was sich dahinter getan hat. Jeden Augenblick kann das Gebäude hochgehen. Verlassen Sie sofort das Gebäude und lassen Sie uns unsere Arbeit machen. Sie können hier nichts mehr tun.«

Liebig sah in das Gesicht von Wotan, der zustimmend nickte und ihn heranwinkte.

»Herr Liebig. Wir werden versuchen, den Brandherd einzudämmen, damit nicht der gesamte Gebäudebereich abfackelt. Verschwinden Sie hier besser. Das ist zu gefährlich.« Mit gebeugten Schultern bewegte sich Liebig zurück zur Treppe, an deren Ende Momsen und Spiekermann auf ihn warteten. In ihren Gesichtern stand eine unausgesprochene Frage. Als Liebig den Kopf schüttelte, gingen die drei zurück zum Wagen. Mittlerweile war der Hof voll mit den Fahrzeugen der Feuerwehren. Emsiges Treiben ließ zumindest die Hoffnung zu, dass man die Substanz der Schule retten könnte.

»Verdammt, Liebig, jetzt kommen Sie wieder zu sich. Sie konnten den Jungen nicht retten. Das Schwein hat Ihnen ganz bewusst einen Zeitrahmen gesetzt, der dazu nicht ausreichte. Der hätte das Kind sowieso getötet.«

Kriminalrat Rösner war hinter Liebig getreten, der zusammengesunken am Besprechungstisch saß. Er legte ihm die Hand auf die Schulter und blieb so einen Augenblick stehen. Dr. Schiller, der extra aus dem Institut herübergekommen war, raffte sich auf, um die letzten Informationen dem Team vorzutragen.

»Herr Rösner hat recht, Liebig. Da war für Sie absolut nichts drin. So wie der Brandsachverständige erklärt, wäre dieser Molotowcocktail auf jeden Fall hochgegangen. Die Zündung war auf keinen Fall minutengenau durchzuführen. Seien Sie froh darüber, dass Sie die Tür nicht haben öffnen können. Das wäre für Sie alle der sichere Tod gewesen.

Es tut mir leid, dass ich Ihnen allen keine detaillierten Ergebnisse vorlegen kann. Dafür ist der Leichnam zu sehr und viel zu lange der Wahnsinnshitze ausgesetzt gewesen. Wir können nur von Glück reden, dass die DNA zu 100 % mit der des vermissten Joel Mittag übereinstimmt. Er kam gestern nicht von der Schule nach Hause, was die Eltern sofort der Schulleitung meldeten. Ob er vor dem Brand bereits tot war, kann ich nicht mit Bestimmtheit sagen. Ich kann es nur hoffen. Allerdings hätte er bei dieser Hitzeentwicklung nur Sekunden gelitten. Mehr kann ich Ihnen heute leider nicht liefern.«

Ein allgemeines Murmeln setzte ein, das Liebig mit einem Zwischenruf unterbrach. Bevor er zum Sprechen ansetzte, blickte er jedem Einzelnen des Teams tief in die Augen.

»Ich habe noch einmal mit dem Sachverständigen und dem Einsatzleiter Wotan geredet. Sie haben es ungern zugegeben, sind aber mittlerweile der festen Meinung, dass es sich bei dem Täter um einen Mann handeln muss, der einschlägige Vorkenntnisse über Brandentwicklung und -bekämpfung besitzt. Kurz gesagt, sie vermuten beide einen Mann aus ihren eigenen Reihen dahinter. Das bedeutet jetzt nicht zwangsläufig, dass derjenige noch im Dienst ist, sondern dass er auch früher einmal in dem Bereich gearbeitet haben könnte.

Ich weiß, dass ich euch damit viel zumute, aber ich will, dass wir jeden Mann in einer Liste aufführen, der in Essen wohnhaft ist und irgendwann einmal entweder bei der freiwilligen oder der Berufsfeuerwehr ausgebildet wurde. Vergessen wir dabei nicht die Werksfeuerwehren. Dann beginnen wir mit dem Selektieren. Nicht, dass mir jemand damit kommt, das könnte der Täter nicht sein, weil er ein braver Familienvater ist. Ausgeschlossen werden nur Männer, die entweder tot sind, an ein Krankenbett gefesselt sind, über einhundert Jahre alt oder ausgewandert sind. Ich denke, ihr versteht, was ich meine. Und diese Listen brauche ich gestern. Los Leute. Ich will dieses Schwein endlich am Spieß braten.«

Selbst Kriminalrat Rösner klatschte ermunternd in die Hände und stimmte in das beifällige Geraune ein. In allen Gesichtern zeichnete sich absolute Entschlossenheit ab. Liebig hielt Rita Momsen am Arm zurück, die sich den anderen anschließen wollte.

»Sie bleiben hier. Ich habe uns einen Termin bei Dr. Afarid gemacht. Kommen Sie. Sie wollten doch etwas über die Motivation von Massenmördern erfahren.«

27

»Setzen Sie sich doch. Ich habe eine Kanne grünen Tee aufgesetzt. Möchten Sie eine Tasse mit mir trinken? Dann lässt es sich viel besser diskutieren, glauben Sie mir.«

Während Dr. Afarid das Nicken der beiden als Zusage deutete, besah sich Rita die Inneneinrichtung des Arbeitsraumes, der ihr auf eine besondere Art Hochachtung abrang. Sie stellte in den Räumen des Psychologen einen betörenden Duft von Hölzern fest, die ihr angenehm in die Nase stieg. Ihr Blick glitt über die vielen handgeschnitzten Figuren, wobei sie an einer besonders aufwendig gearbeiteten Figur hängen blieb. Der Psychologe balancierte das Tablett zum Tisch und folgte der Blickrichtung der jungen Frau.

»Interessant, nicht wahr? Das ist Garuda, sozusagen ein asiatischer Götterbote, halb mensch-, halb adlerartiges Reittier. Den habe ich mir einmal bei einer Reise durch Indonesien mitgebracht. Eigentlich entstammt er der indischen Mythologie und wird als schlangentötendes Wesen verehrt. Er soll der Legende entsprechend Nachrichten der Gottheiten überbringen. Doch wir sitzen bestimmt nicht hier zusammen, um über Schöpfergötter zu diskutieren. Sie sprachen bei unserem Telefonat über die mögliche Motivation Ihres Serienkillers.«

Liebig legte sich einen Zuckerwürfel ins Glas und rührte gedankenverloren um. Erst als er sich äußerte, blickte er auf.

»Mittlerweile sind wir davon überzeugt, dass es sich um einen Mann handelt, der zur Gruppe derer zählt, die sich der Feuerbekämpfung verpflichtet fühlen beziehungsweise fühlten. Die Sachkenntnis über das Legen von Bränden lässt diese Vermutung zu, untermauert sie sogar. Noch immer fehlt uns jegliche Vorstellungskraft dafür, was einen Menschen dazu bringt, solche schrecklichen Taten durchzuführen. Wie müssen wir uns seine Gründe in Verbindung mit dem Feuer vorstellen? Was könnte ihn antreiben?«

»Das ist sehr kompliziert und lässt sich auch nicht mit zwei Sätzen erklären. Ich erklärte Ihnen ja schon, dass die Gefährlichkeit dieser Menschen sich darin manifestiert, dass sie so verdammt normal in unserem Leben auftauchen. Sie schilderten mir allerdings, dass er Sie, Herr Liebig, nunmehr kontaktierte, Ihnen sogar Rätsel aufgab. Das bestärkt mich in der Ansicht, dass er hochgradig nazistisch veranlagt ist. Er sucht Anerkennung von Ihnen, die seinen doch so hoch entwickelten Geisteszustand bestätigen soll. Er fordert Respekt ein, den Sie ihm auch unbedingt entgegenbringen sollten. Er wird ansonsten seine Taten massiv vorantreiben, bis er Ihr Lob erhält. Gleichzeitig führt er Sie als Versager vor.«

»Wie meinen Sie das?«

»Er wird Ihnen niemals den Erfolg gönnen, ein Opfer gerettet zu haben. Das würde sein eigenes Versagen deutlich machen. Damit kann er nicht leben. Also wird er Sie immer wieder vor die Wand laufen lassen.«

Rita ließ ihre Frage endlich heraus, die ihr schon lange auf der Zunge brannte.

»Das müsste doch jemandem im direkten Umfeld, zum Beispiel der Ehefrau auffallen. Das kann man doch nicht auf Dauer verstecken, ohne dass diese Neigung deutlich wird.«

»Da, liebe Frau Momsen, muss ich Sie korrigieren. Sie unterschätzen die Hinterhältigkeit einer möglichen Schizophrenie oder einer Persönlichkeitsstörung gewaltig. Sie müssen sich das vereinfacht folgendermaßen vorstellen. Das Wort Schizophrenie selber besteht ja aus den Begriffen Seele und Zwerchfell. Früher glaubte man, dass die Betroffenen eine zweigeteilte Seele erleben. Tatsächlich erleben sie zum einen die Wirklichkeit, so wie sie von Ihnen und mir wahrgenommen wird. Zum anderen können sie aber auch in einer Wirklichkeit existieren, so wie der Patient sie nur auf sich bezogen erlebt. Das kann in früher Kindheit schon geprägt werden durch schlimme äußere Einflüsse. Ich erwähnte bereits die möglicherweise verkorkste Kindheit. Diese Geschehnisse beeinflussen die reale Wahrnehmung.«

Afarid nahm einen Schluck vom grünen Tee und fuhr fort.

»Ich habe die Geschichte eines englischen Serienkillers verfolgt, der insgesamt neunzehn homophile Männer bestialisch tötete, weil er als Kind der Lust seines ebenfalls homophilen Vaters dienlich sein musste. Er musste sich sogar den Freunden seines Vaters hingeben, die dafür Geld bezahlten. Dieser tief sitzende Hass brach ab und zu aus ihm heraus, obwohl sein anderes Ich in einer normalen ehelichen Beziehung lebte. In diesem Fall sprechen wir allerdings von einer multiplen Persönlichkeitsstörung. Er war bei Freunden und Nachbarn beliebt. Keiner ahnte, dass er Teile der Körper seiner Opfer in einem Mixer quirlte und diesen Brei trank. Er fiel nur irgendwann dadurch auf, weil er die Leichenteile schlampig verpackte und ein streunender Hund die Polizei auf seine Spur lenkte.«

Rita Momsen setzte die Tasse wieder ab, aus der sie gerade einen Schluck trinken wollte.

»Das ist ja ekelig. Und Sie glauben, dass unser ...?«

»In dem Punkt will ich mich nicht festlegen. Aber es ist ohne Weiteres möglich, dass wir es mit einem solchen Täter zu tun haben. Vielleicht hat er auch nur eine Therapie unterbrochen und er erlebt derzeit einen Überschuss an Dopamin im Gehirn. Wenn Menschen, die eigentlich sogenannte Antipsychotika nehmen müssen, plötzlich das Medikament absetzen, kann dies nicht mehr anti-dopaminerg wirken. Dann kommt es zur Reizüberflutung. Doch ich möchte Sie nicht mit diesem ganzen Latein erschlagen. Eventuell wäre es nützlich, wenn Sie mögliche Verdächtige einmal auf eine frühere psychosoziale oder psychotherapeutische Behandlung abklopfen.«

Liebig saugte diese Informationen ebenfalls auf wie ein Schwamm und blickte voller Stolz auf seine Kollegin, die sich sogar Notizen machte. Dr. Afarid erhob sich geschmeidig und blickte wie immer freundlich lächelnd auf seine Besucher.

»Sollten Sie, hoffentlich in Kürze, einen Verdächtigen dingfest gemacht haben, biete ich mich gerne an, Sie bei der Befragung zu unterstützen. Das wäre auch für mich eine Erfahrung, auf die ich ungern verzichten würde. Jetzt muss ich aber an der Stelle abbrechen, da ich einen Patienten erwarte. Viel Glück bei Ihrer schweren Arbeit.«

»Gruselig, diese Geschichte mit dem Engländer, nicht wahr?«

Rita wartete auf ihren Chef, der einen Augenblick nachdenklich vor der verschlossenen Tür des Psychologen stehen blieb. Ihn schien das Thema enorm zu belasten. Umso erstaunter reagierte sie, als sie seinen nächsten Sätzen eine mögliche Bedeutung zuordnete.

»Hören Sie, Frau Momsen, hätten Sie Lust, das Thema heute Abend bei einem guten Essen und einem Gläschen Wein weiterzuführen? Es gibt da ein paar Ungereimtheiten, die geklärt werden müssen. Haben Sie schon was vor?«

Trotz dieser Überraschung stahl sich ein Lächeln auf Ritas Gesicht.

»Ungereimtheiten? Betrifft das den Fall oder sind die eher privater Natur? Ich bin etwas irritiert, Herr Hauptkommissar.«

»Jetzt interpretieren Sie nicht sofort Dinge hinein, die einer pubertären Fantasie entsprungen sein könnten. Rein beruflich, Rita – rein beruflich.«

Das Lächeln auf Ritas Gesicht verstärkte sich.

»Pubertär, Herr Liebig? Sie sprechen mit einer erwachsenen Frau, die längst diesen Träumen entwachsen ist. Das heißt also, dass ich die Dienstwaffe beim Essen tragen muss. Ist ja schließlich Arbeitszeit. Soll ich Sie mit meinem Wagen abholen, oder nehmen wir den Dienst-Passat?«

»Übertreiben Sie es nicht, Frau Kommissarin. Sie werden mich niemals als Beifahrer in Ihrem Auto erleben.«

»Davon kann doch kein Mensch satt werden, Rita. Sie hätten sich zum Salatteller ruhig noch ein saftiges Steak bestellen sollen. Sie müssen sich mit Eiweiß versorgen, damit Sie mir nicht eines Tages an einem Tatort umfallen.«

Rita stopfte sich das letzte Ruculablatt in den Mund und grinste. Sie hatte mit Schaudern beobachtet, wie Liebig ein riesengroßes T-Bone-Steak verspeist hatte, um jetzt über ihr Essen zu lästern.

»Ganz abgesehen davon, dass ich versuche, mich weitestgehend vegan zu ernähren, täte ich mich schwer, nach einem Aufenthalt in der Rechtsmedizin ein blutiges Stück Fleisch zu verspeisen. Sie hatten gerade etwas Totes auf dem Teller, Herr Hauptkommissar. Das Tier musste für Ihr Gaumenvergnügen sein Leben lassen. Sind Sie sich dessen bewusst?«

Liebig tupfte sich mit der Serviette den Mund ab und verdrehte die Augen.

»Wollen Sie ernsthaft mit mir heute Abend über dieses Thema diskutieren? Muss ich jetzt ein schlechtes Gewissen haben? Hat das der Bär auch, der ein Reh reißt? Bitte verschonen Sie mich mit dem Vorwurf, dass ich noch immer den Trieben der Steinzeitmenschen folge. Lassen Sie uns über Netteres sprechen.«

»Gut, erzählen Sie mir, wie Sie mit dem tragischen Tod von Kindern umgehen, die Sie immer wieder misshandelt oder grausam zugerichtet vorfinden? Wie verarbeiten Sie das eigentlich?«

Die Enttäuschung darüber, wohin sich ihr Gespräch entwickelte, war Liebig anzusehen. Dennoch bemühte er sich darum, es zu überspielen.

»Sie wollen wissen, ob ich unter posttraumatischen Belastungsstörungen leide. Richtig? Ein klares Nein kann ich Ihnen da geben. Allerdings muss ich eine Ausnahme

175

zugeben. Der gewaltsame Tod meiner Frau hat mir sehr zu schaffen gemacht. Das steckt keiner so einfach weg. Doch an den Anblick von Toten gewöhnt man sich eines Tages, das wird Routine.«

»Das denken Sie doch nicht ernsthaft, Chef. Der Tod kann uns doch nicht kalt lassen, besonders nicht, wenn es Kinder betrifft. Sagen Sie das nicht nur, weil man in unserer Branche nicht darüber spricht? Ich habe davon gehört, dass solche Geständnisse sogar die Karriere behindert haben. Es ist doch unmenschlich, Gefühle auf Dauer zu unterdrücken. Also, ich bin mir noch nicht so ganz sicher, ob das bei mir auf Dauer klappen wird.«

Liebigs Hand ruhte jetzt auf Ritas Arm, als er mit gedämpfter Stimme sprach.

»Ich will Ihre Behauptung von gerade überhaupt nicht infrage stellen. Eine psychische Anfälligkeit bei Ihnen würde sich tatsächlich nicht besonders positiv in einer Beurteilung auswirken. Der Ermittler kann sich das nicht erlauben, er muss, wenn wir es sachlich ausdrücken wollen, funktionieren, wenn es darauf ankommt. Er darf nicht zögern, weil er plötzlich Skrupel bekommt. Das wird der Täter, der Ihnen mit gezogener Waffe gegenüber steht, kalt lächelnd ausnutzen. Verstehen Sie, was ich damit sagen will?«

»Natürlich verstehe ich das. Aber macht uns das nicht auf Dauer zu Maschinen, die wie ein Roboter handeln? Das gleiche Problem sehe ich auch bei den Feuerwehren und Rettungsdiensten. Glauben Sie wirklich, dass die ohne jede innere Regung die Leichen beiseiteschaffen, nach Hause gehen und traumlos die Nacht verbringen? Der menschliche

Geist muss das ganze Grauen verarbeiten. Wenn die schon nicht mit ihren Ehepartnern darüber reden können, sollte man ihnen doch auf jeden Fall Psychologen an die Seite stellen. Sonst gehen die daran kaputt. So sehe ich das.«

Hauptkommissar Liebig wusste, dass Rita Momsen einen wunden Punkt ansprach, der oft hinter vorgehaltener Hand diskutiert wurde. Das zog sich bis hinauf in die Etagen der Gerichtsbarkeit. Selbst Staatsanwälte kämpften mit diesen psychischen Belastungen und wurden damit alleine gelassen. Man hatte einfach seinen Job zu machen, durfte nicht schwächeln.

»Sollten Sie eines Tages an sich bemerken, dass Sie diesen Job nicht ohne innere Schäden ausüben können, tun Sie sich selbst den Gefallen und suchen Sie einen unserer Psychologen auf. Gemeinsam mit ihm sollten Sie darüber entscheiden, ob Sie weiter im Dreck des Verbrechens wühlen wollen. Sie könnten sonst daran zerbrechen. Versprechen Sie mir das?«

Einen Moment dachte Rita über eine Antwort nach, nickte schließlich zögernd.

»So, Frau Momsen, jetzt setze ich Sie an Ihrer Wohnung ab und wir sollten morgen alles dafür tun, die Ermittlungen voranzutreiben. Ich bin mir sicher, dass wir dieses Biest festsetzen werden – gemeinsam. Okay?«

Wieder dieses nachdenkliche Nicken, als Liebig den Kellner rief.

28

Sofort trat allgemeine Stille bei den Ermittlern ein, als Spiekermann das Zeichen dafür gab, dass ER wieder am Telefon war. Liebig signalisierte ihm, dass er durchstellen durfte, und schaltete auf Lautsprecher.

»Das tut mir aufrichtig leid, Herr Hauptkommissar, dass Sie zu spät kamen. So schwer war das Rätsel doch gar nicht. Vielleicht klappt es beim nächsten Mal. Ich werde mir etwas noch Leichteres ausdenken. Sie sollen doch auch einmal ein Erfolgserlebnis haben.«

In Liebig kochte der Zorn hoch. Trotzdem antwortete er nicht sofort, sondern wartete geduldig darauf, dass der Mörder seinen Spott fortsetzte.

»Sind Sie noch dran, Liebig? Was ist los mit Ihnen? Hat Sie Ihr Versagen die Stimme gekostet?«

Liebig versuchte, seiner Stimme einen Ton zu verleihen, der seine innere Erregung nicht verriet.

»Ich dachte nur, dass Sie noch etwas von Ihrem billigen Spott loswerden wollten. Dann war das wohl alles, was Sie draufhaben. Ja, ich muss zugeben, dass ich Ihr Zeitfenster nicht einhalten konnte, und es tut mir unendlich leid, dass ich den armen Jungen nicht vor Ihrer billigen Rache retten konnte. Aber was ich von Ihnen wissen möchte. Wie lange geht das noch so weiter? Könnte es sein, dass Sie an der Wand ein Maßband hängen haben und Sie die Menschen nach Zentimetern töten?«

Nachdem eine kurze Pause entstand, meldete sich der Anrufer wieder.

»Zentimeter? Was will mir der Superbulle damit sagen?«

»Könnte es sein, dass für jeden Zentimeter, der Ihnen an einer normalen Schwanzlänge fehlt, ein Unschuldiger sterben muss? Dann werde ich wohl noch einige Anrufe von Ihnen erhalten. Sie sind nicht der Erste auf meiner Liste, der versucht, sein Versagen durch Gewalttaten zu kaschieren. Ich habe alle diese kranken und feigen Irren in die Forensik gebracht. Ich sagte ALLE. Auch Sie werde ich mir vorknöpfen. Glauben Sie wirklich, dass Sie Ihr Unvermögen, das Leben zu bewältigen, mit Morden überdecken können? Ist das wirklich ein so großartiges Gefühl? Geht Ihnen dabei einer ab, wenn die Opfer um Gnade winseln?

Doch in ein solch krankes Hirn will ich mich gar nicht erst hineindenken. Bleiben wir bei den unumstößlichen Tatsachen. Im Fall des Joel Mittag haben Sie einen großen Fehler gemacht, falls Sie es noch nicht bemerkt haben sollten. Welcher das war, werden Sie in Kürze spüren. Sehen Sie mal hinter sich, Sie elender Versager – dann werden Sie meinen Schatten schon sehen können. Ich freue mich darauf, wenn ich Ihnen die Handschellen anlegen darf.«

Das Lachen war durch das gesamte Büro zu hören, als der Mörder Liebig unterbrach.

»Sie bluffen nur, Sie mieser Bulle. Ich soll einen Fehler begangen haben? Sie werden niemals auch nur die kleinste

Spur finden, die zu mir führt. Ich bin sauber. Darauf können Sie einen lassen. Mit Ihren billigen Psychotricks können Sie vielleicht einen kleinen Drogenjunkie verunsichern, aber doch nicht mich. Mein Werk werde ich ungehindert weiterführen. Diese kranken Typen werde ich wieder zurück in die Hölle brennen, aus der sie einst auf die Erde geschickt wurden. Nur das Feuer ist in der Lage, diese Krankheit endgültig zu besiegen.«

Hauptkommissar Liebig ballte die Hände zu Fäusten, als er nach einer kurzen Pause einen weiteren Versuch startete.

»Hat man Sie damals eigentlich als halbwegs geheilt aus der Psychiatrie entlassen oder sind Sie dort einfach ausgebüxt? Was war der Grund für Ihre Einweisung? Pyromanie etwa? Nein, das allein war es nicht. Habe ich recht? Sie kamen bestimmt mit der Vorstellung nicht klar, einmal ebenso homophil zu werden wie Ihr gewalttätiger Vater. Wie oft hat er Sie vergewaltigt? Einmal pro Tag, pro Woche oder war es sogar öfter? Jetzt werden Sie es denen zurückzahlen, denen diese Abartigkeit, für das Sie es ja halten, angeboren wurde. Genießen Sie Ihre Rache auch wirklich ausgiebig?«

Nur noch wenige Sekunden hörten alle im Raum das heftige Atmen des Anrufers, bevor die Verbindung endgültig abbrach. Keiner im Team wagte, auch nur ein Wort zu sagen. Schweigend machten sich alle an die Arbeit. Der Ruf des Hauptkommissars hielt sie zurück.

»Was? Keiner von euch hat die Eier, mir zu sagen, was er denkt? Scheiße, was glaubt ihr, was wir hier tun? Wenn einer von euch denkt, dass er es anders oder sogar besser gemacht hätte, soll er das Maul aufmachen. Also, ich höre?«

Reinder drehte sich dem Kollegen zu und kam näher.

»Was glaubst du, Kollege Liebig, was diese Provokation nun bringen wird? Wird dieser Irre mit dem Morden aufhören? Hast du ihn eventuell bekehrt? Nein, der ist stinksauer und wird seine Wut an weiteren Unschuldigen auslassen.«

Liebig war aufgestanden und lief mit in den Hosentaschen vergrabenen Händen quer durch das Büro. Sein Kopf war feuerrot.

»Nein, mein lieber Reinder. Der wird nicht damit aufhören. Aber das hätte er sowieso nicht. Ich habe ihm nur den Spaß daran verdorben. Ich habe Wut bei ihm erzeugt, vielleicht sogar Unsicherheit. Und, liebe Kollegen, wer wütend und unsicher ist, macht Fehler. Ja, darauf warten wir doch alle. Dieses Schwein soll seine ersten Fehler machen, damit wir ihn bei den Eiern kriegen.«

In das Schweigen hinein vernahmen alle die Stimme der jungen Kollegin. Rita raffte ihren gesamten Mut zusammen und gab ihre Meinung preis.

»So ganz kann ich mich der Einschätzung des Chefs nicht entziehen. Ich denke, dass niemand in diesem Raum ernsthaft die Meinung vertritt, dass dieses Monster einen gesunden Menschenverstand besitzt. Es wäre doch tatsächlich möglich, dass der Mann irgendwann behandelt wurde und als weitestgehend geheilt wieder auf die Menschheit losgelassen wurde. Von diesen Rückfalltätern hört man doch fast täglich. Was halten Sie davon, wenn wir in diese Richtung recherchieren? Die Fakten hat Herr Liebig doch schon aufgezählt. Pyromanie in Verbindung mit einem auffälligen sexuellen Verhalten. Vielleicht war unser Mann schon als Kind in Behandlung, weil er missbraucht wurde. Verdammt, die Liste kann doch nicht so wahnsinnig lang werden, wenn wir uns erst einmal auf das Stadtgebiet konzentrieren. Später kann es gerne ausgeweitet werden. Aber lassen Sie uns doch klein anfangen.«

Selbst Liebig, der eigentlich mit erheblichem Kontra gerechnet hatte, blieb erstaunt stehen und sah in jedes der Teamgesichter. Dort erkannte er nun aufkeimende Zustimmung. Reinder sprach es endlich aus.

»Gut, Kollegin, ein brillanter Vorschlag, zumal wir ja derzeit nichts Besseres haben. Ich bleibe allerdings, gemeinsam mit Spiekermann, an den ehemaligen Feuerwehrleuten dran. Vielleicht gibt es sogar Übereinstimmungen. Ist das in deinem Sinne, Chef?«

Immer noch ungläubig auf Rita blickend nickte Liebig zu Reinders Frage. Er wusste, dass er ein großes Risiko mit seiner Anfeindung vor wenigen Augenblicken eingegangen war, doch war es ihm ein Bedürfnis gewesen, seinem Herzen Luft zu machen. Jetzt, wo auch Unterstützung aus dem Team kam, ging es ihm wieder viel besser. Er schickte ein Dankeschön in Gedanken zu Rita rüber, die sich jedoch zu seiner Enttäuschung nichts anmerken ließ.

29

Der Wind peitschte unaufhörlich den Regen gegen die Scheiben des Präsidiums und schien schon kleine Hagelkörner mitzuführen, obwohl der Herbst noch ein paar Wochen entfernt war. Rita verfolgte gedankenverloren das Naturschauspiel. Sie reagierte wohl aus diesem Grund verzögert, als Spiekermann sie ansprach.

»Hallo, Rita, Erde an Momsen. Darf ich Sie einen Augenblick stören?«

»Aber sicher, Herr Kollege.« Sie streckte Spiekermann spontan die Hand hin, ohne allerdings den Blick vom Fenster zu nehmen. »Übrigens wollte ich Ihnen schon seit Wochen das Du anbieten. Einverstanden? Von jetzt an für dich Rita.«

Klaus Spiekermanns Gesicht überzog eine leichte Röte, die sich schnell wieder verflüchtigte und einem freundlichen Lächeln Platz machte.

»Aber gerne doch. Ist ja auch auf Dauer doof, ich meine dieses Sie unter Kollegen. Freut mich. – Ich habe da etwas gefunden, was ich auf jeden Fall überprüfen muss, bevor wir uns da in einem Irrtum verlaufen. Sieh mal hier.«

Klaus breitete mehrere Listen vor Rita aus und wies mit dem Finger auf zwei Grafiken. Schnell erkannte Rita, dass es sich um die Darstellung der DNA-Ergebnisse der Mordopfer handelte.

»Was möchtest du mir damit sagen? Ich verstehe nicht so ganz.«

»Ich weiß, dass man es nicht auf Anhieb sehen kann. Aber vergleiche einmal die DNA, die wir vom Sperma aus dem Darm des ersten Opfers, diesem Ansgar Löffler, bestimmen ließen mit der DNA unseres Jungen aus der Sporthalle. Die Übereinstimmung besteht zwar nur zu 80 %, aber ich finde das schon recht bemerkenswert. Das ist verrückt, Rita. Aber rein theoretisch könnte dann der kleine Sven Kallweit der Vergewaltiger des ersten Opfers sein. Da kann doch nur eine Verwechslung vorliegen. Ich möchte Liebig darum bitten, die Analyse noch mal durchführen zu lassen. Ein 14-jähriger Junge vergewaltigt doch keinen Erwachsenen, um ihn dann bestialisch umzubringen.«

Immer wieder verglich Rita die Ergebnisse, bis sie die zündende Idee hatte.

»Was ist denn mit der angekokelten Leiche aus dem Park? Die wurde doch auch vergewaltigt. Wenn ich mich recht erinnere, war die Samen-DNA identisch mit dem Erguss aus Fall eins. Hast du diese DNA auch irgendwo zum Vergleich? Wenn die ebenfalls übereinstimmt, wäre eine Wiederholung sicher angesagt. Ich muss zugeben, dass diese Erkenntnis schon sehr mysteriös ist. Hat dieser schmächtige Junge zwei erwachsene Männer getötet? Nein, und noch mal nein. Das glaube ich nicht. Lass uns damit zu Liebig gehen.«

Rita hielt den Kollegen noch ein letztes Mal zurück.

»Und was diese Erkenntnis ad absurdum führt: Wer ruft uns dann ständig an? Und noch was. Nach dem Tod von

Sven Kallweit starb dieser Junge in der Schule. Beide Jungen wurden nach Schillers Darstellung nicht vergewaltigt. Das würde bedeuten, dass wir es mit zwei Tätern zu tun haben. Das ist verrückt. Komm mit.«

»Ich schließe mich der Meinung der Kollegin Momsen an, da ich die These von zwei verschiedenen Tätern nicht als real anerkennen kann. Dafür gibt es zu viele Parallelen in der Handlungsweise. Die Daten des Kallweit-Jungen lasse ich ein weiteres Mal überprüfen. Da könnte ein Irrtum vorliegen. Aber trotzdem, gute Arbeit, Spiekermann. Solche Fehler können entscheidend sein, warum wir den wahren Täter nicht finden. Ich gebe Ihnen Bescheid, wenn die Zweitanalyse vorliegt. Die jagen wir dann auch durch die Datenbank beim LKA. Wie weit sind Sie eigentlich mit den Nachforschungen bei den Feuerwehren? Das könnte noch mal interessant für uns werden.«

Liebig behielt die Datenblätter, die Spiekermann und Momsen ihm überreicht hatten, in den Händen und sah fragend zu Spiekermann hoch, der sich plötzlich unwohl fühlte.

»Ich wollte heute Nachmittag damit anfangen und Reinder unterstützen. Wir müssen noch einen Filter anlegen, damit wir die Nieten rausschmeißen können. Dazu werde ich den Kollegen von der IT-Abteilung fragen.«

»Das brauchst du nicht«, mischte sich Rita ein, »das kriegen wir beide auch ohne die Kollegen hin. Ich helfe euch dabei.«

»Sehen Sie, Spiekermann, es geht doch nichts über junge Kolleginnen, die mit der modernen Technik vertraut sind.

Morgen früh ist Meeting. Dann werden wir sicher schon Ergebnisse vorlegen können. Nicht, dass ich euch loswerden möchte, aber ich muss jetzt zum Alten.«

»Siehst du, Klaus, jetzt werden es immer weniger Seiten bei deinen Kandidaten. Ich hätte nie gedacht, wie viele Menschen sich für die Feuerwehr engagieren. Du hättest vielleicht in den Filter ein Geburtsdatum eingeben sollen, dann wären nicht so viele Hundertjährige aufgelistet.«

Rita unterlegte ihre Frotzelei mit einem Lachen, da sie bemerkte, wie sich die Miene des Kollegen verfinsterte. Das änderte sich sofort, als er die geänderte Datei auf dem Bildschirm sah und auf jetzt vierhundertdreizehn Namen blicken durfte. Die Hoffnung stieg, noch weitere Namen aussortieren zu können. Immer wieder erweiterte Rita die Filter, sodass sie aufatmend einhundertsechsundneunzig übrig behielt.

»Voilà. Jetzt darfst du losmarschieren und den Rest befragen.«

Wieder konnte Rita das Entsetzen in den Augen von Klaus ausmachen.

»Ich werde einen Teufel tun und die Adressen abfahren. Jetzt jage ich die Namen durch unsere Datenbank und hoffe, was Verwertbares zu erfahren.«

Rita schickte die Daten in den gemeinsamen Ordner des Teams und gleichzeitig zum Ausdrucken. Ihr Blick richtete sich nachdenklich auf den Kollegen, als sie laut dachte.

»Das ist sicherlich ein probates Mittel, wenn es sich um einen Wiederholungstäter handelt. Bedenke aber auch, dass laut Täterprofil auch ein völlig Unbescholtener für die Taten infrage kommen könnte. Der wird dann in dem Ergebnis fehlen, quasi durch das Sieb rutschen. Ich würde sagen, du gehst die neue Liste durch und ich telefoniere mit Dr. Schiller. Dabei hoffe ich, Klarheit über diese DNA-Ähnlichkeit zu erhalten.«

Erstaunlicherweise klang Schillers Stimme heute mürrischer als sonst. Rita fiel es sofort auf und wollte das Gespräch schon wieder mit einer Entschuldigung abbrechen, als sie sich doch dazu durchrang, die Frage zu stellen. Schiller hörte interessiert zu, als Rita ihm die Auffälligkeiten schilderte.

»Tja, liebste Frau Momsen, da berühren Sie einen wunden Punkt im medizinisch diagnostischen Einsatz der DNA. Natürlich können wir der Diagnose einen absolut hohen Stellenwert einräumen, wenn es um die Zuordnung von organischen Spuren zum möglichen Täter geht. Aber – und jetzt wird es spannend – das setzt eine durch und durch sterile und professionelle Handhabung am Tatort voraus. Umstritten ist selbst heute noch, ob den gewonnenen Ergebnissen, bei Anwendung der PCR-Methode ein wirklich verlässlicher Beweiswert zukommt. Wie bewerten wir das Ergebnis zum Beispiel bei eineiigen Zwillingen? Sperren wir zur Vorsicht beide ein?«

Rita unterbrach den Mediziner mit einer Frage.

»Soll das heißen, dass es zwei völlig identische Ergebnisse geben kann?«

»In dem gerade genannten Beispiel schon. Ansonsten besteht auch die Möglichkeit, dass es zumindest sehr ähnliche Daten gibt, die dann bei Gericht schwerlich anerkannt werden dürften. Weiterhin müssen wir berücksichtigen, dass es auch durch schlampige Spurensuche zu Verunreinigungen kommt oder DNA von früheren Besuchern dort sichergestellt wird. Selbst DNA von Blutsverwandten können zu falschen Ergebnissen führen, da identische Teile immer mehr oder weniger vorhanden sind. Ich denke da besonders an schlecht durchgeführte Vaterschaftstests, die dem möglicherweise unschuldigen Mann ein Kind und hohe Unterhaltszahlungen unterjubeln. Wie Sie also feststellen, gibt es auch in der sicher geglaubten DNA-Welt noch Fragezeichen.«

Schiller konnte Ritas Seufzer sogar durch die Leitung hören. Er wartete geduldig auf die Erklärung.

»Das hat mir sehr geholfen, Dr. Schiller. Es wäre schon recht überraschend gewesen, wenn wir dem toten Jungen noch möglicherweise einen oder zwei Morde hätten unterschieben müssen. Die Eltern hätten uns für verrückt erklärt. Ich danke Ihnen sehr für Ihre Geduld.«

Kaum hatte Rita das Gespräch beendet, als Klaus Spiekermann mit kalkweißem Gesicht an ihren Schreibtisch stürzte und mit einigen Blättern in der Hand wedelte.

»Setz dich, Klaus. Du siehst ja total beschissen aus. Was ist passiert? Hast du was gefunden?«

Spiekermann tastete nach dem Stuhl und zog ihn heran.

»Das kann ein Zufall sein, Rita. Eigentlich ist das völlig verrückt, aber ich habe in meiner Liste einen Namen gefunden, der da eigentlich gar nicht stehen dürfte. Schau mal.«

Fahrig glitt sein Finger über einen Textblock, den Rita, neugierig geworden, durchging. Jetzt sah sie es auch. Ein Name stach sofort ins Auge und ließ nun auch Rita völlig irritiert zurück.

»Wir müssen Liebig holen. Komm, wir gehen hoch zu Rösner. Die beiden haben ein Meeting. Das hier ist so wichtig, da riskiere ich sogar einen Anschiss.«

30

Die Durchsage riss alle diensthabenden Feuerwehrleute und Rettungsdienste aus den Gesprächen. Kollegen, die es sich in den Ruheräumen bequem gemacht hatten, schreckten hoch und griffen nach ihren Jacken.

Wohnungsbrand in einem Bürogebäude, Kehrerstraße 14 in der sechsten Etage. In einer angrenzenden Halle befinden sich entzündbare Flüssigkeiten.

Noch während die Durchsage lief, drängte Hans Wotan aus der Küche und trank das Wasserglas in einem Zug leer, bevor er es hart auf einer Anrichte absetzte.

»Auf geht`s, Leute. Harald und Roland fahren hinter mir her, Heiner und Ralf in Fahrzeug zwei, ich weiß, wo das ist. Ihr werdet enge Straßen vorfinden und jede Menge geparkte Fahrzeuge. Wir brauchen Verstärkung von außen. Ab geht die Post!«

Nicht einmal drei Minuten vergingen, bis sich das erste Tor öffnete und Hans mit dem Einsatzleiterwagen herausschoss. Die Sirenen stoppten den ansonsten vorbeifließenden Verkehr, die Ampeln vor der Feuerwache schalteten auf Rot. Zum Schluss folgte noch der Rettungswagen dem Leiterfahrzeug. Keiner der Männer wusste, was auf sie zukam. Schweigend verfolgten sie das Bemühen des jeweiligen

Fahrers, sich den nötigen Raum zu verschaffen, um den Brandherd so früh wie eben möglich zu erreichen. Immer wieder verlangsamte der Konvoi seine Fahrt, stoppte sogar an mancher Stelle, weil uneinsichtige Autofahrer den Weg nicht freigaben. Hin und wieder erschienen Stinkefinger aus den offenen Seitenscheiben. Hans fluchte laut durch das Führerhaus, während sein Fahrer geduldig abwarten musste.

»Der Scheißfinger soll dir in der Nase abbrechen und dort verfaulen, du Stinker. Hoffentlich ist das deine Bude, die dort abbrennt. Ich werde noch wahnsinnig mit diesen Pennern.«

Schon von Weitem war die dunkle Rauchfahne zu erkennen, die sich drohend in den Himmel streckte. Die Männer in den Fahrzeugen wussten aus Erfahrung, dass es sich hier um einen Brandherd handelte, der sich in der dicht besiedelten Gegend rasend schnell ausbreiten konnte. Dankbar nahmen sie die Sirenen wahr, die sich aus einer anderen Richtung näherten und weitere Hilfe von Kollegen versprachen. Tatsächlich handelte es sich vor der Brandstelle um eine völlig zugeparkte Straße. Ein Polizeifahrzeug wiederholte immer wieder die Durchsage, dass die Bewohner die Fahrzeuge sofort entfernen sollten, was nur zögernd geschah. Etliche Bewohner lagen auf der gegenüberliegenden Straßenseite in den offenen Fenstern und filmten mit ihren Smartphones das Geschehen. Ein Streit eskalierte sogar zwischen einem Polizisten und dem Eigentümer eines Hondas, der sich weigerte, sein Fahrzeug zu entfernen. Ein zweiter Polizist war nötig, um den Mann daran zu hindern, den Kollegen anzugreifen. Sie zerrten den Randalierer zu ihrem Einsatzfahrzeug. Hans Wotan schüttelte den Kopf und drängte seinen Fahrer, an den Streithähnen vorbeizufahren. Er rief den Polizisten zu:»Wenn der Kerl die Karre nicht wegfährt, muss er sehen, was davon übrig bleibt. Wir löschen jetzt auf jeden Fall. Zum Abschleppen bleibt nun keine Zeit mehr.«

Mittlerweile hatte sich das Feuer vom sechsten Stockwerk auf die beiden darüberliegenden ausgeweitet, sodass die Flammen bereits aus den Dachluken schossen. Die Rauchentwicklung war dermaßen groß, dass Hans Wotan die Evakuierung der umliegenden Häuser anordnete. Weitere Polizeikräfte und Feuerwehrmänner drangen in die angrenzenden Gebäude ein und forderten die Bewohner auf, die Wohnungen zu verlassen. Dass sich nicht alle mit dieser Maßnahme einverstanden erklärten, war deutlich zu vernehmen. Hans ließ sich davon nicht beeindrucken und teilte die Angriffstrupps ein. Dankbar nahm er das Angebot einer anderen Feuerwache an, das brennende Wohnhaus zu sichern und dort den Brand aktiv zu bekämpfen. Er wollte schnellstmöglich mit seiner Mannschaft das Übergreifen der Flammen auf die angrenzenden Häuser und die Lagerhalle verhindern. Während erste Angriffstrupps das Treppenhaus stürmten und der Leiterwagen den Rettungskorb mit der Löschmannschaft hochfuhr, bewegte sich Hans Wotan Richtung Lagerhalle.

»Wer hat hier einen Überblick, was darin gelagert wird?«

Seine Stimme erreichte einen in blauem Arbeitsanzug gekleideten Mann, der sich etwas ängstlich in die Nische einer Mauer drückte und zur Rückseite des brennenden Hauses hinaufsah. In seinen Pupillen stand nicht nur die Angst, sondern es spiegelte sich auch der Feuerschein der lodernden Flammen wider, die hoch aus dem Dach schlugen. Als er den Feuerwehrmann auf sich zukommen sah, straffte er seinen Körper und ging ihm entgegen.

»Ich kann Ihnen vielleicht helfen, bis der Chef kommt. Was genau wollen Sie wissen?«

Hans Wotan baute sich vor dem Mann auf, den er um mehr als einen Kopf überragte.

»Wie groß ist die Halle und über welchen Innenaufbau reden wir? Ich meine damit, wie viele Etagen hat dieses Lager?«

So allmählich bekam der Arbeiter wieder eine gewisse Selbstsicherheit zurück, bevor er antwortete.

»Die genauen Quadratmeter kenne ich nicht, aber es dürfte etwa ein Fußballfeld sein. Allerdings sprechen wir über drei Etagen, die Sie über die Stahltreppen an der Rückwand und einen Lastenaufzug erreichen.«

»Mit welchen gelagerten Stoffen müssen wir rechnen? Haben Sie da Angaben zu machen, die uns die Gefahrenlage besser einschätzen lassen?«

Jetzt trat der Mann, der sich über das schüttere, bereits ergraute Haar strich, von einem Fuß auf den anderen, zögerte die Antwort hinaus. Hans machte kein Hehl daraus, dass ihn die seltsame Zurückhaltung des Angestellten gewaltig nervte.

»Kommen Sie, was soll das Theater? Hier geht es möglicherweise um Menschenleben und Sie spielen hier den Nichtwisssenden. Was wird hier gelagert, verdammt?«

Der Kugelblitz zuckte unter den harten Worten Wotans zusammen und stammelte: »In der Hauptsache lagert hier Terpentin-Ersatz und Petroleum.«

Entgeistert sah ihm Wotan in die Augen, um schließlich einen Schritt nach vorne zu tun und den Mann zu schütteln.

»Hören Sie, wie auch immer Sie heißen mögen, das soll hier kein Quiz werden. Sie verheimlichen mir doch etwas. Das Scheiß-Petroleum gehört zwar in die Gruppe der entzündlichen Gefahrenstoffe, hat aber einen relativ hohen Flammpunkt. Schlimm genug, und auch da müssen wir schnell mit der Herabkühlung beginnen. Doch was macht Sie so unruhig? Raus damit!«

Das Gesicht des Mannes war dunkelrot angelaufen. Seine Worte waren kaum zu verstehen, als es aus ihm heraussprudelte.

»Ich habe es dem Chef sofort gesagt, dass wir das Zeug nicht in der Halle lagern dürfen. Aber er meinte, dass es ja nur für ein paar Tage wäre.«

»Was in aller Welt ist es?«, schrie Hans Wotan heraus und drückte den Mann gegen die Wand.

»Wir haben dreißig Fässer Acetaldehyd in der mittleren Ebene eingelagert. Die sollten in den nächsten Tagen wieder abgeholt werden. Daneben stehen etwa 20 Korbflaschen mit Ameisensäure für diverse Wäschereien.«

Für einen Augenblick verschlug es sogar dem abgebrühten Feuerwehrmann die Sprache. Er starrte fassungslos auf den zitternden Arbeiter, der versuchte, sich aus dem harten Griff des Beamten zu befreien. Schließlich kam Leben in den Feuerwehrmann, der sich augenblicklich zurück zum Einsatzwagen bewegte. Er wusste, dass sie es plötzlich mit extrem entzündbaren Flüssigkeiten zu tun hatten, die einen sehr niedrigen Flammpunkt besaßen und hier in diesem engbesiedelten Umfeld verheerenden Schaden anrichten konnten. Hans Wotan informierte die Leitstelle, die sofort eine weiträumige Evakuierung organisierte.

»Ich brauche auf der Stelle drei weitere Leiterfahrzeuge, damit wir die Halle vorkühlen können. Jeglicher Funkenflug in Richtung der Halle ist auf jeden Fall zu vermeiden. Sofort einen dicken Schaumteppich über das Dach legen. Versucht, das Haus von dieser Hofseite zu löschen, damit kein einziger Funken in diese Richtung gelangen kann. Verdammte Scheiße. Das hat uns gerade noch gefehlt, dass so ein geldgieriges Arschloch dieses hochentzündliche Zeug einlagert – mitten in einem Wohngebiet.«

»Einsatzleitung an Trupp eins – wo seid ihr? Ich brauch euch hier.«

Hans Wotan musste das Sprechfunkgerät dicht ans Ohr halten, um die Stimmen seiner Männer aus dem Umgebungslärm heraushören zu können. Anfänglich war es nur ein heftiges Atmen, bevor Ralfs Meldung klar und deutlich durchdrang.

»Bin mit Heiner in der sechsten Etage, um die rechten Wohnungseinheiten zu löschen. Harald und Roland haben wir zuletzt auf der linken Seite gesehen. Wir brauchen hier in Kürze Ablösung, da die Flaschen uns nur noch ein Drittel Füllung anzeigen. Die fünfte Etage scheint gesichert, bei der sechsten dürften die Flammen zur darüberliegenden übergegriffen haben. Wir haben einen Labrador aus der Wohnung holen können, den die Bewohner einfach zurückgelassen haben. Der hat sich selbst gerettet, indem er durchs Treppenhaus nach unten rannte. Hat ein paar Brandwunden am Hals, ist aber sonst in Ordnung. Schick uns bitte Ablösung, damit wir hier durchgehend Löschwasser haben.«

Hans glaubte, nicht richtig gehört zu haben, und verlor für einen kurzen Moment die Fassung.

»Verdammt, hatte ich nicht angeordnet, dass andere Einheiten in das brennende Haus einrücken sollen? Ich brauche euch vier hier unten. Die Lagerhalle muss dringend gesichert werden. Wir müssen schnellstmöglich Schaum ins Löschwasser mischen, damit sich das auf und in der Halle besser verteilt. Ich schicke sofort Ablösung rauf. Ihr bewegt den Hintern auf den Hinterhof. Passt auf euch auf, Leute. Wir haben mittlerweile drei Einheiten, die von oben löschen. Bis gleich. Ich muss mich jetzt um die verfluchten Gaffer kümmern. Die Polizei soll die Idioten zurückdrängen, damit die Einsatzfahrzeuge durchkommen. Die Bande bringt mich noch zur Weißglut.«

Ralf bestätigte die Anordnung und tippte Heiner auf die Schulter, der mitgehört hatte und ebenfalls einen Schritt nach hinten machte. Freudig übergaben die Männer den Löschschlauch an die Kameraden, die hinter ihnen im Flur auftauchten. Ralf warf einen besorgten Blick auf die Holztreppen, die über ihnen in hellen Flammen standen. In dem Augenblick, als er Heiner vorbeiließ und ihm abwärts folgen wollte, geschah es.

31

Schon lange spürte Steven die Blicke des großen, gut aussehenden Mannes auf sich ruhen, der sich bereits mehrfach an ihm vorbeibewegte und nun vor dem Donutladen stehen blieb. Es war frustrierend, dass er am heutigen Abend noch nicht einen Kunden gefunden hatte, obwohl dieser Bereich des Essener Hauptbahnhofes schon lange als idealer Standort für den Männerstrich bekannt war. Sollte es doch noch klappen und ein paar Euro in seine Tasche wandern? Schließlich raffte er sich auf und schlenderte auf das Schaufenster zu, vor dem sich sein *Opfer* aufhielt. In der Scheibe spiegelte sich ein Gesicht wider, das Steven einen wohligen Schauer über den Rücken trieb. Das war letztendlich dafür entscheidend, dass er sich den letzten Schub gab.

»Gefalle ich dir, schöner Mann? Ich habe dich schon lange beobachtet. Suchst du noch Gesellschaft für heute Abend? Ich hätte Zeit.«

Schon glaubte Steven, dass er sich eventuell geirrt haben könnte, als der Fremde dann doch ein Lächeln zeigte und, ohne sich ihm zuzuwenden, die Frage beantwortete.

»Ich bin mir nicht sicher, ob du für mich der richtige Partner bist. Ich habe besondere Vorstellungen von einer

Gesellschaft. Meine Wünsche sind etwas speziell, wenn du verstehst, was ich meine.«

Die Falle stand sperrangelweit offen, in die Steven begeistert hineintappte. Seine Gier war geweckt, weil er aus Erfahrung wusste, dass diese speziellen Wünsche zwar manchmal leicht schmerzhaft endeten, aber einen guten Batzen Geld abwarfen. Er war nun am längeren Hebel und konnte den Preis bestimmen.

»Für diese Wünsche hättest du keinen Besseren finden können. Ich mag keine Langweiler. Aber es ist alles machbar, wenn der Preis stimmt. Möchtest du, dass ich es dir im Auto besorge, oder gehen wir ins Hotel. Ich habe hier um die Ecke eine Unterkunft, die ...«

Eine große Hand legte sich fast zärtlich auf Stevens Mund und unterbrach seinen Vortrag.

»Wir fahren zu mir, Kleiner. Wie heißt du eigentlich? Mich darfst du Holger nennen.«

Ein vorbeieilendes Ehepaar schüttelte empört die Köpfe, als es beobachtete, wie sich ein schlanker, äußerst feminin wirkender Mann an einen großen Kerl kuschelte, ihn sogar in den Hintern kniff. Augenblicke später hakte sich der Schmächtige schließlich bei ihm ein und beide verschwanden Richtung Südausgang. Da derartige Kontakte in diesem Bereich zum Alltag gehörten, schenkte dem Geschehen niemand weiter größeres Interesse. Steven rutschte auf den Beifahrersitz des schwarzen Lieferwagens und wartete ab, bis sein neuer Freund Holger ebenfalls Platz genommen hatte. Kaum hatte Holger den Zündschlüssel in das Schloss gesteckt, als er Stevens flinke Finger an seinem Hosenschlitz spürte.

»Lass das, Steven. Ich suche nicht das schnelle Vergnügen. Wir sollten dieses zarte Pflänzchen unserer so jungen Freundschaft hegen und pflegen. Es wird dir gefallen und soll auch nicht zu deinem Schaden sein. Warte ab und genieße später die Freuden unseres Beisammenseins. Es ist nicht weit.«

Eilig zog Steven die Hand zurück und versank träumerisch in der Vorstellung, heute noch selbst sexuelles Vergnügen finden zu dürfen und obendrein gut dafür bezahlt zu werden. Das Mehrfamilienhaus, vor dem Holger in eine dunkle Einfahrt einbog, ließ keine Rückschlüsse auf die Einkommensverhältnisse des Gastgebers zu. Die graue Fassade glich sich der Bauweise aller Häuser an, die in dieser Straße standen. Die Pergola, unter der Holger den Wagen zum Stehen brachte, war dicht umwuchert von Efeu, ließ aber einen Durchgang zum Hof frei, durch den die beiden Männer auf eine Terrasse traten. Mittlerweile trieb der kalte Wind einen feinen Regen durch die Straßen und ließ den Hinterhof in einem trüben Licht verschwimmen. Zum ersten Mal machte sich ein Gefühl der Unsicherheit bei Steven bemerkbar. Als er schon den Gedanken an Flucht ansatzweise spürte, tauchte neben ihm das hübsche, so unendlich männlich wirkende Gesicht seines neuen Freundes auf, das mit seinem gewinnenden Lächeln sämtliche Bedenken zerstörte. Eine starke Hand suchte die von Steven, was in wenigen Sekunden aus einem ehemaligen Zweifler einen glühenden Verehrer zauberte.

Die Terrassentür schob Holger mit der anderen Hand geräuschlos auf. Kein Lichtschein drang in den Garten, als wäre dieses Haus unbewohnt. Die Inneneinrichtung, die aus einfachen Möbeln bestand, konnte Steven nur schemenhaft erkennen. Holger drängte ihn zu einer Anrichte, auf der er eine breite Kerze entzündete, die ein diffuses Licht durch den Raum warf. Nun konnte der Gast eine riesige Wohnlandschaft erkennen, auf der viele kleine Kissen eine gemütliche Atmosphäre schufen. Ein schrilles Lachen entfuhr Stevens Mund, als Holger ihn mit einem Stoß zwischen die Kissen schubste. Kurz darauf drang das Klirren von Gläsern durch den halbdunklen Raum.

»Einen Bourbon oder lieber etwas anderes, Steven? Es beginnt die Happy Hour. Wir wollen uns doch in Stimmung bringen. Also?«

»Könnte ich auch ein einfaches Ginger Ale haben? Ich vertrage keinen Alkohol. Dann vergesse ich immer Sitte und Anstand.«

Ein albernes Kichern begleitete diesen Wunsch. Als Holger mit den Getränken zurückkam, erwartete ihn ein Steven, der sich weitestgehend seiner Kleidung entledigt hatte und sich lediglich mit einem ausgebeulten Slip bekleidet zwischen den Kissen rekelte. Holger blieb nur einen kurzen Augenblick stehen, bevor er die Gläser auf dem Tisch abstellte und sich Steven gegenüber auf den Sessel setzte. Seine Stirn war in strenge Falten gelegt, als er Steven die Worte entgegenschleuderte.

»Wir sollten schon jetzt eines klarstellen. Ich bezahle dich für einen Dienst, dessen Abfolge ich bestimme. Ich allein sage dir, wann du deine verfickten Klamotten ausziehen sollst. Ich kann mit dir nichts anfangen, wenn du nicht meine Regeln befolgst. Zieh jetzt sofort wieder deine Klamotten an und warte ab, was ich dir sage.«

Fast ängstlich hatte sich Steven bei dieser Predigt zusammengerollt. Jeden Augenblick erwartete Holger, dass der junge Mann in Tränen ausbrach. Ohne jede weitere Regung beobachtete er, wie Steven sich Hose und Pulli überstreifte. Auf die Frage, ob er die Schuhe ebenfalls wieder anziehen sollte, erhielt er nur ein wortloses Nicken.

»So ist es besser. Wir sind doch zwei zivilisierte Männer, oder nicht? Etwas Stil darf ich doch erwarten, wenn ich schon bezahlen muss.«

Fast beleidigt nippte Steven an seinem Ginger Ale und betrachtete seinen Gastgeber über den Rand des Glases.

»Was tue ich dann eigentlich hier, wenn du keinen normalen Sex mit mir haben willst? Ich will mein Geld schließlich verdienen. Soll ich es dir mit dem Mund besorgen?«

»Halt deinen Mund – halt um Gottes willen deinen Mund! Das ist ekelhaft, was du da sagst. Du wirst mir jetzt erzählen, wie du als Kind gelebt hast.«

»Ich soll was? Du willst mit mir über meine Kindheit quatschen? Was bist du denn für einer? Und dafür legst du wirklich die Piepen hin? Wir haben übrigens noch nicht über das Geld gesprochen. Ich will für jede Stunde einen Hunderter. Extras kommen noch drauf. Erst musst du die Knete auf den Tisch legen, dann können wir reden. Schließlich ist es ja etwas sehr Intimes, was du da verlangst.«

Steven klopfte mit dem Finger auf die Glasplatte und versuchte, durch eine ernste Miene Druck hinter seine Gestik zu bringen. Erstaunt verfolgte er, wie Holger in eine Schublade des Sideboards griff und einen Stapel Geldscheine auf der Tischplatte ablegte. Gierig wollte

Steven danach greifen, als sich eine starke Hand um seine schloss und diese zurückschob.

»Langsam, mein Freund, erst die Arbeit. Du erhältst nach jeder Stunde einen Hunderter. So ist der Deal. Fang an. Erzähl mir von deiner Kindheit. Alles!«

Steven durchströmte neben einer unerklärlichen Angst ein Gefühl, das er sich zu Beginn seines Berichtes nicht erklären konnte. Noch nie hatte er irgendjemandem von seinem Leidensweg als Kind erzählt. Er rollte sich auf der Couch in die Embryostellung und begann mit brüchiger Stimme.

»Wir wohnten noch im Norden der Stadt, als ich als drittes Kind geboren wurde. Meine zwei Schwestern haben mich nicht gemocht und immer wieder geärgert. Wenn ich mich darüber bei Mama beschwerte, bekam ich oft eine Ohrfeige. Ich sollte mich gefälligst behaupten – ich war schließlich ein Junge. Papa war da anders. Er nahm mich auf den Schoß und hatte Mitleid. Er streichelte mich, sodass ich den Ärger vergaß. Wenn ich weinte, holte er mich sogar in sein Bett. Du musst wissen, dass meine Eltern getrennt schliefen.«

»Hat er dich angefasst«, unterbrach ihn Holger, »ich meine damit, ob er deinen Schwanz berührt hat?«

»Ja, natürlich hat er das. Papa zeigte mir oft seinen. Ich war fasziniert, weil der so wahnsinnig groß war. Der fühlte sich auch so richtig gut an, so warm und hart.«

Steven bemerkte nicht diese Veränderung, die sich in Holger ausbreitete, sah nicht die plötzliche Härte in seinen Augen. Erst als er aufstand und durch das Zimmer wanderte, wurde Steven unruhiger und verfolgte den Mann mit den Augen, der diese seltsamen Fragen stellte. Er beeilte sich, fortzufahren, bevor Holger ungehalten reagieren würde. Doch der kam ihm zuvor.

»Hat dich dein Vater zu etwas gezwungen, was du nicht tun wolltest?«

»Was meinst du damit, Holger? Mein Vater war immer lieb zu mir, bis ...«

Holger blieb wie angewurzelt stehen, starrte auf den schmächtigen Mann, der sich sofort enger zusammenrollte.

»Bis was? Erzähl mir, was er von dir verlangte.«

»Papa wollte irgendwann, dass ich mich zu Onkel Manfred ins Bett legte. Aber später auch zu seinen Freunden. Jeder wollte, dass ich nett zu ihnen bin und sie anfasste – da unten. Das war zwar anfangs eklig, doch sie gaben Papa dafür Geld. Wir hatten doch keins. Und so konnte Mama Essen kaufen. Wir wären doch sonst verhungert. Außerdem war für mich immer mal ein Eis drin, von dem meine Schwestern nichts ahnten.«

Steven konnte nicht nachvollziehen, warum Holger ständig die Fäuste ballte und wieder entspannte. Er wirkte zornig. Immer wieder bohrte er nach und stellte Fragen.

»Hast du dich nie dagegen gewehrt? Du sagst doch selbst, dass es eklig war.«

Nun regte sich in Steven zum ersten Mal Protest. Er setzte sich auf und schlug aufreizend die Beine übereinander.

»Anfangs, Holger. Ich sagte doch sehr deutlich, dass es anfangs eklig war. Irgendwann fand ich es so schön, dass ich es auch mit fremden Männern auf der Straße tat. Die haben mich gut dafür bezahlt.«

Endlich nahm er allen Mut zusammen und verschränkte trotzig die Arme vor der Brust.

»Warum fragst du mich eigentlich diesen ganzen Scheiß? Dir scheint es doch auch gut zu gefallen, es mit anderen Männern zu treiben. Ich habe jetzt auch keine Lust mehr, darüber zu reden. Entweder treiben wir es jetzt miteinander oder ich verschwinde wieder. Du darfst mich dann zurück zum Bahnhof bringen. Ich muss heute Nacht noch Kohle verdienen. Die Miete ist fällig.«

Im gleichen Augenblick, als er es ausgesprochen hatte, bereute er es auch schon. Nur zwei Schritte benötigte Holger, dann stand er neben ihm und riss ihn hoch. Mit weit aufgerissenen Augen blickte Steven in ein Gesicht, das von Hass verzerrt war. Der Versuch, sich aus dem harten Griff Holgers befreien zu wollen, war zum Scheitern verurteilt. Holger hob den schmächtigen Körper des sich verzweifelt wehrenden Mannes auf die Schulter, als wäre er ein Müllsack. Steven konnte nicht sofort erkennen, wohin er gebracht wurde. Erst als sich eine schmale Tür unter einer Treppe hinter den beiden Männern schloss, wusste er, dass es hinunter in den Keller ging. Das Dunkel, das ihn umfing, schien Holger nicht zu stören. Zielsicher fand er jede einzelne Stufe, ohne dass er stolperte. Das Quietschen einer Türangel löste in Steven den Impuls aus, laut schreien zu müssen. Dieser Schrei erstarb sofort, als er durch Holgers plötzliche Drehung mit dem Kopf gegen die bröckelige Hauswand geschlagen wurde. Nur kurz hörte er das hässliche Knirschen, als seine Schädeldecke brach. Das Land der Träume erlöste ihn für den Augenblick.

Der unerträgliche Schmerz durchzog Stevens Körper bis in den letzten Winkel. Die Frage, wo sich der Herd dafür befand, konnte er nicht beantworten. Er war einfach überall.

Der Schrei, den er ausstoßen wollte, verhallte ungehört, klang lediglich in seinen eigenen Gedanken. Immer wieder versuchte Steven, den Stopfen in seinem Mund herauszupressen, der ihm Übelkeit verursachte. Vergeblich. Der blutige Lappen saß fest in der Mundhöhle und saugte den Speichel gierig auf, der eigentlich den trockenen Schlund des Mannes benetzen sollte.

Nein, ich werde die Augen nicht öffnen. Ich will nicht sehen, was dieser verfluchte Holger mit mir angestellt hat. Oh Gott, diese Schmerzen. Sie sollen endlich aufhören. Ich halte das nicht aus.

Wie absurd sein Wunsch war, stellte sich heraus, als er Augenblicke später die sanfte Stimme seines Peinigers direkt neben seinem Ohr vernahm. Panisch riss er die Augen auf und blickte in das grelle Licht einer Deckenlampe.

»Willkommen zurück in meiner Welt, du perverses Schwein. Du befindest dich einen Schritt vor dem Tor zur Ewigkeit. Bald wirst du vor deinem Schöpfer stehen und Rechenschaft ablegen. Nein, nicht was du denkst, mein Freund. Es wird nicht dieser viel gepriesene Gott sein. Nein, dich hat der Satan persönlich erschaffen. Und zu ihm wirst du wieder zurückkehren. Ich bin aber derjenige, der dich dafür vorbereiten soll. Sieh, was ich mir von dir als Andenken genommen habe.«

Die nächsten Worte flüsterte er gefährlich leise in Stevens Ohr, sodass dieser direkt in das blutüberströmte Gesicht seines Peinigers blickte.

»Du sollst verdammt noch mal hinsehen!«

Wie durch einen Nebel erkannte Steven einige Tuchfetzen, die über ein Metallgestell wie über eine Wäscheleine gehängt worden waren. Die Schmerzen drohten, ihm die Sinne zu rauben. Sein gesamter Körper brannte wie Feuer.

»Nun, erkennst du, was ich mir genommen habe? Du wirst deine Haut nicht mehr brauchen, dort, wo du bald sein wirst. Ich werde mir daraus etwas Schönes nähen. Das kann ich gut, Steven. Das habe ich schon als Kind von Mama gelernt. Ich hatte eine gute Mama, so wie du. Aber auch einen Vater, der Ähnliches mit mir tat. Ich erlöse dich nun von deinem schändlichen Dasein. Du gehst den Weg all derer, die von der Natur gebrandmarkt wurden. Wir alle sind es nicht wert zu leben. Deine Qualen finden hier bei mir, deinem Erlöser, ein Ende. Ich werde deine Haut auf meiner tragen und immer wieder daran denken, wie dankbar du mir dafür sein wirst, dass dein unwürdiges Leben durch mich beendet wurde.«

Als Steven die Bedeutung dieser Rede registrierte, war es schon zu spät. Mit weit aufgerissenen Augen sah er auf den breiten Metalldorn, den Holger zwischen Stevens Augen aufsetzte und mit einem Hammer tief in die Stirn schlug.

32

Auch Heiner Kaske sah das Unheil kommen, bevor sich der untere Teil der Treppendecke löste und mit lautem Getöse auf ihn und Ralf Schöller herunterdonnerte. Er versetzte geistesgegenwärtig dem Kameraden einen Stoß in den Rücken und hob schützend die Arme über den Kopf. Das Letzte, das er bewusst wahrnahm, war die Tatsache, dass sein Stoß Ralf gegen die Fensterwand des Treppenhauses schleuderte, wo er von herunterstürzenden Teilen verschont blieb. Massive, rot glühende Teile der Treppenstufen hatten sich über Heiner angehäuft und drückten ihn immer mehr in Richtung Innengeländer. Verzweifelt suchte er Halt an jedem Vorsprung, den er zu fassen bekam. Immer wieder rutschten seine Hände, die nur noch von den Handschuhen geschützt wurden, an den glatten Holzteilen ab. Zusätzlich fraßen sich an einigen Stellen die Flammen des brennenden Holzes durch die Schutzkleidung.

Benommen schüttelte Ralf Schöller den Kopf, versuchte, das Geschehene einzuordnen. Noch vor wenigen Augenblicken befand sich sein Freund Heiner direkt hinter ihm, wo sich jetzt nur noch brennendes Holz stapelte. Da war etwas. Eine Stimme war deutlich in seinem Helm zu vernehmen.

»Muss weg hier ... diese Schmerzen ... helft mir bitte ...
Kaske an Leitung ... brauche Hilfe im Treppen...«

Hier brach der Funk ab, übertrug nur noch ein Knistern.
Fast panisch suchte Ralf die vielen Trümmer ab, unter denen
Heiner sich befinden musste und nach Hilfe rief. Irgendwo
unter den brennenden Scheiten musste sein Freund auf ihn
warten. Der Rauch breitete sich immer weiter aus, ließ den
Ort des Geschehens wie im Nebel erscheinen. Rein mecha-
nisch suchte Ralf die Anzeige des Atemschutzgerätes, die
Auskunft darüber gab, dass ihm lediglich noch sechs bis acht
Minuten blieben, bis die rettende Luft ausblieb. Da war es
wieder. Dieses Röcheln.

»Wo bist du, Heiner? Gib mir ein Zeichen. Ich hol dich da
raus, ich hole uns Hilfe.«

Kaum waren die Worte verhallt, erschienen am oberen
Ende der Treppe vier Helme, unter denen sich Kameraden
einer anderen Löscheinheit befanden. Die Männer hatten die
Hilferufe mitgehört und streuten das Löschwasser nun über
das unter ihnen liegenden Durcheinander, unter dem einer
ihrer Kameraden leiden musste. Der Schrei einer der Männer
ließ sie alle für einen Augenblick innehalten.

»Da ist er. Seht ihr die Hand? Direkt neben dem braunen
Stützbalken rechts. Aber Vorsicht, durch das Löschwasser
rutscht das gesamte Holz noch schneller. Wir müssen den
Kollegen erst sichern. Die sollen von der Etage drunter
versuchen, abzustützen oder durch das Fenster kommen. Wir
löschen währenddessen nur die Brandherde, die ihn akut
gefährden.«

Der Mann hielt einen Moment inne, als er beobachtete,
was Ralf versuchte.

»Mensch, Kollege, lass das. Das ist viel zu gefährlich. Ihr werdet dadurch beide abstürzen. Das wird zu schwer für die beschädigte Treppe. Scheiße, bleib zurück.«

Ralfs Augen waren starr auf den Arm gerichtet, der wie ein mahnender Finger aus den qualmenden Scheiten herausragte, umgeben von weißem Dampf des verdunstenden Löschwassers. Immer wieder hörte man die leisen, verzweifelt gemurmelten Worte: »Keine Angst, Heiner, ich hole dich da wieder raus. Wir kriegen das hin. Zusammen sind wir unschlagbar. Das waren wir doch immer.«

Mit Entsetzen hörten alle Männer, die auf diesem Kanal geschaltet waren, den Dialog, der zwischen den Freunden geführt wurde. Keiner versuchte, zu unterbrechen. Selbst Hans Wotan, der im Leitstand die letzten Durchsagen mitgehört hatte, ließ das Sprechgerät sinken, in das er noch Sekunden zuvor den Rückzug von Ralf anordnen wollte.

»Nicht ... du darfst nicht kommen ... Ralf, das ist gut so, wie es ist. Wir wussten doch, dass eines Tages so was passieren würde. Wir sind eben keine Obstverkäufer geworden ... bitte rette wenigstens deinen Arsch.«

Es entstand eine Pause, in der wieder nur das schwere Atmen Ralfs zu hören war, der glühendes Holz beiseite räumte, seinem Freund immer näher kam.

»Nur noch wenige Zentimeter, Heiner ... ich kann dich sehen ... du musst langsam atmen, damit wir Zeit und Sauerstoff zurückbehalten. Die Jungs kommen schon mit Material die Treppe rauf. Die boxen uns hier raus, so wie sie es immer gemacht haben. Nimm meine Hand. Spürst du sie schon?«

»Ja, Ralf, ich hab sie. Es hat aber keinen Zweck mehr. Ich spüre die Schmerzen nicht mehr. Ich glaube, dass mein Rückgrat ... verdammt, Ralf, wir rutschen weg. Hau ab, die Treppe trägt uns beide nicht mehr. Ich rutsche immer weiter.«

Wieder dieses verzweifelte Atmen, bis Heiner wieder die Stimme zurückfand und stockend auf Ralf einredete.

»Hör mir zu, mein Freund. Ich danke dir für die Zeit, die wir hatten. Nun bin ich bald bei Helena. Die wartet bestimmt da oben auf mich. Ich habe es ihr versprochen, dass ich mich um sie kümmern werde. Und noch was: Die Sache da in der Halle – du weißt schon – es tut mir leid. Ich ... ich habe den Mann ...«

Ein schriller Schrei ließ alle, die zuhörten, zusammenzucken.

»Lass mich los, Ralf, sonst werden wir beide ...«

Nun war es Ralf, der einen unmenschlich klingenden Klagelaut durch das Treppenhaus erschallen und die heraneilenden Männer stocken ließ. Er spürte, dass sich Heiner aus seinem Griff zu befreien versuchte. Millimeterweise entglitt ihm der Handschuh des Kameraden, der jetzt stumm, aber mit lautem Getöse durch die Zwischenräume des Hausflurs bis ins Parterre stürzte. Dort blieb Heiner in einer seltsam verkrümmten Position liegen. Ralf, der immer noch auf dem Holzstapel lag, spürte nicht, wie sich die glühenden Holzscheite durch seine Schutzkleidung fraßen, seine Haut verbrannten. Erst als ein Seil auf seinen Rücken klatschte, kam er wieder zu sich. Er griff danach und bemerkte erst in dem Augenblick, dass zwei Kameraden durch das Flurfenster gestiegen waren, zu dem sie ein Rettungskorb befördert hatte. Rein mechanisch sicherte er sich mit dem Seil, bevor er aus dem Gewirr von kokelndem Holz zurück auf festen Boden kroch. Gestützt durch Rettungssanitäter fuhr er langsam hinunter. Am Boden angekommen empfingen ihn stumm die Männer seiner Einheit. Worte waren hier überflüssig, da alle nachempfinden konnten, wie es derzeit in Ralfs Gedanken aussah. Als man ihn in den Rettungswagen schob, winkte er still den Männern zu, die mit gebeugten Schultern wieder ihre Arbeit aufnahmen.

33

Das Team um Liebig arbeitete unablässig an Recherchen, die ihre erstellten Listen verkleinern sollten, verbunden mit der Hoffnung, endlich einen Treffer, etwas Greifbares zu erhalten. Dieser Treffer sollte wieder einmal dem unermüdlich arbeitenden Klaus Spiekermann vorbehalten sein. Als er in Begleitung von Rita Momsen, Peter Liebig und Kriminalrat Rösner in den Raum trat, sahen alle verwundert auf. Liebigs Stimme schallte durch den Raum.

»Sofort das gesamte Team in den Besprechungsraum. Ich brauche dazu die DNA-Abgleiche, die uns bisher vorliegen.«

Liebigs Hand lag auf der Schulter von Spiekermann, als er schließlich loslegte.

»Keiner von uns kann zum jetzigen Zeitpunkt sagen, ob es eine wirkliche Spur zum Mörder darstellt. Doch hat der Kollege Spiekermann durch seinen lobenswerten Einsatz zumindest einen Ansatz geliefert, den wir verfolgen sollten. Ich weiß, dass dieser Verdacht als sehr unwahrscheinlich angesehen werden darf und wir vielleicht einem Mann Unrecht antun, indem wir gegen ihn ermitteln. Schon aus diesem Grund muss die gesamte Arbeit, die wir jetzt vorantreiben, absolut geheim bleiben. Nichts darf nach draußen gelangen. Zum einen würde der mögliche Täter gewarnt, zum anderen wäre der Schaden für ihn später nicht absehbar. Damit alle wissen, worüber wir reden, schreibe ich Ihnen den Namen an die Wand.«

Wie erwartet ging ein Raunen durch Mannschaft, da niemand mit diesem Verdächtigen rechnete. Rösner klopfte auf die Tischplatte und bat um Ruhe. Liebig begann damit, die anstehenden Aufgaben zu verteilen, indem er diese nach Gruppen ordnete und an die Tafel schrieb.

»Wir werden gleich Gruppen bilden, die diese Aufgaben ohne jegliches Aufsehen abarbeiten. Falls ich was vergessen haben sollte, bitte jetzt melden. Ich muss wohl niemandem unter euch erklären, wie wichtig und eilig diese Ermittlungen sind. Ich will diesen Wahnsinnigen endlich vor mir sehen. Der soll kein Kind mehr in die Flammen werfen. Ach, Spiekermann, Ihnen übertrage ich die ehrenvolle Aufgabe, uns schnellstmöglich ein Foto des Mannes zu besorgen. Ich möchte das dem Zeugen aus der Bar vorlegen. Das wäre ein Riesenschritt, wenn der das Schwein erkennt.

Ich brauche Blutgruppe, beruflichen Werdegang, alle Krankheiten, Auffälligkeiten. Ich will wissen, wie oft der in der Schule gefurzt hat und warum. Ihr versteht, was ich sagen will – ich will alles über den Mann wissen. Wir organisieren eine Rundumbeschattung. Wann hat er geheiratet und wo, wann ist der von A nach B gezogen, einfach alles. Was mich besonders interessiert ist seine Kindheit. Ihr wisst so gut wie ich, wie sehr die Kindheit uns Menschen beeinflusst. Spiekermann, Sie teilen die Gruppen ein. Den Bereich Kindheit übernehme ich später selbst. Vorher will ich aber noch etwas überprüfen, da wir auf keinen Fall einen Fehler machen dürfen. Also los, Leute, die Jagd beginnt.«

34

Dr. Haverkamp bat Peter Liebig in sein Büro, das von sub-
modernem Mobiliar bestimmt wurde, das sich dem gesamten
Firmenauftritt anglich. Schon in der Empfangshalle bewunderte Liebig die pompöse Aufmachung dieses Betriebes, der
sich auf die Herstellung und Lieferung von seltenen chemi-
schen Verbindungen spezialisiert hatte. Rösner hatte seinen
Einfluss spielen lassen, um einen schnellen Termin beim
Firmenarzt zu erhalten. Dr. Haverkamp machte keinen Hehl
daraus, dass es ihm in keiner Weise passte, Auskünfte über
Mitarbeiter zu liefern, wollte sich im Vorfeld immer wieder
auf seine ärztliche Verschwiegenheitspflicht zurückziehen.
Erst eine richterliche Anordnung, die ihm Liebig unter die
Nase hielt, beruhigte ihn.

»Ich möchte an dieser Stelle ein weiteres Mal feststellen,
dass ich diese Auskünfte nur unter Protest herausgebe. Ich
habe mir die Akte des Mannes bereits heraussuchen lassen
und werde Ihnen antworten, so es in meiner Macht steht.
Was genau wollen Sie wissen, Herr Hauptkommissar?«

Liebig musste zugeben, dass er diesen arroganten Mann in
seiner Pose, den übereinandergeschlagenen Beinen und den
zusammengelegten Fingerspitzen, nicht mochte. Das schon
früh ergraute Haar, das ihm lang über die Schultern fiel,

verlieh dem Arzt das Äußere eines verwöhnten Dandys. Trotzdem versuchte Liebig, freundlich zu sein.

»Erkennen Sie in dem Bild den Mann, über den wir Auskünfte erbitten?«

Nach einem flüchtigen Blick auf das Foto, zu dem sich Haverkamp nicht einmal nach vorne beugte, nickte er.

»Das ist er. Ich kann mich gut erinnern.«

Ein Hinweis, den Liebig gerne aufgriff, um das Gespräch in Gang zu setzen.

»Sie sagen das mit einem besonderen Unterton. Was muss ich mir darunter vorstellen, dass Sie sich gut erinnern? War er auffällig?«

»Das könnte man so sagen. Immerhin haben wir uns von ihm trennen müssen, obwohl er nach Auskunft des Ressortleiters sehr gute Fachkenntnisse in der Brandbekämpfung besaß. Doch es gab sehr gute Gründe, ihn aus der Position des Einsatzleiters der Werksfeuerwehr herauszunehmen. Schließlich, als er eine Therapie sogar konsequent ablehnte, haben wir uns von ihm trennen müssen. Sie sollten wissen, dass wir hier mit sehr sensiblen Materialien umgehen und nur Mitarbeiter beschäftigen können, die zu einhundert Prozent belastbar sind. Das traf auf diesen Mann nicht mehr zu.«

Allmählich ärgerte es Liebig, dass dieser Mediziner ständig um den heißen Brei herumredete. Er wollte endlich Klarheit haben.

»Sehen Sie, Dr. Haverkamp, wir beide arbeiten in einem Beruf, der uns nicht allzu viel Raum lässt für Small Talk. Zeit ist für uns kostbar. Schon aus diesem Grund möchte ich Sie darum bitten, mir jetzt endlich klar und deutlich zu schildern, warum der Mann für diese Firma nicht mehr tragbar war. Bitte klare Fakten, mit denen ich etwas anfangen kann.«

Liebig war erfahren genug abzuschätzen, welches Chaos in diesem Augenblick in dem Hirn des bornierten Arztes stattfand. Er wog die Schweigepflicht gegen einen richterlichen Erlass ab. Schließlich siegte bei ihm wohl die Vernunft, als er zögernd begann.

»Es waren verschiedene Ereignisse, die uns zwangen, mit ihm Gespräche zu führen. Besonders dringend wurde das, als man uns zutrug, dass der Mann, wenn er sich unbeobachtet fühlte, Haschisch rauchte. Es bestand sogar der Verdacht, dass er auch stärkere Rauschmittel konsumierte. Er stritt das selbstverständlich ab und weigerte sich vehement, sich einem Drogentest zu unterziehen. Ein Kollege, dem er sich Monate zuvor einmal anvertraut hatte, berichtete uns, dass er schon als Jugendlicher dieses Zeug geraucht hat. Nun ist das aus medizinischer Sicht, wie wir heute wissen, nicht unbedenklich, wenn Jugendliche unter fünfzehn Jahren mit Haschisch hantieren. Es ist nachgewiesen, dass es sich schädigend auf das Kleinhirn auswirkt und sogar später zu einem aggressiven Verhalten führen kann. Bestimmte Gene beeinflussen diese Veränderung sogar erheblich.«

Jetzt war Liebigs Neugierde geweckt und er hakte nach.

»Gab es denn Vorfälle in der Firma, die darauf hinwiesen? Um einem Mitarbeiter kündigen zu können, bedarf es ja beweisbarer Vergehen. Gab es die?«

Nun zeigte Dr. Haverkamp zum ersten Mal Spontanität.

»Das kann man wohl sagen, Herr Liebig. Über kleinere Nachlässigkeiten wurde anfangs noch großzügig hinweggesehen. Doch bei einem Brand innerhalb der Produktionsstätte konnte man einfach nicht darüber hinwegsehen, dass die charakterliche Eignung für diesen verantwortungsvollen Job nicht gegeben war. Wenn Menschenleben auf dem Spiel stehen, hört jede Rücksichtnahme für die Firmenleitung auf.«

»Was konkret konnte man ihm vorwerfen?«, wollte Liebig wissen.

»Es war einfach eine unprofessionelle Entscheidung, die er traf. Sie müssen sich vorstellen, dass einem Arbeiter das Malheur passierte, ein Absperrventil nicht vollends geschlossen zu haben. Das fiel einem Kollegen auf, der den Vorfall vorsichtshalber an die Werksfeuerwehr weitergab. Anstatt das Gelände nun wegen der hochgefährlichen Flüssigkeit sperren, besser evakuieren zu lassen, ordnete der Mann an, das Ventil zu schließen und die Chemie abzubinden. Ein unvorsichtiger Arbeiter erzeugte Funken, sodass ein lokal begrenzter Brand entstand. Der Materialschaden war immens. Aber das Schlimmste an der Sache war, dass ein Mitarbeiter der Werksfeuerwehr, der ohne vorgeschriebene Schutzkleidung zur Brandbekämpfung befohlen wurde, den Tod im Feuer fand. Ein Zivilgericht hat den Leiter zwar freigesprochen, doch wir sahen keine Basis mehr für eine Weiterbeschäftigung. Kollegen berichteten hinter vorgehaltener Hand sogar darüber, dass dieser Mistkerl – entschuldigen Sie bitte den Ausdruck – regungslos zusah, wie der Mitarbeiter qualvoll verbrannte. Reicht das für Sie, Herr Hauptkommissar? Ich habe nämlich noch zwei dringende Termine.«

Liebig verließ Haverkamps Büro und blieb noch einen Augenblick an dem großen Panoramafenster stehen, das ihm einen weiten Blick über die Velberter Wälder gestattete. Hatte er den richtigen Riecher gehabt, als er in der beruflichen Vergangenheit des Verdächtigen herumschnüffelte? Zumindest einen Mosaikstein schien er gefunden zu haben. Nun war das Team an der Reihe, weitere hinzuzufügen. Erst wenn das Bild vollständig wurde, hatte eine Anklage wegen mehrfachen Mordes Aussicht auf Erfolg. Das Telefon in der Seitentasche vibrierte.

»Chef? Ich glaube, wir haben das Schwein. Wann sind Sie wieder im Präsidium?«

Liebig sah auf die Uhr.

»Maximal eine Stunde. Ich habe auch etwas beizusteuern.«

35

Die Diskussion innerhalb des Teams war in vollem Gange, als Liebig endlich im Besprechungsraum eintraf. Ohne große Vorreden berichtete er von den Ergebnissen seines Besuches, was gespannte Aufmerksamkeit erzeugte. Als er endete, blickte er sich fragend um.

»Und? Was gibt es bei euch an Neuigkeiten? Macht es nicht so spannend.«

Reinder war es, der die Dinge zusammenfasste, die im Team erarbeitet worden waren.

»Ich ... ich meine, wir sind sicher, dass wir jetzt genug zusammengebracht haben, um dem Kerl ans Leder zu gehen. Da muss ein Haftbefehl drin sein. Einige Nachfragen verstärken den dringenden Tatverdacht. Da kommt einiges zusammen. Wir sind mal zurück bis in die Schulzeit gegangen und konnten bei einem Lehrer, der dort noch heute unterrichtet in Erfahrung bringen, dass es sich bei unserem Verdächtigen um einen sehr auffälligen Schüler handelte. Er soll sich des Öfteren unvermittelt, also ohne tieferen Grund mit anderen Schülern geprügelt haben. Nun ja, das haben wir alle einmal getan. Aber dieser Junge hörte nicht auf, wenn der Gegner am Boden lag. Er schlug und trat immer wieder weiter auf das hilflose Opfer ein. Hat einen sogar gegen den

Kopf getreten, sodass er bleibende Hirnschäden zurückbehielt.«

»Das ist in der Tat ungewöhnlich. Konntet ihr etwas über sein Elternhaus in Erfahrung bringen?« Nach Liebigs Frage schaltete sich Spiekermann dazwischen.

»Als ich hörte, dass Sie nach Velbert fuhren, habe ich schon einmal einen Blick zurück gewagt, Chef. Wenn man es überhaupt als Elternhaus bezeichnen mag, verbrachte er die ersten sieben Jahre bei seinen leiblichen Eltern, die ihn jedoch nachweislich sexuell missbrauchten. Sie haben ihn sogar anderen Männern zur Verfügung gestellt. Als das durch Zufall bekannt wurde, hat man ihn da rausgeholt, die Eltern vor Gericht gestellt und den Jungen zu Pflegeeltern gegeben. Da er jedoch zu Gewaltausbrüchen neigte, landete er Jahre später im Heim. Es wird erzählt, dass er sich irgendwann Taschengeld damit verdiente, dass er sich an Männer verkaufte. Er wurde zum Stricher. Was ich allerdings als bemerkenswert ansehe, ist die Feststellung von Menschen, die ihn näher kannten, dass er auch sehr friedlich und fürsorglich war. Als er seine Frau kennenlernte, verschwanden diese Anfälle gänzlich. Kein Nachbar kann etwas Schlechtes über ihn berichten. Er liebt seine Kinder über alles.«

»Was ist es dann, dass ihr plötzlich so sicher seid, dass er der gesuchte Täter sein könnte? Es fehlt doch noch jeder Beweis«, gab Liebig zu bedenken.

Er wirkte enttäuscht über die bisherigen Berichte, da er sich stichhaltige Beweise versprochen hatte. Spiekermann war jedoch noch nicht fertig.

»Ich habe mit dem Heimleiter telefoniert und ihn nett darum gebeten, einmal in der Liste der damalig untergebrachten Kinder nachzusehen. Jetzt kommt jedoch der Clou! Unser Verdächtiger hat seine Opfer nicht willkürlich hingerichtet. Das steht fest. Alle erwachsenen Opfer waren gleichzeitig mit ihm dort untergebracht. Nun liegt die Vermutung nahe, dass er seine Peiniger bewusst herausgesucht und eine Todesliste erstellt hat. Aber Rita hat da noch etwas Interessantes herausgefunden. Komm, Rita, raus damit.«

Rita Momsen schlug die Mappe zu, in der sie zuvor geblättert hatte.

»Zwei Dinge sind meiner Meinung nach entscheidend, die wir dem Haftrichter vorlegen können. Wir haben uns unter einem Vorwand bei der Familie noch einmal umgesehen und dabei fiel uns mehr zufällig im Bad eine Haarbürste in die Hand. Nun ja, die DNA passt zu einhundert Prozent in das Muster, das wir suchen.«

»Ihr wisst, dass ihr ungesetzlich gehandelt habt und dass dieser Nachweis bei einem möglichen Prozess nicht verwendet werden darf«, schob Liebig ein, »das mal am Rande. Aber weiter, Rita.«

»Auch mehr durch Zufall verriet uns seine Frau, dass sie als Erbe ein älteres Mehrfamilienhaus besitzen, das zum Teil vermietet ist, im Parterre aber noch eine Wohnung von ihnen selbst bewirtschaftet wird. Das ist sozusagen als Hochzeitsgeschenk für das Kind vorgesehen, das als erstes heiratet. Und jetzt kommt der Hammer, Chef. Der Kerl fährt mit einem dunklen Lieferwagen durch die Gegend.«

Alle starrten auf den Hauptkommissar, der sich jedoch weder seine Überraschung noch seine Freude anmerken ließ. Völlig ruhig kam seine nächste Frage.

»Weiß einer von euch, womit der Mann seine Brötchen verdient? Das muss doch ein Job sein, in dem er sich nicht an einem festen Ort aufhalten muss.«

Reinder konnte auch in diesem Punkt Klarheit schaffen.

»Der arbeitet für einen Verlag. Moment. Das ist die Lüchter GmbH in Braunschweig. Die produzieren Fachmagazine. Er akquiriert für ein Feuerwehr-Magazin Anzeigenkunden hier im Ruhrgebiet. Das bedeutet, dass er jegliche Freiheiten hat, was seine Arbeitszeit betrifft. Brauchen wir noch mehr?«

»Gute Arbeit, Leute. Sehr gute Arbeit. Ich werde damit zu Rösner gehen. Ich denke, dass wir den Durchsuchungsbeschluss bekommen werden. Ich brauche noch die Adresse der Zweitwohnung. Die sehe ich als besonders wichtig an, denn der wird, sollte es sich wirklich um unseren Täter handeln, die Opfer nicht zu Hause lagern. Verdammt, die ganze Arbeit hat sich gelohnt. Ganz großartig, Leute. Das dürfte allemal reichen.

Spiekermann, Sie stellen, während ich beim Alten bin, die Teams zusammen. Ich will die an mehreren Stellen gleichzeitig. Die Bude, also die Zweitwohnung übernehme ich selbst. Dafür brauche ich etwa sechs Leute vom SEK. Wir müssen gleichzeitig jemanden bei der Familie haben und notfalls bei möglichen Verwandten. Der soll sich nirgends zurückziehen dürfen. Wenn der entkommt, weiß keiner, wie der reagieren wird. Also müssen wir von Anfang an alles dichtmachen. Haben wir ein Foto vom Verdächtigen? Wenn ja, legt das bitte jemand diesem *Schleckerchen* vor. Ich will sofort Bescheid wissen, wenn die Tunte das bestätigt. Auf geht's.«

36

Die Laternen im Umfeld des Hauses warfen erste Schatten auf den Gehsteig, der vom Nieselregen glänzte. Den Männern vom SEK sollte die schlechte Sicht recht sein, denn so konnten sie sich weitestgehend unbeobachtet dem Zielort nähern. Erste Zweifel kamen auf, ob der Gesuchte überhaupt zu Hause war, als sie die leere Einfahrt bemerkten. Stumme Handzeichen bestimmten, wo sich jeder Einzelne postieren sollte. Liebig beobachtete währenddessen unablässig die Fenster in der unteren Etage. Es blieb alles dunkel. Trotzdem wurde er das Gefühl nicht los, dass sich der Gesuchte in diesem Haus befand. Nur im dritten Stockwerk war das Flimmern eines Fernsehgerätes zu erkennen. Spiekermann, der neben Liebig auf dem Beifahrersitz lauerte, musterte seinen Vorgesetzten, von dem er wusste, dass dessen Hass auf derart gewalttätige Männer übermächtig war. Seit Liebigs Frau durch die Hand eines Wahnsinnigen gestorben war, würde er für seine Reaktionen keine Hand mehr ins Feuer legen. Endlich kam das Zeichen, den Wagen zu verlassen und sich dem Haus zu nähern.

Beide Männer schlugen den Kragen ihrer Westen hoch, um sich vor dem jetzt peitschenden Wind zu schützen. Irgendwo klapperte unablässig ein Fensterladen, was die

Situation gespenstisch wirken ließ. Ein vorbeifahrender Pkw wirbelte den Regen auf, verschwand dann um die nächste Ecke. Die entstehende Ruhe ließ weitere Zweifel daran aufkommen, dass sich überhaupt jemand in der Wohnung befand. Die beiden Beamten, die sich an den vorderen Hausecken postiert hatten, gaben das Zeichen, bereit zu sein. Liebig legte den Finger auf den Klingelknopf und drückte ihn nach einem kurzen Zögern. Spiekermann hatte das Ohr an das Türblatt gelegt, um vorbereitet zu sein, falls sich jemand näherte. Drinnen blieb es still. Auch nach dem zweiten Versuch änderte sich nichts. Plötzlich hörten sie es, dieses leise Quietschen einer Türangel. Spiekermann hob den Finger als Zeichen, dass er es ebenfalls gehört hatte. Danach wieder absolute Stille. Nur der Wind pfiff unangenehm und trug dazu bei, dass Liebig die beiden SEK-Leute herbeiwinkte.

»Sie können jetzt aufmachen, der Gesuchte befindet sich im Haus und will sich der Festnahme entziehen. Wir gehen rein.«

Da es sich um einen relativ einfachen Schließzylinder handelte, dauerte es nur wenige Sekunden, bis die Leute vor einer offenen Tür standen. Bevor Liebig und Spiekermann in den dunklen Flur traten, verschwanden die beiden SEK-Leute wie Schatten durch die Tür ins Innere. Raum für Raum wurde gesichert. Schließlich standen sich die Männer gegenüber und mussten zugeben, dass der Einsatz ohne Erfolg geblieben war. Entschlossen drückte Liebig auf den Lichtschalter. Es überraschte ihn nicht, eine Wohnung vorzufinden, die sich in keiner Weise von Millionen anderer unterschied. Lediglich der Staub, der sich auf dem Mobiliar mit der Zeit angesammelt hatte, zeugte davon, dass hier niemand durchgehend lebte.

»Das sieht hier scheißnormal aus, Chef. Lebt so ein Serienmörder? Wo sind die Leichen? Ich bin mir nicht mehr so sicher, ob ...«

»Seien Sie ruhig, Spiekermann. Hören Sie nichts? Wurde da nicht gerade eine Tür zugeschlagen? Und dieser Geruch. Von irgendwoher kommt dieser komische Geruch. Leute, wir gehen jetzt jeden einzelnen Raum durch, sucht in jedem Schrank. Ich habe ein Gefühl, das mich noch nie getäuscht hat.«

Jeder von ihnen nahm sich einen anderen Raum vor, ohne ein brauchbares Ergebnis abliefern zu können. Sie trafen sich wieder im Flur.

»Merkt Ihr nichts? Hier riecht es stärker. Da stimmt was nicht.«

Liebig begann damit, die Wände abzuklopfen, bis er das Geheimnis des Mörders fand. Unter dem Treppenaufgang zur darüberliegenden Etage entstand ein anderer Ton, der einen Hohlraum vermuten ließ. Nach leichtem Druck auf einen bestimmten Punkt präsentierte sich ein Holzverschlag, der eine Treppe in den Keller freigab. In Bruchteilen von Sekunden richteten die SEK-Beamten die Waffen in das schwarze Loch, das nun einen bestialischen Gestank in die Wohnung trieb. Angewidert traten die Männer zurück.

»Wir haben dieses Schwein, Spiekermann. Rufen Sie die KTU hierher. Ich glaube, dass wir Dinge finden werden, die wir eigentlich gar nicht sehen möchten. So Leute, dann wollen wir mal nachsehen, was uns dieses Schwein präsentieren wird. Sie beide gehen vor. Bitte daran denken, dass ich den Kerl gerne lebend hätte. Nur im wirklichen Notfall schießen.«

Stufe für Stufe stiegen die Männer weiter in die Tiefe, wobei sich der Geruch von verwesendem Fleisch ständig verstärkte. Der Würgereiz wurde übermächtig. Erstaunlicherweise mischte sich ein Geruch nach Chemie darunter, den Liebig und Spiekermann den vielen Gläsern zuordnete, die in den Regalen eingeordnet waren. Bei näherer Betrachtung war erkennbar, dass es sich um menschliche Organe handelte, die sogar mit Namen und Datum versehen worden waren. Sie hatten es nicht nur mit einem kranken Mörder zu tun, sondern auch mit einem Pedanten. Immer wieder beleuchteten die Taschenlampen komplette Herzen, Augen, Nieren und Gehirne. Doktor Frankenstein hätte hier einen Fundus erleben dürfen, der Jubel ausgelöst hätte. Ein Ersatzteillager für mehrere menschliche Nachbildungen. Liebig blieb nachdenklich mitten in dem ersten Kellerraum stehen und überlegte, warum dieser Verwesungsgeruch so penetrant vorhanden war, obwohl die Organe doch wie in Einweckgläsern versiegelt worden waren. Es musste hier noch eine weitere Quelle geben, die dafür verantwortlich war.

»Mach doch mal die Kellerfenster auf, das ist ja nicht auszuhalten hier. Ich denke, dass der Vogel bereits ausgeflogen ist. Dann können wir doch auch die Taschenlampen ausmachen und die Deckenbeleuchtung nutzen.«

Spiekermann hielt immer noch das Taschentuch vor die Nase, als er das den beiden Polizisten zurief. Sofort zog ein frischer Windhauch durch den Kellerraum, der die Männer aufatmen ließ. Der Lichtstrahl von Spiekermanns Lampe fiel auf eine weitere Kellertür, auf die er spontan zuging. Mit vorgehaltener Waffe öffnete er die mit Latten verstärkte Tür und trat würgend zurück. Der Geruch, der ihnen nun entgegenschlug, war derart ekelerregend, dass sich alle Männer gleichzeitig übergaben. Einer der SEK-Beamten bekam nicht mehr rechtzeitig den Gesichtsschutz zur Seite, sodass sich das Erbrochene innerhalb seines Anzugs verteilte. Erschöpft stützten sich die Männer an der Wand ab und versuchten, die wenige Frischluft zu erhaschen, die von außen eintrat. Spiekermann fasste sich als erster und näherte sich wieder der Kellertür. Die beiden SEK-Leute schoben sich an ihm vorbei und sicherten den Raum. Der Strahl von Spiekermanns Stablampe erfasste das Loch im Boden, in dem noch die untere Hälfte einer männlichen Leiche zu erkennen war. Der Mörder musste bei seiner Arbeit gestört worden sein.

»Das ist ja Wahnsinn. Was hat dieses Tier bloß mit dem gemacht? Das sieht aus, als hätte der ihm vorher die Haut abgezogen. Und was ist das für ein Geruch? Hat der den Leichnam vorher mit Sprit gesäubert?«

Liebigs Warnung kam eine Sekunde zu spät. Längst hatte einer der SEK-Beamten den Lichtschalter gedrückt, der das Gasgemisch entzündete.

37

Der Feueralarm traf in der Leitstelle ein und alarmierte die Männer, die gerade eine neue Runde Monopoly begonnen hatten. Die ersten Wagen verließen schon nach drei Minuten die Halle und bahnten sich einen Weg durch den Nieselregen. Um diese frühabendliche Zeit stellte sich ihnen kaum Verkehr in den Weg, sodass sie zügig vorankamen. Als Hans Wotan den Wagen der Einsatzleitung vor dem Haus abbremste, schlugen schon die Flammen aus den Kellerfenstern und fraßen sich gierig an der Außenmauer hoch. Sie verzehrten die wenigen Efeuranken, die sich den Weg am Regenrohr entlang erkämpft hatten. Noch während Wotan das Fahrzeug verließ und die Lage einzuschätzen versuchte, rollten Roland Moschus und Harald Schneider die ersten Schläuche aus. Jede Bewegung war trainiert, was auch das zweite Team mit Ralf Schöller und seinem neuen Partner Thomas Mertens betraf. Auf Wotans Anfrage hin konnte der Mann, der sogar gebürtiger Essener ist, von Duisburg hierhin versetzt werden. Der harte Strahl des Löschwassers presste die Flammen schnell zurück in die Kellerräume, die jetzt weißen Wasserdampf durch die Gänge bis zur Haustür trieben. Weitere Männer mit Atemmasken drangen in das Gebäude ein und löschten die noch verbliebenen Brandherde, die sich Gott sei Dank nicht weiter über die anderen Etagen ausbreiten konnten. Die restlichen Männer des SEK unterstützten die Feuerwehrmänner, so gut es möglich war. Hans Wotan nahm einen von ihnen zur Seite.

»Was läuft denn hier ab, Männer? Warum seid ihr überhaupt hier?«

Als ihm die Erklärung geschildert wurde, bekam sein Gesicht eine besondere Härte. Ohne weitere Rückfragen sprang er zur Haustür und bahnte sich einen Weg zur Kellertreppe. Energisch winkte er die beiden Rettungssanitäter herbei und trieb sie vor sich her die Treppe hinunter. Noch immer war der Rauch nicht vollständig abgezogen, der ihm die Sicht einschränkte. Kaum hatte er die unterste Treppe erreicht, als er die leblos daliegenden Körper entdeckte. Zwei kräftige Hände zerrten an seinem Hosenbein, ließen es nicht mehr los. In Sekundenschnelle zogen die Rettungskräfte ihre mitgeführten Rettungshauben über die Köpfe von Peter Liebig und Klaus Spiekermann, wuchteten sie die steile Treppe hinauf und weiter zum Einsatzfahrzeug.

»Die müssen sofort in die Klinik. Die sollen die Druckkammer bereitmachen. Beide Männer atmen noch. Die anderen suchen sofort nach den beiden SEK-Leuten.«

Wotan selbst war es, der die Einsatzkräfte in dem Raum fand, in dem die Explosion stattgefunden hatte. Jede Hilfe kam hier zu spät. Die kurze Zeit in der Flammenhölle hatte ausgereicht, ihre Körper zu verbrennen. Als Hans Wotan wieder in die Nacht hinaustrat, trafen die Leute der Spurensicherung ein.

»Tja, das wird noch etwas dauern, bis ihr da unten arbeiten könnt. Die Räume müssen erst abkühlen. Einsturzgefahr besteht meines Erachtens nicht unbedingt. Aber da liegen etliche Leichenteile rum. Für euch sicher das Eldorado.«

»Was ist mit den Kripoleuten?«, wollte Dr. Schiller wissen, der aus, welchen Gründen auch immer, die Nachricht über die beabsichtigte Festnahme erhalten hatte.

Wotan nahm ihn beiseite und erklärte ihm die Lage.

»Sie sprechen sicher von Liebig und seinem Stellvertreter. So wie ich es beurteilen kann, haben zumindest die beiden halbwegs Glück gehabt, wenn man das überhaupt so sagen darf. Da hat eine Explosion stattgefunden, die die beiden weggeschleudert haben muss. In der Kürze der Zeit habe ich zumindest keine größeren Verletzungen feststellen können. Prellungen vielleicht. Was mir mehr Sorgen bereitet, ist die Rauchgasintoxikation. Noch kenne ich die Zusammensetzung des Gases da unten nicht, aber ich habe die Jungs vorsorglich zur Druckkammer bringen lassen. Hoffen wir, dass die wiederhergestellt werden können. Für mich ist der Gedanke grausam, dass dieses Tier zum Schluss auch noch vier Polizisten auf dem Gewissen hat. Ach, zwei SEK-Leute hat er doch erwischt. Die liegen noch unten. Ich dachte mir, dass ihr ...«

Schiller stand mit hängenden Schultern vor dem Einsatzleiter und flüsterte nur noch: »Das ist in Ordnung, Sie haben richtig gehandelt. Eine weitere Person haben Sie da unten nicht gefunden? Dann muss diese Bestie noch frei herumlaufen. Ich muss das zur Zentrale melden. Sie sagen mir Bescheid, wenn wir runtergehen können?«

»Selbstverständlich. Wir werden jetzt noch nach Glutnestern suchen und dann die Kellerräume freigeben.«

Kurz bevor Dr. Schiller die Zentrale anwählen konnte, legte sich die Hand von Reinder auf seinen Arm.

»Lassen Sie Doc, ich habe das schon gemeldet. Eine Einheit ist auf dem Weg zu seiner Wohnung. Verdammt, Rita Momsen ist dort – ganz alleine.«

In dem Augenblick, als das Telefon in Ritas Manteltasche vibrierte, fuhr ein schwarzer Lieferwagen vor das Haus, dem der Fahrer entstieg und mit langen Schritten auf die Haustür zueilte. Die kleine Klara sah aufgeregt zum Fenster und stürmte los.

»Ich habe es dir doch gesagt, dass mein Papa gleich kommt. Er hat es mir versprochen. Jetzt können wir zusammen spielen. Pass auf, der hat mir bestimmt was Süßes mitgebracht, wovon Mama nichts wissen soll. Du darfst uns nicht verraten – großes Ehrenwort?«

Klara hob die kleine Hand, in die Rita noch völlig irritiert einschlug. Nun rannte die Kleine los, um ihrem Vater um den Hals zu fallen. Tatsächlich schob er dem Mädchen einen Schokoriegel in die Tasche, bevor Bianca Kallweit den Flur betrat. Ein langer Kuss folgte. Endlich nahm Rainer Kallweit die Besucherin wahr, eilte freundlich lächelnd auf Rita zu, die unauffällig nach ihrer Waffe tastete.

»Das ist aber ein überraschender Besuch. Sind Sie nicht die Kommissarin, die uns die Nachricht von Svens Tod überbrachte? Gibt es Neuigkeiten dazu? Sagen Sie bloß, dass Sie den Täter bereits gefasst haben. Das wäre für uns eine wahre Befriedigung – nicht wahr, Bianca. Ich sehe, Sie spielen mit der Kleinen. Das ist ja toll. Ich komme auch gleich dazu. Dann können wir uns unterhalten. Muss mich nur eben frisch machen. War heute ein schlimmer Tag.«

Rainer Kallweit entfernte sich Richtung Bad, aus dem kurz darauf das Rauschen von laufendem Wasser zu hören war. Er tupfte sich die letzten Wassertropfen aus dem Gesicht, als er sich zu seiner Familie gesellte, die im Wohnzimmer wartete. Rita überlegte angestrengt, wie sie mit dieser so unwirklichen Situation umgehen sollte.

War das der Mann, der etliche grausame Morde auf sein Gewissen geladen hatte? War das der Mensch, der sie anschließend verbrannte, um alle Spuren zu beseitigen? Dieser Familienmensch sollte seine zumeist männlichen Opfer noch vergewaltigt haben? Das konnte nicht sein. Sie saß in diesem Augenblick neben einem Mann, wie ihn sich eine Familie nur wünschen kann.

Fasziniert verfolgte Rita den Austausch der Familienmitglieder über den abgelaufenen Tag, so wie es anscheinend jeden Tag bei ihnen in dieser Harmonie passierte. Vater Kallweit beteiligte sich fröhlich lachend an dem gemeinsamen Monopolyspiel. Nichts ließ den Verdacht zu, dass Rita nur wenige Zentimeter neben einem Serienmörder saß. Die Zweifel an der Theorie mehrten sich.

Das aufflackernde Blaulicht vor der Tür riss Rita aus ihren Gedanken. Mit Erschrecken erkannte sie die vielen dunklen Schatten, hinter denen sie kampfbereite Männer des SEK vermutete. Sie verteilten sich rund ums Haus, um Augenblicke später wie riesige Monster hinter den großen Scheiben der Terrassentür aufzutauchen. Erst jetzt bemerkte die kleine Klara die Männer und schrie auf. Sie krallte sich panisch an ihren Vater, der schützend, nicht wissend, was sich in diesem Augenblick tat, die Arme um seine Tochter schlang. Auch Bianca Kallweit starrte auf die Gestalten, die ihre Maschinenpistolen im Anschlag hielten und auf ihren Mann zielten.

»Was ... was ist hier los? Was machen die vielen Männer im Garten und warum haben die Gewehre? Frau Momsen, helfen Sie uns bitte«, stammelte Bianca.

Klaras weit aufgerissene Augen trafen auf die von Rita Momsen, die fast entschuldigend die Antwort formulierte.

»Die Männer sind hier, um deinen Papa abzuholen, Klara. Sie müssen ihm viele Fragen stellen. Es wird ihm nichts passieren, da werde ich drauf aufpassen. Aber du musst ihn jetzt bitte loslassen, damit er mitgehen kann. Und Sie, Frau Kallweit, öffnen den Polizisten bitte die Tür, bevor sie die einschlagen. Wir wollen doch das Kind nicht verängstigen.«

Die Familie Kallweit saß nach wie vor in völliger Starre im Zimmer und machte keine Anstalten, Ritas Aufforderung Folge zu leisten. Klara begann zu weinen und klammerte sich noch stärker an ihren Vater, der ihr beruhigend über das Haar strich und ihr einen Kuss auf die Stirn gab. Bianca Kallweits Hände bewegten sich ständig über ihren Bauch, der zeigte, dass sie mindestens im siebten Monat sein musste. Ihre Augen waren plötzlich in die Ferne gerichtet, als wäre sie der Realität entrückt.

»Frau Momsen«, begann Rainer Kallweit, »können Sie mir erklären, was dieser seltsame Überfall zu bedeuten hat? Hat es irgendwas mit dem Tod von Sven zu tun? Wenn die Männer Fragen haben, müssen die doch nicht mit einer ganzen Armee anrücken. Was sollen die Nachbarn von uns denken? Eine Nachricht hätte genügt und ich wäre ins Präsidium gekommen. Darüber werde ich mich an höchster Stelle beschweren. Sagen Sie den Menschen, dass sie von meinem Grundstück verschwinden sollen. Ich werde selbstverständlich mitkommen, wenn es der Aufklärung dient. Ich hole sofort meine Jacke. Nehmen Sie solange die Kleine?«

Ritas Hand ruhte auf der Waffe, als Rainer Kallweit aufstand und zur Garderobe ging.

»Schätzchen, nicht weinen. Papa ist gleich wieder da. Das verspreche ich dir. Du hilfst Mama noch beim Aufräumen, bevor du ins Bettchen gehst. Wenn ich wieder da bin, gebe ich dir noch einen Gute-Nacht-Kuss. Frau Momsen? Wir können gehen.«

Als er seine Frau, die immer noch auf einen imaginären Punkt starrte, auf die Stirn küsste, schien sie das gar nicht wahrzunehmen. Nur ihre Hand versuchte verzweifelt, seine festzuhalten, bevor er vor Rita zur Haustür schritt. Als er sie öffnen wollte, hielt ihn Rita zurück. Sie zog die Tür einen Spalt auf und wechselte wenige Worte mit den Männern, die dahinter lauerten. Dann geleitete sie Rainer Kallweit zum Wagen, an dem der Kollege Reinder mit fragendem Blick wartete. Der Lauf seiner Waffe war auf die Stirn von Rainer Kallweit gerichtet. Völlig ruhig drückte sie seinen Arm nach unten.

»Keine Handschellen bitte.«

Rita hinderte den erstaunt dreinblickenden Reinder daran, Kallweit Handfesseln anzulegen. Niemand sprach ein Wort auf dem Weg ins Präsidium.

38

Der Besucherraum auf Etage fünf der Klinik war heute ausschließlich von der Kripo besetzt worden. Liebig und Spiekermann saßen grinsend in ihren Stühlen und ließen die vielen Glückwünsche über sich ergehen. Spiekermann freute sich besonders über die Reibekuchen, die Rita speziell für ihn gebacken hatte. Selbst Rösner hatte es sich nicht nehmen lassen, sich dem Tross, bestehend aus Reinder, Momsen und zwei weiteren SoKo-Teammitgliedern anzuschließen. Als sie glaubten, dass sie vollständig wären, öffnete sich die Tür und ein großer Mann betrat den Raum.

»Hoh, hoh – das ist aber eine Überraschung. Der Einsatzleiter persönlich. Wir grüßen Sie, Herr Wotan.«

Peter Liebig streckte dem schüchtern lächelnden Mann die Hand entgegen und zeigte seine ehrliche Freude, aber auch Teilnahme.

»Es tut mir sehr leid um Ihren Kameraden Kaske. Ich hörte davon. Wenn mir dieser kleine Unfall nicht dazwischen gekommen wäre, hätten Sie mich an seinem Grab gefunden. Das werde ich bestimmt nachholen. Setzen Sie sich zu uns. Es gibt viel zu bereden.«

»Ich hörte, dass ihr den Wahnsinnigen endlich gefunden und hinter Gitter gebracht habt. Meinen Glückwunsch. Der hat uns allen ja auch viele Sorgen bereitet. Der Anblick war nicht immer schön«, schob Hans Wotan hinterher.

An dieser Stelle meldete sich Rita zu Wort.

»Hinter Gitter ist in diesem Zusammenhang zu banal, sehr vereinfacht ausgedrückt. Kallweit befindet sich in der Forensik, in der er wohl auch nach seinem Gerichtstermin verbleiben wird. Klar freue auch ich mich darüber, dass dieser Wahnsinn endlich ein Ende fand, doch habe ich auch Mitleid mit ihm und seiner Familie. Das hört sich zwar bescheuert an, doch Dr. Afarid gab mir eine Erklärung, die mich nachdenklich gemacht hat.«

»Wie kann man mit einer solchen Kreatur Mitleid haben? Selbst wenn der ein so hochgelobter Vater war, ist und bleibt er ein Mörder. Da beißt die Maus keinen Faden ab. Schließlich hat er seinen eigenen Sohn hingerichtet.«

Wotan zeigte seinen Unmut über diese für ihn unqualifizierte Äußerung. Rita ließ das aber nicht im Raum stehen.

»Wir sind noch einmal in seine Vergangenheit, seine Kindheit zurückgegangen. Die würden Sie sich nicht wünschen. Wenn Sie schon als Kind gequält und missbraucht werden, begleitet Sie das ein Leben lang. Als er sich endlich von diesen Eltern befreit fühlte, ging es bei den Pflegeeltern weiter. Selbst im Heim wurde er von den älteren Jungen missbraucht, von dem Personal wollen wir hier gar nicht reden. Für ihn wurde dieses Leben, diese Opferrolle irgendwann Normalität, sodass er sich sogar als Strichjunge später zumindest eine Zeit lang einen Zusatzverdienst verschaffte.«

»Aber das ist doch keine Entschuldigung für die Morde, junge Frau. Wenn jeder mit dem Töten beginnt, der nicht heterosexuell ist, rottet sich die halbe Menschheit aus. Das ist ein Monster.«

Fast mitleidig betrachtete Rita diesen gestandenen Mann, der so manches Leben gerettet hatte.

»So ganz unrecht haben Sie eigentlich gar nicht, Herr Wotan. Nur besteht der Unterschied darin, dass nur ein Teil von ihm zum Monster mutierte – ein Teil, von dem Rainer Kallweit aber nichts wusste. Er erkrankte vermutlich irgendwann an einer dissoziativen Identitätsstörung, besser bekannt als multiple Persönlichkeitsstörung. Dieser Holger Horch, wie er sich in dieser Rolle nannte, entwickelte einen abgrundtiefen Hass gegen das, was aus ihm gemacht wurde. Er wollte das Böse ausrotten, es sogar verbrennen. Dieser Trieb seines anderen Ich trieb ihn so weit, dass er sogar seinen eigenen Sohn hinrichtete, später dann dessen schwulen Freund. Das geschah jedoch, ohne dass sein normales Ich als Rainer Kallweit es überhaupt wusste. Dieses Wunder des menschlichen Unterbewusstseins durfte ich erleben, als man ihn verhaften wollte. Er versteht bis heute nicht, dass es ihn eigentlich zweimal gibt. Der eine weiß nichts vom anderen.«

Liebig schaltete sich dazwischen, da selbst ihm etwas nicht klar wurde.

»Doch ist es recht ungewöhnlich, dass jemand einen solchen tödlichen Hass gegen seine eigenen sexuellen Neigungen entwickelt. Er hätte sich dann ja auch selbst hinrichten müssen.«

»Vielleicht wäre das sogar eines Tages geschehen. Wer weiß? So wie Dr. Afarid es darstellt, kam noch die Sehnsucht dazu, endlich auch einmal Macht ausüben zu können.

Lange genug hatte er gelitten. Es klang für mich anfangs befremdlich, als er meinte, dass Kallweit es genoss, Dinge zu tun, die viele andere Menschen selbst gerne getan hätten. Sicherlich überspitzt dargestellt, aber denken Sie einmal an all die Schwulenhasser. Dann macht es sogar Sinn. Dass er mit klarem Kalkül und viel Verstand vorging, beweist seine Todesliste. Doch verurteilen können wir nur den einen Teil von ihm, wobei sich keiner sicher sein kann, ob uns dieser Horch jemals wieder begegnen wird. Die Möglichkeit besteht, so sieht es Dr. Afarid, dass über einen Menschen ein Urteil gefällt wird, der von seinen Taten nichts weiß – ein Mann, der aus forensischer Sicht unschuldig ist.«

In der Runde trat einen Augenblick lang Stille ein. Ritas Erklärungen wirkten bei allen nach. Spiekermann sprach aus, was alle dachten.

»Interessante Darstellung unserer lieben Kollegin, die mir großen Respekt abringt. Ich freue mich, mit einer zukünftigen Profilerin zusammenarbeiten zu dürfen. Doch mal im Ernst. Mir tut seine Familie so leid. Er war ein so wundervoller Vater, obwohl seine gesamte Kindheit verkorkst war. Ich frage mich immer wieder, ob man zum Mörder bereits geboren wird.«

– Nachwort –

Liebe Leserinnen und Leser,
hat Sie auch dieses Buch wieder gut
unterhalten können und die erwartete Spannung geliefert?
Weitere Romane aus meiner Feder finden Sie im Anhang.

Wir Autoren wären oftmals relativ hilflos, wüssten wir nicht diese
wichtigen Helfer im Hintergrund, die vor der Veröffentlichung eines
Buches den strengen Blick auf die Texte werfen.
Meinen Dank richte ich dabei an vier
großartige, von mir geschätzte Frauen:
Sonja Kindler, Andrea Schmidt, Stefanie Stoltenberg
und Anne Philipps.
Meinen besonderen Dank richte ich diesmal an die tapferen Männer
der Recklinghäuser Feuerwache, zwischen denen ich mich zu
Recherchezwecken aufhalten durfte.
Ihre Geduld bei der Beantwortung meiner Fragen verdient größten
Respekt. Ich habe viel über diesen Berufsstand lernen dürfen, dem
derzeit so viel unangebrachte Ablehnung entgegenschlägt.
Vor allem ihnen ist dieses Buch gewidmet. Danke, für alles, was ihr
zum Wohle der Allgemeinheit leistet.

Persönliche Anmerkungen und ein Feedback können Sie mir gerne
unter h.c.scherf@gmx.de zukommen lassen.
Sie erhalten garantiert zeitnah eine Antwort.

Ihr H.C. Scherf

ISBN 978-3738622706

Band 2 aus der Reihe Liebig/Momsen

Als Taschenbuch und Ebook in allen Buchhandlungen und Online-Shops.

Inhalt:

»Die Qualen der Zelle liegen hinter ihr –
Doch die Hölle der Freiheit erwartet sie bereits«

Sieben Jahre teilte Daniela die Zelle mit Psychopathinnen. Totschlag war ihr
Verbrechen, für das sie lange sühnte.
Nun steht sie vor dem Tor der JVA und einer Freiheit gegenüber,
die keine ist.
Unerbittlich begegnet ihr die Familie mit Ablehnung. Als sie in einen Strudel
aus Gewalt gezogen wird, sehnt sie sich zurück in den Regelbetrieb des Straf-
vollzugs.
Ein perverser Serienmörder und ein brutaler Zuhälter reißen sie in den Vorhof
zur Hölle.
Ausgerechnet ein Ermittler steht ihr zur Seite, den die Vergangenheit mit den
Taten des perfiden Mörders verbindet.

ISBN 978-3749410620

Band 1 aus der Reihe Liebig/Momsen

Als Taschenbuch und Ebook in allen Buchhandlungen und Online-Shops.

Inhalt:

»Du bist stärker als deine Angst! Sie spürt es und wird nachgeben.«

Die geflüsterten Worte sollen Sarah beruhigen, ihre Höhenangst endgültig besiegen. Ein Psychopath nutzt die Urängste der Menschen, um sie in den Tod zu treiben.

Sein perfider Plan geht bei den Schutzbedürftigen einer Selbsthilfegruppe auf, die ihre Phobien bekämpfen möchten.

Wird Peter Liebig, Hauptkommissar im Essener Morddezernat, die Pläne des Wahnsinnigen durchkreuzen können?

Der Täter hinterlässt keine Spuren. Erst als der erfahrene Beamte in die Hölle des Killers hinabsteigt, entdeckt er dessen Geheimnis.

Ein Psychoduell beginnt, das zwei völlig verschiedene Welten aufeinanderprallen lässt.

ISBN 978-3752892178
Band 5 aus der Reihe Spelzer/Hollmann
Als Taschenbuch und Ebook in allen Buchhandlungen und Online-Shops.

Inhalt:

Der Frieden ist nur Schein - hinter ihm lauert der Tod

Eine ganze Region zittert vor ihr, obwohl sie Schutz versprach. Eine schöne
Frau regiert nach dem Tod des Don unnachgiebig eine italienische Region. Nur
einer durchschaut ihr Intrigenspiel, kennt ihr Geheimnis, das sie angreifbar
macht. Geduldig wartet er auf den Tag der Abrechnung.
Ein grausamer Mafiakrieg, in den die Gerichtsmedizinerin Karin Hollmann,
Hauptkommissar Spelzer und ein Serienkiller unaufhaltsam hineingezogen
werden. Sie versuchen, Unschuldige zu schützen.

Obwohl die Handlungsabläufe in sich abgeschlossen sind, empfiehlt es sich,
die Bücher in der Reihenfolge zu lesen.

Die Spelzer/Hollmann-Reihe:

KALENDERMORD - Band 1
DER SERBE - Band 2
MORDTIEFE – Band 3
BRANDZEICHEN – 4

ISBN 978-3752877953

Band 4 aus der Serie Spelzer/Hollmann

Als Taschenbuch und Ebook in allen Buchhandlungen und Online-Shops.

Inhalt:

»In mir hat der Satan ein Zuhause gefunden. Tust du nicht das, was ich von dir verlange, wirst du genau ihn von seiner fantasievollsten Seite kennenlernen.«

Die Drohungen treiben dem korrupten Polizisten kalte Schauer über den Rücken.

Während Doktor Karin Hollmann und Oberkommissar Spelzer einen Satanisten verfolgen, der im Ruhrgebiet seine Opfer sucht und findet, versucht der Serienmörder Pehling, an seinem Zufluchtsort neue Gegner abzuwehren.

Aber nur, wenn sich die so unterschiedlichen Weggefährten zusammenschließen, haben sie eine verschwindend geringe Chance. Sie müssen verhindern, dass ein Satansjünger seine Visionen vom Reich des Antichristen verwirklichen kann.

Der Weg dahin fordert einen blutigen Tribut, denn der Gegner scheint nicht von dieser Welt.

Obwohl die Handlungsabläufe in sich abgeschlossen sind, empfiehlt es sich, die Bücher in der Reihenfolge zu lesen.

Die Spelzer/Hollmann-Reihe:

KALENDERMORD - Band 1
DER SERBE - Band 2
MORDTIEFE – Band 3

ISBN 978-3752834215

Band 3 aus der Serie Spelzer/Hollmann

Als Taschenbuch und Ebook in allen Buchhandlungen und Online-Shops.

Inhalt:

»Da unten ist die Hölle«

Die Taucher der Essener Wasserschutzpolizei müssen weit über ihre psychischen Grenzen hinausgehen, als sie das Depot eines Killers in der Tiefe räumen.

Welcher Wahnsinnige versteckt die Toten im Essener Baldeneysee?

Wieder einmal stehen Rechtsmedizinerin Karin Hollmann und ihr Freund, Oberkommissar Sven Spelzer vor Mädchenleichen, die ihnen viele Rätsel aufgeben.

Wie weit geht ein skrupelloser Gangsterboss, um den gewaltsamen Tod seines Bruders zu rächen?

Zwei scheinbar unabhängige Fälle bringen die Ermittler selbst in Lebensgefahr. Ein friedliches Naherholungsgebiet entpuppt sich als Spielwiese für einen irren Mörder.

Obwohl die Handlungsabläufe in sich abgeschlossen sind, empfiehlt es sich, die Bücher in der Reihenfolge zu lesen.

Die Spelzer/Hollmann-Reihe:

ISBN 978-3746055879

Band 2 aus der Serie Spelzer/Hollmann

Als Taschenbuch und Ebook in allen Buchhandlungen und Online-Shops.

Inhalt:

»Der ist definitiv ertrunken. Die haben ihn noch lebend ins Wasser geworfen, dabei nicht mal seine Hände gefesselt.«

Die Aussage der Rechtsmedizinerin Karin Hollmann ist klar und deutlich. Sven Spelzer, mit dem sie schon den Serienmörder Pehling zur Strecke brachte, weiß von Anfang an, wen er für diesen Zeugenmord zur Verantwortung ziehen muss.

Die Soko wurde gebildet, um den ›SERBEN‹, wie sie den Gewaltverbrecher nennen, nach Jahren der Erfolglosigkeit, endlich zur Strecke bringen zu können.

Brutalster Drogen- und Menschenhandel wird ihm zur Last gelegt.

Mögliche Belastungszeugen verschwinden meist spurlos.

Doch wer ist der unsichtbare Helfer im Hintergrund?

Gibt es einen Maulwurf in den Reihen der Polizei?

Wieder werden die beiden Ermittler in einen Einsatz hineingezogen, der sie, wie schon im ersten Band dieser Reihe, an die Grenzen treibt. Als sie bereits an den sicheren Zugriff glauben, hat der Teufel längst die Falle gebaut.

Alle Thriller der Reihe sind zwar abgeschlossen und könnten auch unabhängig voneinander gelesen werden. Doch der Spannungsbogen ist größer, wenn die Reihenfolge eingehalten wird.

ISBN 978-3746067858
Band 1 aus der Serie Spelzer/Hollmann
Als Taschenbuch und Ebook in allen Buchhandlungen und Online-Shops.

Inhalt:

Der Wald rund um die Ruine der Essener Isenburg - eine Oase der Ruhe und des Friedens. Das ändert sich mit dem Fund einer ersten, grausam zugerichteten Leiche.

Kommissar Sven Spelzer, als erfahrener Leiter der Mordkommission, begegnet einem Serienkiller, der präzise seine unvorstellbaren Taten plant.

Der Täter preist seine Morde als Kunstwerke.

Wenn bisher ein System sein Wirken steuerte, so ist es die Gier Außenstehender, die eine unfassbare Lawine der Gewalt auslöst.

Gemeinsam mit der Rechtsmedizinerin Karin Hollmann begibt sich Spelzer auf die Suche nach dem Wahnsinnigen. Sie ahnen nicht, welche Hölle die Bestie schon für sie vorbereitet hat.

Kalendermord - der erste Fall für dieses Ermittlerteam, der sie sofort an ihre Grenzen zwingt.

ISBN 978-3744873024
Als Taschenbuch und Ebook in allen Buchhandlungen und Online-Shops.

Inhalt:

„Gib diese Frau auf, denn die Zeit auf dieser Erde ist endlich ... besonders für
sie."

Die Warnung ist eindeutig, die der erfolgreiche Schriftsteller Jan Hellman
in dem Umschlag vorfindet.

Niemals wieder hat er eine Verbindung eingehen wollen. Die Trennung von
Claudia saß noch wie ein Stachel in seinem Herzen. Sein Single-Dasein war
beschlossen.

Doch das Schicksal hatte eigene Pläne gehabt. Sandra veränderte alles.

Jetzt aber hält er diesen Drohbrief in den Händen.

Bei Jan Hellmann und den eingeschalteten Ermittlern keimt der Verdacht, dass
ihn der Gegner gut kennen muss.

Lebt der Verursacher dieser Grausamkeiten in einem vertrauten Umfeld?

Ekelige Tierkadaver und weitere Drohbriefe verstärken die Angst.

Perfekt getarnt treibt der Täter sein perfides Spiel. Die Einschläge, die Opfer
und Polizei weiter rätseln lassen, kommen immer näher, werden immer brutaler.

Eine Liebe, an deren Erfüllung sich mit jeder gelesenen Seite die Zweifel
mehren.

Eine Beziehung, die direkt auf den Vorhof der Hölle zusteuert.

H.C. SCHERF

THRILLER
Der Flug der Libellen

ISBN 978-3744869997

Als Taschenbuch und Ebook in allen Buchhandlungen und Online-Shops.

Inhalt:

Seit Jahren verschwinden Prostituierte im Ruhrgebiet.

Keine Leichen. Keine Spuren.

Nichts kann den Killer aufhalten.

Die erst 10jährige Andrea Lesbe und ihr gleichaltriger Freund leiden schon in der
Schule unter Mobbing. Die Mitschüler machen ihnen das Leben zur Hölle.

Was die Kinder zu diesem Zeitpunkt nicht wissen können:
Ein Hurenmörder beginnt gleichzeitig sein perfides Werk.

Unaufhaltsam verbindet sich ihr Schicksal mit dem des irren Killers.

Als Andrea als Erwachsene wieder in ihre Heimatstadt Essen zieht, trifft sie nicht
nur auf den einstigen treuen Freund.

Sie begegnet auch einem geheimnisvollen Fremden, der sie magisch anzieht.

Hauptkommissar Schlicht ermittelt mit seiner Soko seit 16 Jahren erfolglos im Fall
eines vermissten Kindes und der beängstigenden Mordserie. Erst als der Killer
die Abstände seiner grausamen Taten verkürzt, finden sich erste Spuren.

Damit das Geheimnis um den Serienkiller gelüftet werden kann, müssen die Betei-
ligten in den Vorhof zur Hölle hinabsteigen.

Erst dort begegnen sie der grausamen Wahrheit.

»Ein Thriller, der die schmale Kluft zwischen Normalität und dem menschlichen
Wahnsinn spannend beschreibt.«

ISBN 978-3752856873

Als Taschenbuch und Ebook in allen Buchhandlungen und Online-Shops.

Inhalt

Als sich die Zellentür für Dirk Rasper nach vielen Jahren vorzeitig öffnet, ahnt Hauptkommissar Klare nicht, welche Welle der Gewalt er damit auslöst. Nach seinen Recherchen saß der Mann über sieben Jahre unschuldig hinter Gittern.

Ein geheimnisvolles Versprechen aus der Vergangenheit band Rasper daran, die ihn möglicherweise entlastende Wahrheit zu verschweigen.

Als der Gefangene aus der Hölle des Strafvollzugs entlassen wird, treibt ihn die Liebe zu seiner kleinen Tochter und der Wunsch nach Rache an. Es mehren sich Zweifel daran, ob die Entscheidung, den Mann zu entlassen, nicht ein weiterer Fehler war.

Das Grauen findet einen neuen Anfang und endet im überraschenden Showdown.

ISBN 978-3741275203
Als Taschenbuch und Ebook in allen Buchhandlungen und Online-Shops.

Inhalt

Täglich gibt es in Deutschland etwa vierzig Fälle von Kindesmissbrauch. Die Dunkelziffer ist jedoch höher, denn viele Opfer und ihre Angehörigen schweigen, aus Scham, aus Angst. Heilt die Zeit diese Wunden? Kann der Mensch erlittenes Leid vergessen? Dani muss sehr bitter erfahren, was es bedeutet, wenn Gespenster der Vergangenheit lebendig werden. Wohlbehütet aufgewachsen, begegnen ihr plötzlich Grausamkeiten, die sie sich nie hätte vorstellen können. Die Gräueltaten eines Sexualtäters verknüpfen sich unaufhaltsam mit dem Schicksal ihrer Familie.

Ein Thriller, der nicht loslässt. Er nimmt den Leser mit in eine Welt, die direkt neben uns existiert. Eine Welt, mit der viele Menschen selbst Erfahrungen sammeln mussten und es aus unterschiedlichsten Gründen totschweigen.

Der Autor möchte mit seiner Geschichte nachdenklich machen und zu Diskussionen anregen. Gibt es hier nur Schwarz und Weiß, nur Gut und Böse?

Eine Geschichte, frei erfunden, doch grausam nah an der Realität.

ISBN 978-3741226458

Als Taschenbuch und Ebook in Online-Shops und im Buchhandel

Inhalt:

Als Nicole Manfred Kirchner begegnet, glaubt sie, den Richtigen für ein bleibendes Glück gefunden zu haben. Als das Monster die Maske fallen lässt, ist es schon zu spät. Nicole muss einen sehr hohen Preis bezahlen: Sexueller Missbrauch, grausame Misshandlung und kriminelle Machenschaften treiben Nicole fast in den Freitod.
Ihr Weg kreuzt den eines älteren Mannes. Nun erfährt sie, dass es auch Menschen gibt, die Hilfsbereitschaft und Freundschaft über ihre eigene Sehnsucht nach Liebe stellen. Doch Manfred Kirchner ist nicht der Mann, der sein Opfer so schnell aus den Klauen lässt. Das Schicksal treibt ein makabres Spiel und zwingt zwei Menschen an die Grenze des Zumutbaren.
Wird Nicole sich befreien können? Erkennt sie das wahre Glück und greift danach? Kennt das Glück wirklich kein Erbarmen?
Der Autor lässt den Leser wie schon in seinen beiden vorangegangenen Romanen tief in die dunklen Seiten des menschlichen Zusammenlebens eintauchen und bietet viel Stoff für Diskussionen.

ISBN 978-3741299056
Als Taschenbuch und Ebook in allen Buchhandlungen und Online-Shops.

Inhalt:

Alfred Reimann, dreiunddreißig, Single, gut aussehend, Jungfrau.
Bis heute lief das Leben des liebenswerten Finanzbeamten und seiner Teddy-
dame Bienchen in geordneten Bahnen. Noch weiß er nicht, dass sich dieser
Zustand mit dem Einzug der süßen Nachbarin Verena ändern wird. Ein glück-
licher Umstand führt sie zusammen.
Seine Mutter ist davon alles andere als begeistert, denn in ihren Augen wollen
junge Frauen wie Verena nur das Eine. Und dieses Chaos wird sie zu verhindern
wissen!
Mithilfe von Verena und dem kauzigen Pfarrer Hollerberg stolpert Alfred in das
eine oder andere Abenteuer. Ob er auf den Reisen sein Glück findet, bleibt abzuwarten ... Ein rasanter Liebesroman mit dem gewissen Schmunzelfaktor.